◉編著──
野口啓子・池野みさお・山口ヨシ子

アメリカ文学にみる女性の教育

◉公立学校で教える女性教師（1870）

彩流社

目次　アメリカ文学にみる女性の教育

序文

建国期の一七八九年に出版されたアメリカ最初の小説とされるウィリアム・ヒル・ブラウンの『共感力』は、書簡体による誘惑物語という形をとっているが、手紙としては不自然なくらい長い紙面を割いて「若い女性の教育」について議論する場面を挿入している。女性が読む小説のほとんどが厳格な道徳を欠いていることを憂慮し、そういった娯楽のためだけに消費される小説は心に何も残さないこと、散漫な読書では他者の主張に流され、簡単にだまされることになると警告している（二〇―二三）。この小説の主たるプロットは青年の性急で激しい愛、その愛の対象がかつて父の誘惑の犠牲となった女性の娘――婚外子の妹――であることがわかり、主人公の青年が絶望のうちに自害する悲劇となっている。父が犯した過去の「誘惑の罪」を息子の死により弾劾《だんがい》するという父系的な因果応報を主軸としつつも、ブラウンが若い女性の読むべき本について熱心に議論を展開するのは、著者自身が女性の教育に強い関心をよせていたことの表われであり、当時の読者も同じ関心を共有していたことの証左であろう。というのも、アメリカの女性教育についての本格的な議論は、建国期とともに始まるからだ。イギリスからの独立を果たし、新しい民主国家として歩み始めたアメリカが、次世代を担う有用な市民の育成に心をくだいたことは容易に想像できるが、その次世代を育てる女性にも光が当てられ、女性の教育に関する議論が盛んに行なわれたのである。そしてその教育論に参加したのは、男性の作家や評論家、哲学者、教育者だけではなかった。女性の作家やエッセイスト、雑誌編集者も直接、間接にさまざまな意見を表明した。

アメリカ初のベストセラー小説『シャーロット・テンプル』(一七九一)は、うら若い無垢《むく》な女性がだまされて「私生児」を身ごもり、悲劇的な死をとげるという典型的な誘惑小説であるが、著者のスザンナ・ローソンは「お涙頂戴」のメロドラマにより読者の関心を引きつけながらも、世間知らずの若い女性読者に同じ過ちをおかさぬよう、「教訓」としてこの物語を提供している。その続編として書かれ、死後出版された『ルーシー・テンプル』(一八二八)では、教訓がより前面に押し出されて娯楽性が影を潜め、道徳性の強い物語になっている。『共感力』と同じく父系的に受け継がれた「誘惑の罪」を描きながらも、その因果応報的な悪の連鎖が、正しい宗教心と道徳を身につけた女性によって未然に防がれるからである。ローソンが女性の教育に強い関心をもっていたことは、彼女が女学校(ヤング・レディーズ・アカデミー)を経営し、そこで使用される複数の教材を出版していた事実からも推し量られる。ローソンのアカデミーで学んだエライザ・サウスゲートは、算術の学習に苦労したことや、地理や刺繍《ししゅう》のほかに音楽を学びたいという希望を親に書き送るとともに、寄宿学校で過ごす経験から多くのことを学べたと感謝を伝えている(二九)。サウスゲートの手紙から、当時の女性たちも——恵まれた上中流階級の子女ではあったが——女性の教育について深い関心をよせていたことがわかる。サウスゲートは、当時話題を呼んでいたイギリスのフェミニスト、メアリ・ウルストンクラフトの『女性の権利の擁護』(一七九二)についても、作者への批判はあるものの、彼女の意見の多くには賛嘆せざるを得ないと率直なコメントを親しい従兄弟に書き送っている（三六）。若い女性たちが学校で学んだことや話題の本などについて、手紙をとおして家族や友人と意見を交換しながら成長していったことが想像される。

女性の教育について熱心に語ったのは建国期の女性ばかりではなかった。それ以後も女性たちは学校教育のあり方ばかりでなく、修得すべき教養、宗教、道徳、家庭性からソーシャル・マナーにいたるまで雄弁に語り続けた。十九世紀の主要女性雑誌『ゴディーズ・レディーズ・ブック』の編集者として辣腕《らつわん》を振るったセアラ・ジョセファ・ヘイルは、「家庭性」の重要性を唱え、生涯「女子教育を熱心に説き続けた」が、それにより「女性の向上」を促すと同時に、広く「社会の変革」を求めた（増田　二四―二六）。十九世紀最大のベストセラー小説『アンクル・トムの小屋』（一八五二）の著者ハリエット・ビーチャー・ストーも、小説をとおして奴隷制に無関心で無知な北部の読者、とりわけ中産階級の白人女性に南部奴隷制の実態を教示し、それにより奴隷制廃止という社会変革運動へつなげようとした。ヘイルやストーのように南北戦争前のアンテベラム期にいわゆる「家庭小説」(1)を次つぎと世に送り出した女性作家たちは、キリスト教に根ざした家庭性の価値を高めることで「家庭」という私的領域における女性の力の拡大をはかるとともに、その力をとおして公的領域にも影響力を振るおうとしたのである。

しかし、十九世紀の理想の「家庭婦人」、すなわち、敬虔《けいけん》さ、従順さ、純潔、家庭性という四つの要素を兼ね備えた「真の女性」は、けっして簡単に達成されるものではなく、むしろ、長い苦しい鍛錬《たんれん》や自助努力や経験をとおして得られるものであり、その苦しい格闘のプロセスを前景化したのが「家庭小説」であったといってもよいであろう。このことはスーザン・ウォーナーの『広い、広い世界』（一八五〇）のエレン・モンゴメリーやルイザ・メイ・オルコットの『若草物語』（一八六八）のジョー・マーチの「立派な婦人」になるまでの成長過程を思い起こせば、すぐに納得されるだろう。『ゴディーズ・レディーズ・ブック』を分析したローラ・マコールによれば、この雑誌の物語やエッセイに登場する二三四人の女性のうち、「真の女性」に必要とされる四つの資質をすべて兼ね備えている人はまったく見当たらないという（ナッシュ 一一〇）。三つを有している者でもわずか一四人、いずれも身につけていない人にいたっては八五人にのぼったという（一一〇）。このことは、当時の小説やエッセイが「真の女性」を提示するよりも、むしろそこへいたる教育と成長のプロセスを示そうとしたことを物語っているように思える。それはまた理想とされる女性像と現実の女性との大きな乖離《かいり》をはからずも暴くと同時に、実際に社会で生き抜いていくには伝統的な家庭性には組み込まれない「自立、知力、たくましさ」（ナッシュ 一一〇）といった資質も求められたこと、また女性自らそれらの資質を磨き発揮するものであったことを示唆するものでもあったろう。

伝統的な家庭性の強調はしだいに女性を家庭内に縛るものとして、また女性の多様な能力や資質を封じ込めるものとして批判的に捉えられるようになる。たとえば、南北戦争中の一八六二年に出版されたエリザベス・ストダードの小説『モーグソン家の人びと』は一種「家庭小説」のパロディとして読める。小説冒頭、仕事で不在の父、熱心に宗教新聞を読む母、編物をするおば、父の書棚にある冒険小説に手を伸ばそうとする「しつけられるべき」「お転婆な」女の子というモーグソン家の日常の一場面が紹介される。この光景は、典型的な「家庭小説」の始まりを想起させる。しかし読者は読み進めるうちに、家庭小説ではタブー視された子どもの養育に無関心な母やヒロイン[2]の「性への目覚め」に出くわし、この物語が伝統的な家庭小説とは異質な世界を描いていることに気づかされる。ここにはストダードの「上品ぶった宗教臭の強い」作品への反発（佐藤 一四九）が反映されているのだろう。母性の欠如や性的欲望への眼差しは、女性が家族のためだけに生きるのではなく、「一人の人間としてどのように自己実現をまっとう」していくかを問うものである（藤野 一八四）。この問いは、ほぼ三十年後の世紀転換期に発表されたケイト・ショパンの『目覚め』（一八九九）において、さらに明示的になる。これら家庭性に疑問を投げかける小説は、「家庭」以外にも女性の生きる道があることを示唆すると同時に、読者にもそのような女性の多様な生き方を教示しようとする。

　家庭性を肯定するにしろ、疑問視するにしろ、さまざまな環境におかれ、伝統的な「家庭性」を維持できない状況下にあった女性たちも、当然ながら大勢いた。南北戦争後の荒廃した土地で生き延びていくために苦闘した南部の女性たちや、新しい土地を求めて開拓民となった西部の女性たちは、それぞれ独自の歴史的、地理的な困難に立ち向かったが、このような、ときに男性の役割も引き受けつつたくましく生きた女性の物語は、別の側面から女性の生き方が一様ではないという実態を突きつける。しかしながら、伝統的な家庭性の限界や欺瞞《ぎまん》をもっとも鮮烈に暴いたのは、黒人女性（「奴隷」）であった。彼女たちが記したエッセイやスレイヴ・ナラティヴ（自伝的奴隷体験記）は、家庭小説が白人中産階級に専有されたものであり、それ以外の人種や階級には当てはまらないことを示し、この枠組みにゆさぶりをかけようとした。

マーガレット・A・ナッシュは、十八世紀末からアンテベラム期に活発化した女性の（高等）教育について、ジェンダー差よりも人種や階級による格差のほうがはるかに大きかったことを指摘している（四、九九―一〇〇）。このことは当時の教育が新しく台頭してきた中産階級のアイデンティティ確立のために使われたことと関係しているのかもしれない。(3) 産業革命の発展とともに都市化が進み、農村から都市部への人口流入や移民による人口増加など、社会が大きく変化していた時代、新しく登場した中産階級の人びとは、「健全な」民主国家の導き手としての自負を強めていた。彼らは自らを贅沢《ぜいたく》や快楽を求める上流階級と区別する一方で、貧困のなかで「野蛮な」生活を送らざるを得ない下層階級からも峻別《しゅんべつ》する必要があった（ナッシュ　五三、一〇三―一〇四）。そのために重視されたのが教育であった。かつてのエリート教育に代わり、新しい広範な知識と勤勉、節約、敬虔、清廉《せいれん》といった中産階級の価値観を広く市民に普及させることが共和国の理念に合致すると確信し、それを支える者こそが中産階級であると自負したのである。言い換えれば、民主化された学校教育は中産階級の価値を確立し普及するための有効な制度であったということだ。とりわけ白人中産階級の女性にとって、教育はクラス・アイデンティティを形成し維持するための重要な手段となった（ナッシュ　四）。

このことは、カレン・ハルツーネンが『男詐欺師、女詐欺師』のなかで鋭く分析しているように、十九世紀転換期からアンテベラム期のアメリカ社会の急激な変化とそれに伴う流動的で不安定な社会状況のなかで、多数の助言本やコンダクト・ブックやエチケット・マニュアルが出版されたことと無縁ではないであろう。それはまた、多くの女性が自己啓発を含むさまざまな改革運動に関わったことと通底している。ナッシュは、産業化の推進者たちが（低賃金の若い女性）労働者を集めるために中産階級の価値を喧伝《けんでん》したが、工場労働者もまた自分たちを中産階級の一員として確立するために、中産階級のモラルやマナーを身につけようとしたことを示唆している（一〇二）。マサチューセッツ州のローエル工場で展開された女性労働者たちによる自己啓発的な文学サークルは、その典型例といえよう。

しかし、前述のように、下層階級や白人以外の人種には、特別なケースを除き、このような教育の機会は与えられなかった。とりわけ社会の底辺に位置づけられた黒人女性が、厳しい労働や人種偏見、性的搾取《さくしゅ》のなかで、「人間的」な生をまっとうすることは至難であり、まして立派《リスペクタブル》な市民として生きることはほとんど不可能であった。にもかかわらず、想像を絶する不断の努力により自らを高め、子どもたちや同胞のためによりよい人生について教え導こうとした黒人女性がいたことも事実である。彼女たちが残したエッセイやスレイヴ・ナラティヴや物語が、それを証明している。一八三一年という早い時期に黒人女性の実態とその改善を訴えたエッセイを『リベレーター』誌上に発表したマライア・スチュアート、奴隷のような扱いを受けた北部黒人女性の実情を暴き、そこからの脱出と自立への道を自伝的小説『うちの黒んぼ』（一八五九）で描いてみせたハリエット・ウィルソン、白人奴隷主による性的搾取に光をあて、南部奴隷制下で黒人奴隷女性が被る見えざるもう一つの苦境を「自伝」をとおして世に問うたハリエット・ジェイコブズなどがあげられる。またソジャーナ・トゥルースのように文字をもたなかった黒人女性や、白人の文字文化に縛られないパフォーマンスを試みた黒人女性たちは、演説や歌唱など、自らのヴォーカルコードを巧みに操って自己表現を行ない、同胞はもとより白人社会へも働きかけようとした。

本書は、独立革命（一七六五―八三）後の建国期から二十世紀の転換期にかけての女性の手になる作品をとりあげ、「女性の教育」をテーマにアメリカ文学の一つの局面を検証しようとしたものである。ここで論じられている作品は紙面の都合上、また、執筆者の能力上、限られており、教育というテーマであれば取り上げるべき作品を多々取りこぼしているが、本書がアメリカ文学研究に少しでも貢献できれば、執筆者一同にとってこれに優る喜びはない。

野口啓子

◉注

（1）ストーの『アンクル・トムの小屋』は、主要な女性登場人物の成長物語が描かれていないので、厳密には家庭小説とはいえないが、家庭小説の枠組みをもとに、宗教性や母の愛といった家庭の価値を中心に据えている点で、広義の家庭小説といえよう。

（2）『モーグソン家の人びと』のヒロイン、カサンドラの母はけっして子どもの成長に無関心なわけではないが、いわゆる伝統的な「家庭の天使」像からは明らかに逸脱しており、娘との関係性という点では存在感が薄い。

（3）以下、中産階級のクラス・アイデンティティと女性教育との関係性については、ナッシュの『アメリカにおける女性の教育　一七八〇―一八四〇』第六章を参照した。

◉引用文献

Brown, William Hill. *The Power of Sympathy*. 1789. The Power of Sympathy *and* The Coquette, edited by Carla Mumford, Penguin Classics, 1996, pp. 1–103.

Haltunen, Karen. *Confidence Men and Painted Women: A Study of Middle-Class Culture in America, 1830–1870*. Yale UP, 1982.

Nash, Margaret A. *Women's Education in the United States, 1780–1840*. Palgrave Macmillan, 2005.

Southgate, Eliza. "Eliza Southgate." *Growing Up Female in America: Ten Lives*, edited by Eve Merriam, Beacon Press, 2001, pp. 27–48.

佐藤宏子『アメリカの家庭小説——十九世紀の女性作家たち』研究社　一九八七年

藤野早苗「家庭小説と性の問題——エリザベス・ストッダード『モーガソン家の人びと』」『アメリカ文学にみる女性改革者たち』野口啓子・山口ヨシ子編著　彩流社　二〇一〇年　一八三—二〇一頁

増田久美子『家庭性の時代——セアラ・ヘイルとアンテベラム期アメリカの女性小説』小鳥遊書房　二〇二一年

第Ⅰ部　建国期からアメリカン・ルネサンスまで

子育てをしながら学ぶ女性

第1章　「共和国の娘の悲劇」というテキスト
――フォスター『コケット』

野口　啓子

【図1】ハナ・ウェブスター・フォスター（1759–1840）

1　ニューイングランドの誘惑物語

アメリカ独立宣言から約二十年後に出版されたハナ・ウェブスター・フォスターの感傷小説『コケット』（一七九七）は、副題に「事実に基づく」とあるように、当時ニューイングランドを中心にセンセーションを巻き起こしていた悲劇的事件を小説化したものである。美しい女性が見知らぬ土地で名を偽って宿泊し、不義の子を死産した後まもなく亡くなるという事件であるが、その人物がエリザベス・ホイットマンという立派な家庭の娘で、育ちのよさや高い教育で知られた女性であることがわかると、新聞等のメディアがこぞって取り上げ、一大スキャンダルとなった。

フォスターが依拠したこの事件は、しかしながら情報がきわめて乏しく、子どもの父親が誰なのか、どのようないきさつで才能ある美しい女性が「罪」を犯すにいたったのかは、最後まで謎のままであった。一七八八年七月二十九日、この事件を最初に報じた地方新聞『セイレム・マーキュリ』は、宿でのエリザベスの様子を比較的客観的もしくは好意的に書いている。部屋で縫物をしたり、手紙を書いたりして過ごしていたこと、「会話や書き物、物腰」から「教育を受けた良家の娘」であると思われたこと、出産を控え、あとから訪れるはずの「夫」が現われない状況のなか、「不安や疑念」を抱えながらも陽気に振る舞っていたこと、その様子に「気丈で忍耐強い性質」が窺われたことなどを淡々と記している（マルフォード xliv、ウォーターマン 三〇二―〇三）。

エリザベスに「コケット（男たらし）」のレッテルを貼ったのは、聖職者で歴史家でもあったジェレミー・ベルナップであった。彼は、事件が報じられて約一か月後、著名な科学者で女子教育にも造詣《ぞうけい》が深かったベンジャミン・ラッシュ宛ての手紙で、面識がまったくなかったエリザベスのことを次のように断定する。

彼女は美しくお上品で、洗練されていましたが、うぬぼれが強く男を弄ぶような（coquettish）娘で、ロマンスをたくさん読んでいました。牧師の妻よりも高い身分を求めて、自分にふさわしい良縁を二つも断ったのです。そして適齢期がすぎるまで男と戯れ、罪深い無節操をして、妊娠がわかると駆落ちをしたのです。(1)（ウォーターマン 三〇三、強調は筆者）

ここには、エリザベスの様子を実際に目にした宿の関係者の言葉を伝えた最初の新聞記事から、ベルナップによるコケットとしてのヒロイン像への大きな転換が認められる。彼は歴史上の一つの出来事を、若い女性のためのテキスト、「教訓物語」に作りかえたのである。それにより（牧師との）縁談を断ることがうぬぼれの証とみなされ、ロマンス（小説）を読むことが女性の堕落と関連づけられた。ベルナップが描いたエリザベス像は『ペンシルヴェニア・マーキュリ』紙で紹介され、後に多数の新聞に転載され、広く世間に浸透することになった。アメリカ最初の小説とされる『共感力』（一七八九）でも、この事件が言及されているが、著者のウィリアム・ヒル・ブラウンは、詳細な注をつけてほぼベルナップの言説をなぞった説明を付している。ブラウンは登場人物の口を借りて、ロマンスの悪影響を受けぬよう、女性が読むべき本と避けるべき本について長々と講じている。か

【図2】ブラウンの『共感力』とフォスターの『コケット』が収められたペンギン版の表紙．
ヘンリー・R・モーランド画《ペーパーベルシェードで読む女性》（1766）が使われている

くして、エリザベスの悲劇は牧師やジャーナリストや道徳的作家たちの意味づけの対象となり（デイヴィッドソン 一四二）、十八世紀末までには「若い女性の道徳に関する説諭の中心的話題」になったのである（マルフォード xiii）。

したがって、事件からほぼ十年後、フォスターが『コケット』を出版するころには、読者はエリザベス事件とそれにまつわるさまざまな解釈についてすでによく知っていたと考えられる。しかし、それらは主として聖職者や教育者など、社会の主導的立場にある白人男性によって構築されたものであった。フォスターは、悲劇のヒロイン、エリザベス・ホイットマンの視点から、彼女が誘惑に負けて身の破滅を招くにいたる顛末《てんまつ》をリアリティと説得力をもって描いている。読者のなかには、フォスターがエリザベスと関係していて、作中の手紙も本物だと思い込んだ者もいたという（ハリス、ウォーターマン xiii）。『共感力』同様、誘惑のテーマを書簡体小説の形で描いた『コケット』は、前者がしだいに忘れ去られていったのとは対照的に、十九世紀にはいっても定期的に増刷され、ドラマ版が上演されたり、続編が書かれたりするなど、アメリカ、とりわけニューイングランドの読者の人気と共感を得続けた。

キャシー・N・デイヴィッドソンによれば、独立後の初期アメリカ小説のほとんどがよりよい女性教育を提唱しているという（一〇八）。女性作家フォスターは、すでに広く浸透していた男性たちによるエリザベスのテキストに対して、どのような異なる物語を創造して読者の共感を呼んだのだろうか。また、若いアメリカ女性のためにどのような教育のありようを示したのだろうか。本稿では、建国期に出版されたフォスターの『コケット』を中心に、小説をとおした女性の教育について、考察してみたい。

2　建国期の教育熱と小説批判

イギリスからの独立を果たした民主国家アメリカの最大の懸念事項の一つは、この新しい共和国をどのように存続させるかということであった。独立への愛国的情熱に燃えた時代は終わり、戦争で疲弊《ひへい》した国土や社会に「秩序」を取り戻し、強い国家を作り上げることが緊急の課題となっていた。トマス・ジェファソンの独立宣言も新国家の行末に対する懸念を反映している。樹立された政府が「軽薄で移ろいやすい要因」に簡単に覆《くつがえ》されないようにするためには、人びとの「思慮深さ」こそが必要だと記している（三五六）。時代の要請は情熱から理性へと変わりつつあった。このことはもともと激情を罪と結びつけて戒《いまし》めたピューリタンの伝統的な教えともつながっているが、アメリカの急速な社会変化にも対応しようとしたものであった。国外ではフランス革命が過激化していたこと、国内にあっても戦後の状況に不満をもつ者たちによる反乱の動きや、ウイスキー税反乱（一七八九）など、国家を転覆させかねない現実の危機があった（ウェンスカ　二四四）。そのようななかで「社会秩序」が強調され、扇情的なデマ情報に惑わされない「理性的な判断」が求められたのである。そして理性を培《つちか》う重要な手段が教育であった。

十八世紀末から十九世紀前半にかけて共和国の理念に沿った道徳的で理性的な市民を育成するための教育が注目されたとき、未来のアメリカ市民を育てる女性の教育にも光が当てられるようになった。いわゆる「共和国の母」という考えである。女性には、何をどこまで教えるのか、そもそも女性に男性と同じ知性があるのかといった議論がさまざまな立場から展開された（ナッシュ 一五―三三）。建国期の教育議論は、とりわけ女性については、多かれ少なかれ国家形成のイデオロギーと結びついていた。女性が担った次世代を生んで育てるという役割が、女性の肉体のコントロールという暗黙の政治目的をともない、かつてないほど重視されたのである。誘惑小説は、正道を踏み外した女性に対する社会的制裁および性的放縦と、その結果である「私生児」の出産に対する糾弾という二重の罰によって女性の「堕落」を戒める手段となった。しかしその一方で、いたずらにセンセーションを煽る読み物として批判の的にもなった。スザンナ・ローソンのベストセラー小説『シャーロット・テンプル』（一七九一）の語り手が、プロットからの逸脱を詫びつつも、くり返し若い女性読者に向けて「愚かな振る舞い」についていさめたり、「親の悲しみ」を考えるようにと説諭の言葉を口にしたりするのも（三二―三三、五六、一〇八―〇九）、この小説が単に面白半分に読者の感情を刺激するものではなく、教育的で道徳的な本であることを強調するためであった。

現代からは想像し難いことであるが、南北戦争前の、いわゆるアンテベラム期ごろまでは、誘惑小説に限らず小説全般が教育上よくないものとされ、激しい非難の対象となっていた。小説は（女性）読者の想像を刺激し、人生や男性について現実とかけ離れた妄想を抱かせるというのが主な理由であった。たとえば、ある雑誌の編集者は、『コケット』出版の翌年、「小説は若い女性の想像を退廃させるばかりか、人生について誤った考えを抱かせ、しばしば不適切な行動へ走らせてしまう」と述べている（マルフォード xix）。十九世紀中葉を代表するフェミニスト、マーガレット・フラーは、父から小説や戯曲を読むことを禁じられていたが、書斎で手にした『ロミオとジュリエット』が面白くて手放せなくなり、なんど禁止されても、読み続けたという（「マーガレット・フラー」一五一―五二）。娘にさまざまなテキストを与えて英才教育を行なったフラーの父が、文学作品を読むことは、禁じていたことがわかる。女性の教育に理解を示したラッシュも、小説の内容が現実的ではないことを指摘したうえで、歴史や旅行記や詩を読むことで、小説への情熱を抑えることができると述べている（三二）。

小説批判によくみられるもう一つの言説は、女性が文学に夢中になると、時間を奪われて本来の務めである家事を怠るというものであった。このような批判の背後には、知識を得た女性を家庭の安定にとって脅威とみなす伝統があり（マルフォード xvii）、女性の知的劣等性という考えと表裏一体を成していた。独立革命のさなか、国家建設に邁進《まいしん》していた夫ジョン・アダムズに「女性のことを忘れないで」と手紙を書き送ったことで有名なアビゲイルは、その約十年後にも、女性教育が取り残されていることを嘆き、「女性の学び」が伝統的に嘲《あざけ》りの対象になってきたことに抗議している（デイヴィッドソン 六二）。十八世紀のもっとも進歩的なイギリスのフェミニスト、メアリ・ウルストンクラフトの『女性の権利の擁護』（一七九二）は、その過激な内容ゆえに激しい賛否両論を引き起こしたが、彼女の死後、伴侶のウィリアム・ゴドウィンが回想録を出版し、そのなかで亡き妻の男性遍歴や婚外子のことなどを赤裸々に描いたため、彼女の「不道徳な」生き方が問題視され、学識のある女性に対する非難が高まったという（デイヴィッドソン 一三二）。ある雑誌などは、インデクスの「売春婦」と「ウルストンクラフト」とを相互引照にしたくらいであった（一三二）。文学に精通し、知識を得た女性は道を踏み外すことが運命づけられ、社会規範からの逸脱が「性的堕落」と同一視されたのである。高い教育を受け、文才に富んでいたエリザベスがコケットというレッテルを貼られた背景にも、このような博学な女性への伝統的な偏見があったとみてよい。

しかしフラーのエピソードが示すように、小説に対する否定的な見解にもかかわらず、女性たちは小説を——ときにはこっそりと——読み続けた。小説家も、ブラウンのように、推奨すべきよい小説と捨て去るべき悪書とを区別し、小説そのものが悪いわけではないと弁明しようとした。ブラウンは、若い女性が読むべき「よい小説」とは、道徳的で教育的要素を含むもの、具体的には、女性の美徳と思慮深さを高めるものでなければならないと主張する（一二〇）。またそのような良書を見極める目が重要で、娯楽と教育の両方を得たいと思えば、表層的な娯楽のみを追い求めたものと、役に立つ（useful）ものとを区別できる判断力が必要だとも述べている（一二一—一二三）[2]。そしてエリザベスの悲劇は、妄想が膨らみすぎて理性的な判断ができなくなった結果であることを示唆している（一二三—一二四）。家父長制下の男性中心の社会にあって、女性の知性と身体はつねに男性の議論の対象となり、けっしてその逆ではなかったことに留意したい。小説批判もまた、女性が読むことを問題視したのであり、男性読者は検閲の対象外であった。想像力をいたずらに掻《か》き立てられて身を滅ぼしたとする男性中心のエリザベス像に対し、女性作家フォスターはどのような物語を提示しているだろうか、以下、作品を具体的にみていきたい。

3　自由への夢と挫折

『コケット』は、『共感力』と同じく現実に起きた事件を取り上げながらも、悲劇のヒロインについて第三者が論評を交えながら語るのではなく、エリザベスをモデルとしたエライザ・ウォートンによる一人称語りで展開する。複数の登場人物の間で書簡がやり取りされるものの、小説の中心を占めるのはエライザの手紙なので、読者は小説全体をとおして、ヒロインの考えや感情に寄り沿いながら彼女の物語を追うことになる。

物語冒頭、ニューヘブンの友人の家にやってきたエライザは、郷里の友人ルーシー・フリーマンに、父の家から出られた喜びを書き送る――「かつてない興奮を感じています。どんなことがあっても、こんな気持ちを抱けるとは思いもしませんでした。親の家を離れられる喜び、そうルーシー、喜びなのです」。エライザは、婚約者ハリーが病に倒れ、献身的な看護にもかかわらず亡くなってしまい、すっかり気が滅入っていたのだが、その後父も亡くなり、長らく閉じこめられていた父の家から解放されたことに歓喜しているのだ。牧師であるハリーとの婚約は、同じく牧師であった父が定めたもので、尊敬の念はあるものの「愛情はまったく感じられない」相手との不本意な婚約であった。したがって、自宅を離れることは、エライザにとって、聖職者や父が表わす父権からの解放を意味した。それはまた、自由平等を高らかに謳《うた》った共和国の娘の「独立宣言」でもあったろう。

その証拠に、彼女は早く結婚をして家庭をもつよう促す周囲の人にくり返し「今はこの自由を楽しみたい」と言って、家庭に縛られるのを忌避しようとする。また、新たな求婚者の一人、牧師候補のボイヤーを薦める友人や母に対しても、誰と結婚するかは、最終的には「私が決める」ことだと反発心を顕《あらわ》にする。

第三信でエライザは思い切って喪服を脱ぎ捨て、現在の自分の気持ちに合った衣服を身にまとうことにしたと告げるが、彼女にとって喪服を脱ぐことは、旧世代の権威や伝統の拒絶を意味する。慣習に従って悔やみを述べた女性に、驚くほどの憤りを感じるのも、新しい自由を楽しむべく期待に胸を膨らませているときに、すでに過去となった憂鬱《ゆううつ》な話題を持ち込まれたためである。エライザの反発は、内心ではパーティでほかの若い女性と同じように踊りたいのに、悲しげなふりをして喪服に身を包まなければならない『風と共に去りぬ』(一九三六)のヒロイン、スカーレット・オハラの苛立《いらだ》ちに通底する。

エライザの自由・独立への思いは、男性を評価する際にも表われる。もう一人の求婚者サンフォードは見栄えがよく、会話やダンスなど女性を楽しませることに長《た》けた伊達《だて》男であるが、人間の徳や日々の務め、慎ましい人生から得られる喜びなどについて静かに語るボイヤーとは対照的である。生来《せいらい》、陽気な性質のエライザは、ボイヤーの立派な人間性を尊敬しつつも、きらびやかな社交の世界へ招き入れ、人生のかぎりない喜びや幸福について夢を抱かせてくれるサンフォードに惹かれる気持ちを抑えることができない。友人からサンフォードに対する否定的意見を耳にし、彼の不品行や策略の犠牲となった哀れな女性の話を聞いても、彼がどのような人物であるかは自分で判断したい、たとえ過去に不道徳な行為を行なったとしても、現在の彼はすでに改心しているかもしれないと主張する。他者の意見に惑わされず自分の判断に従うという点で、また過去にとらわれず現在の状態を見極めようとする点で、彼女の個の主張はルネサンス期アメリカを代表する思想家ラルフ・ウォルドー・エマソンの「自己信頼」に近い。しかし読者はサンフォードが友人に書き送っている手紙を並行して読んでいるので、彼に結婚の意志はなく、身勝手な欲望しか抱いていない典型的な誘惑者であることをすでに知っている。彼女が破滅に向かうそのプロセスを固唾《かたず》を呑《の》んで、あるいは、ヒロインが誘惑者の正体に早く目覚めることを祈りながら、読み進めることになる。

ウォルター・ウェンスカは、『コケット』を「十八世紀アメリカの感傷小説のなかでもっとも記憶されるべき小説」であるとするハーバート・ブラウンの評価に同意したうえで、その要因を洗練された人物描写とアメリカ的テーマに求めている（二四三―四四）。アメリカ的テーマとは、ヒロインの自由への希求である。彼は、この小説を自由への探求と無制限な自由に潜む危険性とを描いたドラマとして読み解き、エライザを『ある婦人の肖像』（一八八一）のイザベル・アーチャーや『目覚め』（一八九九）のエドナ・ポンテリエなど、アメリカ文学の主要なヒロインにつなげている（二五一―五二）。そして彼女の死にいたる悲劇的結末が、自由を求めて社会的限界を超えたこと、「ほどほどの自由」で満足しなかったことにあるとみている（二四八）。

幽閉状態にも似た父の家での長く憂鬱な日々から解放され、社会に出たばかりのエライザは、いずれ結婚しなければならないことは承知しているものの、若い未婚女性の誰にも縛られない自由をできるだけ長く享受《きょうじゅ》したいと考えている。これに対し、友人のルーシーやリッチマン夫人は、エ

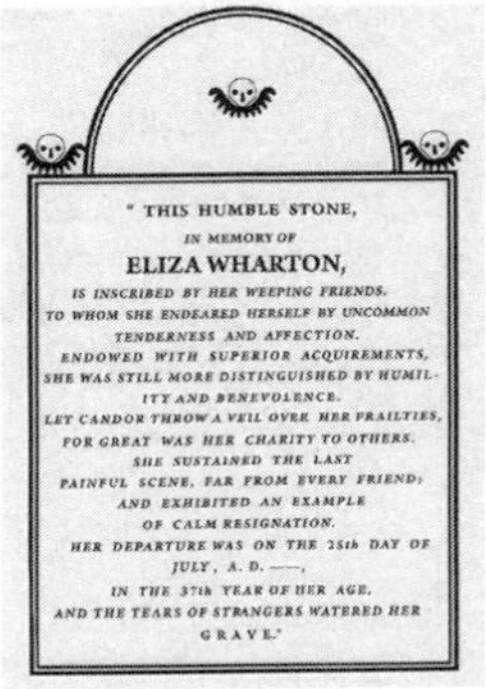

【図3】エライザの墓碑銘
エライザのモデルとなったエリザベス・ホイットマンの墓石のデザインと墓碑銘をほぼなぞった形となっている

ライザの「誤った自由」の捉え方をいさめ、与えられたもので満足するよう助言する。たしかにルーシーは物語の途中で結婚し、「フリーマン」という名を捨ててサムナー夫人となり（ウェンスカ 二五三）、よき「家庭婦人」となる。エライザがしばらく身を寄せて世話になっていたリッチマンも、あるパーティで政治は女性の生活や幸福にも影響するので女性も政治議論に加わるべきだと堂々と主張するが、妊娠を契機に社交の場から離れて家で過ごすようになり、娘が誕生してからはいっそう家庭中心となり、夫と娘の世話に傾注していく。「楽しみを追い求める娘から、家庭的な母になった」と満足げに語るように、リッチマンは節度をもった振る舞いにより、夫や子どもを導く模範的な共和国の母となる。ルーシーもリッチマンも、エライザに共和国の美徳を説く役割を担っている。

前述のラッシュは「美徳こそが共和国の基礎を成す」と力説したが（マルフォード xiv）、中産階級の女性にとって美徳とは、何よりも家庭的であることを意味した。それは往々にして女性の自由と独立を阻むものであった。エライザの結婚に対する逡巡《しゅんじゅん》を、ルーシーは、未成熟で世間知らずな女性のわがままと捉えているが、エライザがボイヤーに向けて吐露《とろ》した正直な気持ちはある種の真実味をもって読者に迫る。自分はまだ社会に出たばかりで、心は若者らしい想像が思い描くものを求めるが、その一方でボイヤーの人柄や礼節を好ましく思っていると前置きしたうえで、次のように述べる。

すぐに婚姻関係を結ぶことには、躊躇《ちゅうちょ》してしまうのです。結婚してしまえば、家庭生活のさまざまな責務に縛られ、私の振る舞い一つひとつに目を光らせて当然と思う人びとに私の幸福を、おそらくは生きていくために、頼らねばならなくなるでしょう。(一一三)

ここには妻や母としての責任だけではなく、牧師の妻としてその行動が教区民の厳しい目に晒《さら》されること、その教区民が払う給与に生活が支えられている牧師夫妻の不安定な立場が示唆されている。聖職者の家庭で育ったエライザは――そして牧師の妻であった著者自身も――牧師との結婚が何を意味するか熟知していた。親に押し付けられた牧師ハリーから解放され、それとは異なる新しい世界の可能性を求めていたエライザが、ハリーを思い出させるボイヤーに不安を感じたとしても不思議ではない。人はみな誰かに依存しているのだと母に諭されても、エライザには納得できない。サンフォードは、このようなエライザの迷いを巧みに操り、牧師と暮らす退屈な日々を強調し、それとは異なる楽しい世界を描いてみせる。その言葉に彼女は心ならずも惹かれてしまうのである。「ほどほどの自由」で踏みとどまれなかったエライザは、サンフォードのもう一人の犠牲者となり、父の家からも社会からも永遠に旅立つことになる。

4　中産階級の女性の結婚

エライザは、物語冒頭で、ハリーとの婚約は親の意志に従ったものだと告白し、それは「私の夢を犠牲にして……理性に従った」決断だったと説明している。ここで、新しい共和国が強調した「理性」が、「私の夢」を抑圧するものとして描かれていることに留意したい。小説全体をとおして、理性では社会的信頼を有するボイヤーを伴侶とし、悪い噂のあるサンフォードを退けるべきであることはわかっているが、心は優雅な物腰のサンフォードに惹かれるという構図がくり返される。両者の間で揺れるエライザの葛藤は、つまるところ、自由への情熱とその抑制、期待と現実、想像（夢想）と理性との対立に集約される。そして彼女はその両方が欲しいのである。相対立する二つを統合できたらよいと最後まで希望するのである。物語中、この統合への思いはくり返される。たとえば、第十信で、リッチマンの批判的な視線を感じながらも、サンフォードの優雅な身のこなしや高い地位に魅せられ、つい甘い夢を思い描くとき、サンフォードの優雅さとボイヤーの美徳が一つになればよいと願ったり、第二十信の母へ宛てた手紙では、ボイヤーが嫌いなわけではないけれど、牧師の妻にはなりたくないと述べ、「彼と同じくらい人柄がよくて、なおかつ、自分の気性に合う職業の人」はほかにいないだろうかと問いかけたりしている。

物語は、現実に満足せずに夢を追いかけ、美徳に基づく家庭を築こうとしなかった主人公が、ついにボイヤーに見捨てられ、サンフォードにだまされて不義の子を身ごもり、自身の死を招くにいたるという筋立てになっているので、著者のフォスターも、同時代の男性批評家たち同様、エライザのような生き方を「コケティッシュ」だと断罪しているようにみえる。しかし、デイヴィッドソンが指摘するように、ボイヤーとサンフォードのいずれも選べなかったところに、十八世紀の中産階級の若い女性には、実のところ、選択肢がないという実態が暴かれているのだ（二二七―二二八）。エライザはボイヤーを失って初めて彼への愛に気づいたと語るが、はたして彼はみなが考えるような高徳な男性だったといえるのか。彼がエライザに魅了されたのは、彼女の外見の美しさもあるが、「牧師には陽気な妻が必要だ」という打算的な思いもあった。しかしその陽気な気質が社交的な場で発揮されることには眉をひそめ、すでに夫であるかのように彼女の浪費をいさめ、節約という真の美徳について説こうとする。エライザは婚姻関係をまだ結んでいない彼にとやかく言われる筋合はないともっともな抵抗を示す。そして、決定的な場面での彼は、サンフォードの計略にはめられたエライザの弁明をいっさい聞こうとせず、最後には彼女を世間の人びと同様「コケット」と断定し、これまでの彼女の結婚への迷いを「だまし」の技法だとみなし、情熱に流されず理性を取り戻した自分を祝福するのである。詫びを申し入れたエライザの手紙に対しても、「今は理性に支配されているので、あなたにあると思った魅力は、じつは実態のない」ものと認識できたこと、すでに真に高潔な別の女性との結婚を決めていることを告げて、世間の批判に打ちのめされている彼女にさらなる一撃を加える。ボイヤーとの結婚がエライザにとってけっして幸福なものとはならなかったであろうことが推察される。一方で、サンフォードとの結婚は問題外なので、エライザには幸せな結婚の選択肢はなかったということになる。

『コケット』において女性の経済的自立は考えられていない。建国期の中産階級の若い女性にとって、経済的安定は結婚をとおして得ることが当然視されていた。他方、「オールドミス」は社会的嘲笑《ちょうしょう》の的となり、独身への恐怖から誘惑者の手に落ちる女性もいたという（デイヴィッドソン 一二二）。妻の権利がすべて夫に帰属した十八世紀の法のもとでは、妻は夫に頼るしかなかったのである。若い女性にとって、結婚とは、「主人」を父から夫に替えることにすぎなかった（デイヴィッドソン 一一八）。ジェファソンは結婚間もない娘に次のような助言を書き送っている――「今おまえの人生の幸せは一人の人物を喜ばせることにかかっています。そのためには、ほかのあらゆることを二の次にしなければなりません。父さんへの愛ですら」（クリントン 四四）。女性の運命は、どのような「主人」を選ぶかにかかっており、選んだあとは「奴隷」のように第二の「主人」に仕えることが予期されていた。エライザが結婚をいつまでも引き延ばした背景には、このような当時の女性の弱い立場とそれに対する不安があったといえよう。共和国の女性の幸福は、つまるところ、夫しだいというきわめて不安定な女性の立場を、この物語は示唆している。

ベルナップは、実在のエリザベス・ホイットマンが「牧師よりも高い身分を求めて」良縁を断ったことを非難した。そこには牧師の娘が分不相応な高い地位の男性を伴侶として求めることへの批判が込められている。フォスターの小説においても、エライザがサンフォードに惹かれるのは、「彼の高い社会的地位と富により華やかな社会でもてはやされたいから」だとルーシーは非難するが、エライザはサンフォードの富の力が――現実には借金により火の車だったのだが――自由を与えてくれることを期待していたのである。大黒柱を失ったウォートン家の財政については、あまり詳しく語られていないが、エライザがハートフォードの自宅を離れ、しばらくニューヘブンのリッチマン家に滞在した背景には、おそらく家計を助けることが含まれていた。実在のホイットマン家の娘たちも同様の目的で、しばしば親戚や友人の家に長期滞在したという（ハリス、ウォーターマン xi）。未亡人となったウォートン夫人にとって、娘が一定の経済的安定のために牧師と結婚して独立することは、財政面でも急がれることであったと思われる。ルーシーやリッチマンがボイヤーとの結婚を促すのも、社会的上昇を求めてリスクをともなう冒険をするよりも「身の丈にあった」牧師との結婚のほうが安全であるという助言も意味したであろう。美貌と高い教養と洗練という人的資本をもって結婚市場に出ていったエライザであったが、美徳と優雅さを兼ね備えた男性どころか、そのいずれも得られなかった。

自由平等を掲げた新しい共和国において、息子にはある程度与えられた自由と社会的モビリティの可能性が、娘にはほとんど与えられなかった。男女の異なる領域が明確になりつつあった建国期、女性はますます家庭へと追いやられ、その領域内での力は強めたものの、社会からは取り残されていった。エライザはそのようなアメリカ社会の変化のなかで、新しい共和国が約束すると思われた自由を求め、美しさと自ら培った教養と洗練されたマナーをもって、より広い世界の可能性に挑戦しようとして敗れたといえよう。コケットとして断罪されたエリザベスの物語が、フォスターによりエライザの物語として語り直されたとき、そこには共和国の娘たちが直面するさまざまな問題が提示され、『コケット』は彼女たちが精査すべき新たなテキストとなった。

5　『コケット』における女性の教育

フォスターは伝統的な誘惑小説の枠組みを用い、「コケット」というセンセーショナルなタイトルを付し、実際に起きたスキャンダルの真相に迫る形を取ることで、読者の好奇心を駆り立てる。しかし読者は読み進めるうちに、主人公が本当にコケットだったのだろうかと問いかけざるを得なくなる。エライザは新聞や雑誌や説教等で批判され嘲りの対象とされた、男性を手玉に取る性悪な女性でもなければ、身持ちの悪い不道徳な女性でもないからである。また、ロマンス好きの女性ですらない。彼女が受けた高い教育も、サンフォードの正体が見抜けないことへの驚きとして言及されることはあっても、教育そのものが嘲りの対象になることはなく、まして性的堕落と同一視されることもない。むしろその高い教育をいかす場のないことが問題なのである。

デイヴィッドソンが指摘するように『コケット』のヒロインには「驚くほどの威厳」が付与されている（一一一）。結婚に対する彼女の苦しい迷いは、結果的に誘惑の魔の手に墜《お》ちることにつながったとしても、決して愚かでも軽薄でもなく、むしろある種の説得力をもって読者の心に響く。「自由意志」で結婚を決めたい、そのために、自分自身のことも相手のこともよく見極めておきたいという思いは、この小説の主たる読者である若い女性に共通するものであった（ペテンジル　一八六）。結婚をすると女性は家庭が中心となり、女同士の友情が失われるという彼女の主張には、結婚後は「第二の主人」に従わなければならなかった当時の女性に圧倒的な現実感をともなったのではないだろうか。ルーシーはこれを否定するが、事実、結婚後のルーシーからは音信が途絶えがちとなり、エライザが一番必要としているときに、親密な相談相手となることができない。エライザを身近でサポートできたのは、ルーシーの代理ともいうべき未婚のジュリア・グランビーであるが、すでに手遅れであった。

フォスターはこの結末を補完するかのように『コケット』の翌年に『寄宿学校』を出版し、社会へ出た卒業生たちが互いの経験や意見を手紙でやり取りすることで、女性同士が学び合い、友情を深める様子を描いている。助言本の小説化ともいうべき『寄宿学校』は、前半が女性校長の最後の講義となっており、後半はその教えに基づいた卒業生たちの実践の場となっている。助言本に近いこの小説は、『コケット』よりもはるかに直截《ちょくさい》に女性の生き方——宗教、愛、友情など——について教えるテキストとなっている。女性が培うべき美徳やマナーや家庭性について一元的に教示する助言本やマニュアル本と違い、小説はより対話的《ダイアロジック》である。『コケット』は、登場人物たちの手紙をとおして、結婚という女性の運命を決定づける問題について、さまざまな意見をダイアロジックに展開し、読者をその開かれた会話に招き入れ、一緒に考えさせようとする。そして読者は、エライザの迷いや悩みが、自分のものでもあることに気づくのである。

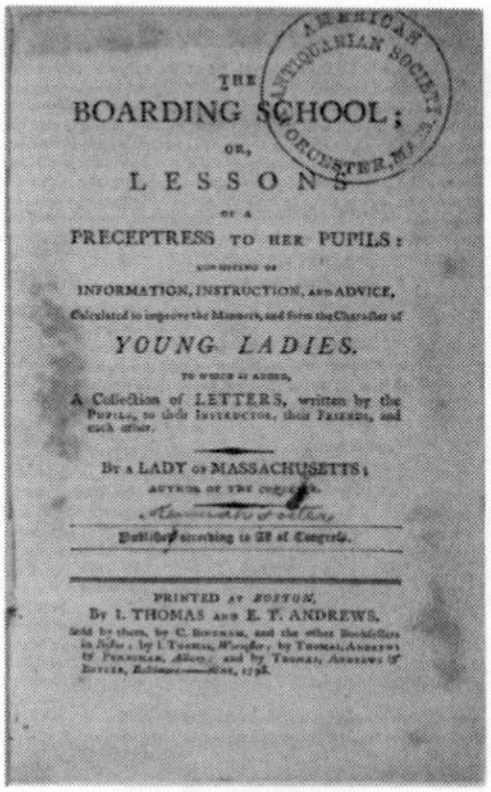
THE
BOARDING SCHOOL;
OR,
LESSONS
OF A
PRECEPTRESS TO HER PUPILS:
CONSISTING OF
INFORMATION, INSTRUCTION, AND ADVICE,
Calculated to improve the Manners, and form the Character of
YOUNG LADIES.
TO WHICH IS ADDED,
A Collection of LETTERS, written by the PUPILS, to their INSTRUCTOR, their FRIENDS, and each other.
BY A LADY OF MASSACHUSETTS;
AUTHOR OF THE COQUETTE.
Published according to Act of Congress.
PRINTED AT BOSTON,
BY I. THOMAS AND E. T. ANDREWS.

【図4】『寄宿学校』
初版本の表紙

◉注

（1）引用部分の邦訳は、『コケット』については、亀井俊介・巽孝之監修／田辺千景訳を参照。ただし、表記の統一のため一部変更を加えた。その他はすべて拙訳。

（2）ここでいう「役に立つもの」とは、現代的な意味での「実践的なもの」のみを指すのではなく、宗教的・道徳的な教えから裁縫等にいたるまで、人生において為になるもの全般を含んでいた（ナッシュ 四一―四九）。

◉引用文献

Brown, William Hill. *The Power of Sympathy*. Harris and Waterman, pp. 1–103.

Clinton, Catherine. *The Plantation Mistress: Women's World in the Old South*. Pantheon Books, 1982.

Davidson, Cathy N. *Revolution and the Word: The Rise of the Novel in America*. Oxford UP, 1986.

Foster, Hannah Webster. *The Coquette*. 1797. Harris and Waterman, pp. 3–133. ハナ・ウェブスター・フォスター『コケット あるいはエライザ・ウォートンの物語』亀井俊介・巽孝之監修／田辺千景訳・解説 松柏社 二〇一七年

Harris, Jennifer, and Bryan Waterman, editors. The Coquette *and* The Boarding School, W. W. Norton, 2013.

——. Preface. Harris and Waterman, pp. ix–xxiii.

Jefferson, Thomas. "The Declaration of Independence." *The Norton Anthology of American Literature*, edited by Robert S. Levine et al, shorter 9th ed., vol. 1, W. W. Norton, pp. 354–60.

"Margaret Fuller." Excerpt from Memories of *Margaret Fuller Ossoli*, edited by R. W. Emerson, W. H. Channing, and J. F.

Clarke. *Woman in the Nineteenth Century*, edited by Larry J. Reynolds, W. W. Norton, 1998, pp. 143–61.

Mulford, Carla. Introduction. The Power of Sympathy *and* The Coquette, edited by Mulford, Penguin Classics, pp. ix–li.

Nash, Margaret A. *Women's Education in the United States, 1780–1840*. Palgrave Macmillan, 2005.

Pettengill, Claire C. "Sisterhood in a Separate Sphere: Female Friendship in Hannah Webster Foster's *The Coquette* and *The Boarding School.*" *Early American Literature*, vol. 27, no. 3, 1992, pp. 185–203. *JSTOR*, www.jstor.org/stable/25056904.

Rowson, Susanna. *Charlotte Temple*. 1791. Charlotte Temple *and* Lucy Temple, edited by Ann Douglas, Penguin Classics, 1991, pp. 1–132.

Rush, Benjamin. "Thoughts upon Female Education." *Essays on Education in the Early Republic*, edited by Frederick Rudolph, Belknap Press of Harvard UP, 1965, pp. 25–77.

Waterman, Bryan. "The Elizabeth Whitman Paper Trail." Harris and Waterman, pp. 302–07.

Wenska, Jr., Walter P. "*The Coquette* and the American Dream of Freedom." *Early American Literature*, vol. 12, no. 3, 1977–78, pp. 243–55. *JSTOR*, www.jstore.org/stable/2507845.

第2章　過激な黒人フェミニストの教育法
――スチュアート『宗教と道徳の純粋原則』

マーシー・J・ディニウス

【図5】マライア・W・スチュアート（1803–79）の活動の拠点となったボストンの建物．現在まで彼女の肖像は確認されていない．インターネットなどに掲載されている肖像は別人のもの

1　スチュアートの基本的信条

マライア・W・スチュアートは、奴隷制と人種隔離の時代に黒人女性の権利と社会的地位の向上について講演し、執筆した初期アフリカ系アメリカ人の重要なフェミニスト、エッセイスト、活動家とみなされている。[1] より具体的にいえば、(大人の)改心者としての深い信仰と黒人女性としてのアイデンティティとを分かち難いものとして理解し、自分の人生と活動をキリスト教のもっとも根本的な原則に基づくと捉えた、ラディカルなキリスト教徒のフェミニストといえよう。スチュアートを「ラディカル」と呼ぶとき、語源論的な意味を指している。彼女のエッセイは、十九世紀初期のアメリカの黒人と白人に、彼らの宗教と国家の「根本」原則に戻るよう促しているからである。彼女はキリスト教の黄金律——汝《なんじ》の隣人を自分自身のように愛せ——と「すべての人は平等に生まれている」と謳《うた》う独立宣言とを、同じ本質的な考えが、それぞれ神の法と世俗的宣言に表わされたものと捉えた。このキリスト教の隣人愛と民主主義的平等がスチュアートのエッセイや講演の中核を成している。

【図6】スチュアートの最初のエッセイ『宗教と道徳の純粋原則』が収められたマリリン・リチャードソン編集本の表紙

本稿では、スチュアートが一八三一年にパンフレットの形で発表したエッセイ、『宗教と道徳の純粋原則』に焦点を当てたい。彼女はこのエッセイのなかで、教育と模範行為をとおして、白人と黒人を含むアメリカの子どもたちにこれら根本原則を学ばせるのに、女性、とりわけ母親が理想的な位置にたっていると論じる。これらの原則を体得した黒人と白人のキリスト教徒の母に育てられた子どもだけが、アメリカの真のキリスト教徒の最初の世代として、初めて、キリスト教アメリカ民主主義が約束するものを実現できるのだという。彼女は、この重要な教えを、読者に伝えようとしたのである。

2 同時代の社会的状況、読者、権威

スチュアートの活動を促したのは、直接的には、仲間のボストンの作家で活動家のデイヴィッド・ウォーカーであった。彼の激しい、戦闘的で論争的な『世界の黒人市民への訴え』(一八二九)にたちまち刺激された彼女は、自分の「訴え」を、特に黒人女性に向けて執筆し発表した。[2] ウォーカーが黒人男性とその抑圧された男性性に焦点を当て、彼らと彼らの家族に対する白人の抑圧にどのような手段を用いても抵抗するよう呼びかけたとき、黒人女性を大体において受動的な犠牲者として表象していることに、スチュアートは間違いなく気づいていた。ウォーカーの『訴え』第三版(最後の版)

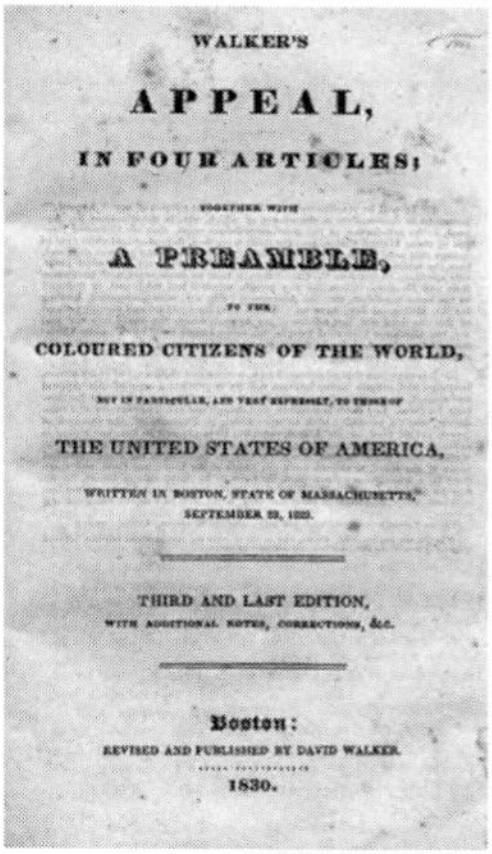

【図7】1830年に出版されたウォーカーの『訴え』第3版かつ最後の版

が、一八三〇年ボストンで出版された一年後、彼女は同じボストンで『宗教と道徳の純粋原則』を出版し、黒人女性に向けて、抑圧に抵抗し、自分たちと家族と全黒人の地位向上を促すために女性としてできること、また、しなければならないことについて訴えた。

ウォーカーもスチュアートも、その福音主義的なエッセイで、できる限り多くのアフリカ系アメリカ人によりよい生活ができるという「よい知らせ」をもたらそうとした。両者とも、読者の間には、共通の人種的アイデンティティにもかかわらず重要な違いがあることを認識していた。ステュアートは、「死すべき者として、同じ死すべき者へ」語ることで、また共通の死すべき運命において神のもとにみなを結びつけることで、彼女自身と名ばかりの自由黒人女性と教育を受けた黒人女性との間の教育差と階級差ばかりか、黒人という共通の人種アイデンティティからくる無力感をも乗り越えようとした。彼女は神という権威を使い、その忠実な下僕の一人として大胆にも次のように命じる。

ああ、アフリカの娘たちよ、目覚めよ！　目覚めよ！　立ち上がりなさい！　もはや眠っていてはいけません、居眠りしていてはいけません、自らを際立たせるのです。高貴で気高い才能を与えられていることを世に示すのです！（三）

ここでのステュアートの訴えは、とりわけ、金も教育もほとんどないか、まったくない女性読者に向けられていると思われるかもしれない。だが、この命令にすぐさま続くレトリカルな質問は、社会経済的に彼女と同等か、それ以上の教育を幾分か受けた黒人女性労働者階級に投げかけられており、また彼らを批判していることを暗示している。そのような女性に彼女は問いかける。

墓以外に自分の名を永遠に刻むことをしたでしょうか。どのような模範を次世代に見せましたか。生まれくる世代のためにどのような基礎を築いてあげたでしょう。どこに私たちのつながりと愛があるのでしょう。そして、他者の悲しみに涙し、目に見える欠点を隠してあげようとする思いやりはどこに？（三〇―三一）

スチュアート『宗教と道徳の純粋原則』

これらのレトリカルな質問に、自分のことや即物的な満足にのみ没頭している名ばかりの自由黒人女性への大胆な非難を読み取ることができる。スチュアートの視点からみると、仲間の黒人女性たちは、その幾分高い階層に与えられる相対的な力や特権を、真の黒人リーダーになるためではなく、よき消費者となるためにのみ使用していた。自分たちのために意味のある遺産を作りあげようとしないこと、自らが手本となり、少なくとも自分が受けたのと同じくらいの教育を与えることで、よい子どもたちを育てようとしていないことを叱りつける。あるいはまた、これらのより恵まれた女性たちが、それほど恵まれない黒人女性と団結しようとはせず、自分の道徳的状況を棚にあげて、つまらないことで彼女たちを糾弾していると、批判するのだ。

これらの痛烈な批判に続き、スチュアートはさらに大胆に、仲間の黒人女性が、もっとも貧しい黒人女性同様、常に性的不道徳にさらされている子どもたちをうまく育てられていないと断言する。彼女はここで神に赦《ゆる》しを乞うてから、次のように率直に公言する。「我々の柔らかな赤ん坊たちの心は、生まれるやいなや汚される。彼らは、いわば、子宮からすぐにさまよい出ていくのです」。スチュアートの考えでは、黒人は少女も少年も同じように性的不道徳の罪を犯している。

> 下品なものに顔を赤らめる乙女がどこにいるでしょう。そしてその男らしい眉に知識への渇望を刻んだ若者はどこに？ その野望を抱いた心が、つまらない事がらを超越し、父の悪を正し、同胞の大義を満たすときが訪れるのを待ち望むような若者はどこに？（三一）

彼女はさらに続ける。

> 我々の娘たちは、穏やかさと威厳をともなう繊細なマナーを獲得したでしょうか。彼女たちの純粋な心は、おぞましさと軽蔑《けいべつ》の気持ちで悪を眺めたでしょうか。彼女たちの耳が不快な語調で汚されたとき、顔をしかめたでしょうか。その影響力が強大にならないでしょうか。我々の同胞はその魅力に惹かれないでしょうか。（三二）

これらレトリカルな質問形の非難とともに、スチュアートは、互いに対する愛や、過去、現在、未来の同胞への愛がどこにもみあたらず、抑制されない欲望だけがみえること、この欲望に若い男性も女性も無制限に突き動かされていることを明らかにする。それゆえ、彼女は黒人の母たちを駆り立て、子どもたちにキリスト教、とりわけ彼女が「道徳の純粋原則」（強調は筆者）と呼ぶものを教え、汚れた性衝動を抑え、抑制のきかない満足欲求をコントロールさせるよう訴える。自分と同じレベルの仲間だけではなく、すべての黒人の母親に、これらの「[美徳の]原則を柔軟な幼子たちの心に注ぎ込む」よう求めるのだ。「決して怠ることのないよう。あらゆる点で、自分の責務を忠実に果たしなさい。結果は神に任せるのです。あなたがたの衣の裾が無垢《むく》な幼子たちの血で汚れないように」*1。

ここで、スチュアートがキリスト教的母性をいかに教育的かつ実践的に理解していたかみてみよう。上述のような母になるために必要な第一歩が、自らを神の子として、真の父なる神に完全に委ねることを理解し、喜んで受け入れることだとし、次のように説いて教える――「我らが神なる主のまえに真に頭《こうべ》を垂れ、いわば、我々の魂を主のまえの地面にこすりつけて埃《ほこり》をかぶり、罪ではなく正義に目覚めるのです」。彼女はこれに続けて、聖職者のように神の言葉を腹話術師的に語りながら、神の招きと約束をすべてのキリスト教徒に伝える。

ああ、汝ら後退する子どもたちよ、戻ってきなさい。そうすれば私も汝らのもとへ戻るであろう。汝らは私の民となり、私は汝らの神となるであろう。(三五)

スチュアート『宗教と道徳の純粋原則』

スチュアートが神の使いとして読者に訴える力を獲得するのは、このように、自らを神に委ねるときなのだ。

ああ、母たちよ、なんという責任があなたたちにかかっていることか！　あなたたちには魂が預けられているのです。その厳しい責任を果たすことを　神は求めるでしょう。小さな女の子や男の子に知識への渇望、美徳への愛、悪への憎悪、純粋な心を育み、培《つちか》わなければならないのは、あなたたちなのです。このようにして撒《ま》かれた種は、年齢とともに、育つでしょう。そしてこのように幼くして魂に刻まれた美徳への愛は、彼らの未経験な弱々しい足どりを多くの危険から守ってくれるでしょう。ああ、自分の子どもには何もできないと言ってはいけません。神様の助けと支援を受けて、なんとかやってみましょう、と言うのです。（三五）

ここでスチュアートは、神が黒人の母を神の子として守り助けてくれるように、黒人の母は子どもたちに同じことをしなければならないという論点を明確にしている。この神に支えられた母親の責務が、忠実な信仰を維持するよりも容易《たやす》いとは保証しないが、キリスト教徒として試してみるよう促す。そしてその試みを続けるよう求める。神に心から身を委ねることで、神の助けと支援が得られると信じているからだ。

3　母の世俗的手本と黒人女性の連帯

スチュアートはこのエッセイで、理想的な家族の天上的な例とこの世の例の両方を提示する。「芸術や科学、純文学において栄えている」例として、アメリカの白人の家族を黒人読者に掲げてみせる。

彼女によれば、彼らが栄えているのは、白人女性が「政治的、道徳的、宗教的向上をもっとも高い目標に据えている」からだという。それでもこれら白人の母親たちは完璧とはほど遠い。彼女たちが素晴らしいキリスト教原則とその実践を黒人の隣人に広げようとしないからだ、とスチュアートは鋭く指摘する。「一つの考えをアフリカ人の無知な息子や娘にも分け与えようとする白人女性が、いかに少ないか。黒人がその涙と血でアメリカの土を豊かにしてきたというのに」。白人女性のこの非キリスト教的「支援の欠如」にもかかわらず、スチュアートは「我々のなかにも輝かしい名声を歴史に残すような、有能で才能あふれる者が数多く存在することを考えて嬉しくなった」と言う。彼女がここでその代表例としてウォーカーを思い描いていたのは、間違いないだろう。彼女がみるところでは、多くの黒人女性が、ウォーカーや彼の高い目標を達成する仲間たちのようになれないのは、「や、っ、て、み、る、わ」と言うまえに、あまりにしばしば「で、き、な、い、」と言ってしまうからだった。そしてスチュアートは、「できない」と言わせるもの、思わせるものこそが罪なのだと、黒人女性たちに諭し、教える。

> 正義は国家を称えますが、罪はいかなる人にも恥辱となります。友よ、なぜ我々の心はこれまで無知によって目を曇らされてきたのでしょう。それはこの罪ゆえなのです。なぜ我々の教会はこれほどの困難を抱えてきたのでしょう。罪ゆえなのです。なぜ神は、我々の右手と左手を、我々のもっとも博学で知的な黒人男性を、奪われたのでしょう。*2 (三五)

このような議論とともに、スチュアートは最終的にあらゆるアメリカの黒人の萎縮した状態は、人種の差ではなく、罪ゆえなのだと読者に理解させようとする。それゆえ、黒人の母に、その力と責任により黒人を救い、高めるよう訴える――「小さな娘や息子の心に、知識への渇望、美徳への愛、悪への憎悪、純粋な心を育てるように」と。

スチュアートは、これに続いて、未来のヴィジョンを提供する。そしてこれらの純粋原則を子どもたちに教える母の努力がいかに重大であるかを示し、次のように宣言する――「我々が心も魂も一つにし、我々の目を知識や向上に向ける日、この地上に我々を敵対視して攻撃する国々が消える日が来ることを強く信じています」。自己改善が、罪と黒人嫌い（アンチブラック）の差別を終わらせるでしょう、と彼女は説く。「腕をくんで座り、頭を葦《あし》の穂のように垂れ、自分の惨めな状態を嘆いても無駄なのです。精いっぱいの努力をして立ちあがりましょう」。そして、これらの努力によって白人から支援や尊敬を得られないとしても、「自らを高め、自らを尊敬しようではありませんか」と、彼女は結論づける。

スチュアートは、ここでもまた、アメリカの白人女性を模範例として黒人女性に紹介する。「アメリカの女性たちは、家事を賢明にこなし節約に努めることで、また子どもたちの心やマナーの形成に尽きない注意を払うことで、現在の地位の礎《いしずえ》を築きました。この点で彼女たちは褒め称えられます」。もしも白人女性にできるのなら、我々にもできると、読者を激励し、教え諭す。彼女はただ単に黒人女性に白人女性の設定したキリスト教的家庭性をもっと見習うよう主張するにとどまらない。黒人女性に家庭性と家父長制がもたらす骨の折れる仕事を乗り越えるよう促してもいる。この段階で、彼女のエッセイがさらに過激なフェミニズムへと高まっていく点は、重要である。「アフリカの正当なる娘たちは、いつまで、鉄の鍋や薬缶《やかん》の重荷で、その心や才能を押しつぶされなければならないのでしょう」と問う。彼女の答えはこうだ――「団結するまで、知識と愛が我々に流れてくるまで」。もっと厳密にいえば、彼女は次のようなレトリカルな質問により、人種を超えたジェンダーの関係性も批判している。

> いつまで、卑劣な男性たちは、その笑顔で我々を喜ばせ、我々の辛い労働による稼ぎで豊かになるのでしょう、妻の指をきらめく指輪で飾り、その愚かさを笑い飛ばしながら。（三八）

ここに表出された質問が描く筋書きにおいて、スチュアートは、北部では黒人女性が基本的に夫と家族を経済的に支えているという、稼ぎ手の逆転を指摘し、黒人女性と黒人男性の重要な階級差を暴いている。スチュアートがこれら財政的に支援されている黒人の夫を批判するように、彼らは永続的な自由を手に入れるばかりでなく、妻に「安ピカもの」を買い与えることで自分たちの父権支配を確保できるという幻想をもち続けている。スチュアートにとって、黒人男性による黒人女性の父権的搾取《さくしゅ》の解決法は、ここでも、黒人女性が階級を超えて互いに団結し、自分たちのために経済力を獲得することである。すべての黒人女性に、この団結を実現するための特別な行動の範例を示すことで、人生において男性よりも先に、「互いを励まし、引き立てる」よう促す。

許しが得られないなら、一致団結して自分たちの店を建てなさい。一方の側は繊維製品で満たし、もう一方には食料品を並べるのです。どこにお金があるか、というのですか。バカバカしいものに必要以上に消費しているから、本当に必要な建物に使うお金がないのです。(三八)

黒人女性は共同体の基本利益のために協同小売商の起業をすべきだというこの提案に、スチュアートのラディカルなキリスト教フェミニズムに立脚した、改革プロジェクトについての広がりのある社会的暗示がいくつもみられる。黒人女性による相互自立が、立派な子どもたちを育てることで、そしてその子たちが、今度は、自分たちの例を超えるさらに立派な子どもたちを育てることで、黒人を向上させる力をもつことにつながるというのだが、それだけではない。黒人女性はまた、共同体内で相互援助と協同ビジネスを行なうことで、父権的経済搾取の連鎖を断ち切って女性同士が連帯するための潜在能力が生かされるというのだ。

そのような改革へのラディカルな可能性の扉をいったん開いたうえで、スチュアートはさらに続ける。黒人女性に「男性の精神、すなわち、大胆で進取の気性に富み、恐れ知らずで勇敢な精神」をもつよう励まし、「自分の権利や特権を求めて訴えよ」、「それらが得られない理由を理解せよ」と主張する。こうして、スチュアートは、北部の名ばかりの自由黒人女性が、これも名ばかりの自由黒人男性と同じように、少なくとも自分たちの財産権と市民権を主張する法的根拠をもっていることを伝え、地域の法に習熟し、法を盾にした「厄介者」になるよう勧める。「しつこく言うことで奴らをうんざりさせなさい」と促す。そのような法的闘争は革命戦争において、男性に劣らず女性にとっても重要なのだと主張して、彼女の「講義」を終える——「これを試みれば、（最悪の結果は）死ぬことでしょう。でも、試みなければ確実に死が待っているのです」。

4　ラディカルな成果

前節の最後の文章にみられるように、スチュアートのエッセイがレトリカルでラディカルな調子を構築するにつれて、アメリカの黒人が支配されている不正に対する彼女の怒りが高まっていく。このエッセイは、黒人男性によって起こされる第二のアメリカ革命のヴィジョンとともに頂点に達する。再び、もっとも激しいときのウォーカーのような声を響かせながら、次のように叫ぶ。

ああ、アメリカよ、アメリカよ、汝の汚れは忌まわしくて消せない！　汝にかかる雲は暗くて陰鬱《いんうつ》だ。なぜなら、アフリカの息子たちに残酷な不正を行ない、傷つけるからだ。この国の殺害されし者たちの血が汝に対し、天にむかって復讐を叫ぶ。殺害されし者たちの血が汝に対し、天にむけて復讐を叫ぶのだ。（三九）

天の神がこれを引き継ぎ、アメリカ人に復讐で報いるときに、黒人男性は振りあげた剣を鞘《さや》におさめ、怒りの炎を鎮《しず》めるだろうと確信して初めて、スチュアートの穏やかさが戻ってくる。ウォーカーとスチュアートが、黒人と白人のキリスト教徒双方に彼らのやり方を今（すぐに）——最後のときではなく——変革し、そうすることで、みなが差し迫った最後の審判にそなえるよう、もっとも力強く訴えるために使用するのは、この潜在的な千年至福《ミレニアム》という考えである。そして二人とも警告する。もし改めなければ、その結果は人種やジェンダーや階級にかかわりなく、すべての罪人にとって悲惨なものになるだろうと。

5　スチュアートの平和的な教育

スチュアートのエッセイ『宗教と道徳の純粋原則』のセンセーショナルなミレニアム的結末、ならびに、ウォーカーと彼の『訴え』との永続的関連を考えると、このエッセイの核を成すラディカルな変革のための平和的教育手段を強調することが重要に思われる。隣人への愛とすべての人間の平等という根幹の原則をつねに訴えることにより、スチュアートは、多様性を犠牲にしない宗教的、社会的統一の実現を力強く想像し、最後にはそれを求める。自分の力と互いの力を十分に信じ、恩着せがましく保護しようとする夫や家父長に抵抗する妻たち、自らの市民権について学び法廷でそれを行使する女性市民たち、そして自分たちの共同体のために協同商店を開く女性労働者たちを、力強く描いてみせる。これらの教えを提供するスチュアートのエッセイは、我々の強力だがまだ実現されていない潜在能力につ

【図8】スチュアートが教えた黒人学校

いて、我々が自分たちと互いのために、そして未来の世代のためにすべきことについて、世界のすべての女性に教えるべきことを、いまだ数多く内包している。

（野口啓子 訳）

◉注

（1）スチュアートに関する重要な研究については、マリリン・リチャードソン、カーラ・L・ピーターソン、ローラ・ロメロ、エリザベス・マクヘンリー、クリスティン・ウォーターズとカロル・B・コナウェイ、マーサ・S・ジョーンズを参照。

（2）ウォーカーの『訴え』のインパクトとステュアートのエッセイへの影響については、拙著『デイヴィッド・ウォーカーの「訴え」のテキスト的影響』、特にスチュアートについて論じた第二章を参照。

◉訳注

＊1　引用部分の最後の一文は、旧約聖書の「エレミヤ書」二章三四節の「あなの衣の裾に罪もない貧しい人たちの血が見いだされる」という表現に由来する。スチュアートは、神に身を委ねることで罪を犯さなくてすむことを示唆している。聖書の邦訳はすべて、二〇一八年版聖書協会共同訳を使用。ただし、表記の統一のために一部変更を加えた。

＊2　引用部分の最後の一文は、新約聖書「マタイの福音書」五章三〇節に言及したものである。姦淫《かんいん》を戒《いまし》めた

箇所で、「右の手があなたをつまずかせるなら、切り取って捨てなさい。体の一部がなくなっても、全身がゲヘナ［地獄］に落ちないほうがましである」と説かれている。スチュアートはこの部分の「手の切断」というメタファーを用いて、幾人かの重要な黒人が抹殺《まっさつ》されたのは、「我々黒人の罪」ゆえであると主張している。

◉引用文献

Dinius, Marcy J. *The Textual Effects of David Walker's Appeal: Print-Based Activism Against Slavery, Racism, and Discrimination, 1820–1851*. U of Pennsylvania P, 2022.

Jones, Martha S. *All Bound Up Together: The Woman Question in African American Public Culture*. U of North Carolina P, 2007.

McHenry, Elizabeth. *Forgotten Readers: Recovering the Lost History of African American Literary Societies*. Duke UP, 2002.

Peterson, Carla L. *'Doers of the Word': African-American Women Speakers and Writers in the North (1830–1880)*. Oxford UP, 1995.

Richardson, Marilyn, editor. *Maria W. Stewart, America's First Black Woman Political Writer*. Indiana UP, 1987.

Romero, Lora. *Home Fronts: Domesticity and Its Critics in the Antebellum United States*. Duke UP, 1997.

Stewart, Maria W. *Religion and the Pure Principles of Morality, The Sure Foundation on Which We Must Build*. 1831. Published by William Lloyd Garrison, reprinted in *Maria W. Stewart*, edited by Richardson, pp. 28–42.

Waters, Kristin, and Carol B. Conaway, editors. *Black Women's Intellectual Traditions: Speaking Their Minds*. U of Vermont P, 2007.

第3章　女性をエンパワーするための小説
——サウスワース『捨てられた妻』

山口　ヨシ子

【図9】E. D. E. N. サウスワース
（1819-99）

1　サウスワースと『捨てられた妻』

E・D・E・N・サウスワースは、十九世紀のアメリカでもっとも広く読まれた人気作家の一人であったが、半世紀以上に及ぶ作家生活をとおして、読者と「緊密な絆[1]」を保持していた（ボイル一二）。週刊物語新聞に連載後、単行本にするという形で、生涯に約六十作の長編小説を出版したこの作家は、特に性差別の強い社会で苦闘する女性読者をエンパワーし続けたといえる。流行作家となり、高い稿料を得るようになってからも、安価な週刊物語新聞への連載を続け、物語をとおしてばかりでなく、個人的にもメッセージを送り続けて読者と緊密な関係を築いていたことは（ボイル一二）、この作家が読者に読む楽しみを提供するばかりでなく、読者を啓発する意図をもっていた証ともいえよう。

アメリカ文学史の正典《キャノン》から締め出されていた十九世紀の女性作家による感傷小説や家庭小説の再評価にいち早く挑んだニナ・ベイムは、それらを「女性小説」と呼び、「困難に見舞われながらも、それに打ち勝つ英知、意志、資質、勇気を自分の内に見い出すヒロインの苦難と勝利の物語」（一一）と定義した。サウスワースも十九世紀には爆発的人気を得ながらも、男性中心主義的な二十世紀の文学史から排除されていたが、その作品は、特に女性読者に向け、いかに現実の苦難を克服して、人生を勝利に導くことができるか、その具体的な秘訣を伝授している。

このことは、一八四九年にフィラデルフィアの週刊物語新聞『サタデイ・イヴニング・ポスト』

に連載され、翌年、単行本として出版された、第二作目の長編小説『捨てられた妻』にすでに明確に表われている。「ネグレクト」されて育った少女期、不幸な結婚生活、一人親としての苦闘など、自伝的要素が強いこの作品は、しかしその自伝的要素を超越して、「女性読者に自らの人生の主人公になる方法を教えることを意図した小説」となっている（ハリス 一八）。ヒロインのヘイガー・チャーチルの苦難と勝利をとおして、その後サウスワースがくり返し主張することになる、女性の自立を鼓舞する小説になっている。

THE SATURDAY EVENING POST.
A FAMILY NEWSPAPER: NEUTRAL IN POLITICS.
DEVOTED TO MORALITY, PURE LITERATURE, FOREIGN AND DOMESTIC NEWS, AGRICULTURE, THE COMMERCIAL INTEREST, SCIENCE, ART AND AMUSEMENT
GOLD DIGGERS IN CALIFORNIA.
THE DESERTED WIFE.

【図10】『捨てられた妻』の連載が開始した日（1849年8月11日）付の『ポスト』紙（図像左下から物語が始まっている）．題字の下に「政治的に中立な家族新聞」とある．

サウスワースは、自らが「捨てられた妻」であった。一八四〇年に結婚し、その後西部に赴くも、夫の出奔《しゅっぽん》で、五年後には、故郷のワシントンDCで幼子と身籠《みごも》った子の責任を一人で背負う身となった（ハート 二一四）。四九年、当地の反奴隷制新聞『ナショナル・イーラ』に連載後、単行本として出版した、第一作目の長編小説『報復』で世に認められるまで、孤軍奮闘の日々であった（二一四）。教員としての過重な任務に耐え、子どもや自身の病気に悩まされつつ執筆に挑み、まさに「生き残るための闘い」を続けていた（二一四）。若い女性の恋愛や結婚をめぐる感傷小説の枠組みで反奴隷制を訴えた『報復』の出版後、「原稿依頼が殺到し」（二一四）、「政治的に中立な家族新聞」と謳《うた》って人気を集めていた『ポスト』紙に連載したのが『捨てられた妻』であった。『報復』のヒロイン、ヘスター・グレイは、夫にも親友にも裏切られ、死を賭《と》して願った自らの農園の「奴隷解放」は、成長後の娘に託さなければならない。一方、『捨てられた妻』のヘイガーは、夫の出奔後の苦難の日々を生き延び、「幸せな結末」を迎えている。

本稿では、『捨てられた妻』のヒロインの苦難と勝利の経緯を、サウスワースのほかの初期の作品と比較しつつ検証し、この女性作家がいかに女性読者に自らの人生のヒーローになる秘訣を教示したかを分析したい。

2　読者をエンパワーする手段としての「幸せな結末」

サウスワースの長編小説では、『捨てられた妻』以降、多くのヒロインが「幸せな結末」を迎えている。これは作者の主な読者でもあった女性たちがいかに自らの人生の主人公になれるかを具体的に示すもので、いわば読者をエンパワーする手立てにもなっている。同時代の作家ルイザ・メイ・オルコットは、『よき妻たち』（一八六九）で、サウスワースらしき流行作家を描き、その人気の秘訣の一つとして、「読者の好みをよく理解している」（四四）ことをあげている。読者が「幸せな結末」を好むことを熟知し、その種の物語が読者に及ぼす効果を期待してサウスワースが執筆していたことは確かで、この点でオルコットの指摘は正しい。一八五三年に『イーラ』紙に『マーク・サザランド』として連載し、五六年に『インディア』と改題して出版した反奴隷制小説の序文では、サウスワース自ら、近親者についての実話だというその内容を、「作家の特権を使って、より幸せな結末」にしたと告白してもいる。

だが、サウスワースのヒロインは、泣いて苦難に耐えるだけでは幸せにはなれない。『捨てられた妻』のヘイガーが手に入れる幸せは、同じ年に出版され、ベストセラーとなっていたスーザン・ウォーナーの『広い、広い世界』のエレン・モンゴメリーの幸せとは根本的に異なっている。エレンは、神の名において女性の男性への服従を説く教育を母親から施された少女である。男性権力者の命令を神の命令とみなし、涙を流して耐えることで、数年後には導いてくれる男性の「言うとおりになんでもする」（五六三）妻になるという「幸せ」を得る。エレンはいわば、よき妻になるための教育を受けて育ち、その模範例となる。やがては夫の保護下にある妻の身分でのみその発言権が保証される「共和国の母」となることが予見される。一方、ヘイガーは、十分な「ケアと教育」が受けられず放置されて育ち、結婚した夫には捨てられるが、苦難の時を経て、独立独行の女性、いわゆる「セルフメイドウーマン」になることで、夫を取り戻している。自分で働いて得た金の使い方を自ら決めて夫に告げ、三人の子どもの母として、人生の「円熟期」を迎えている。

ヘイガーは、一歳の双子の娘を抱え、もう一人を妊娠中に、夫が従妹と外国へ駆落ちし、日々の生活にも窮するようになる。だが、彼女は、自らの声を生かし、歌手として舞台に立つことで、その窮状を脱している。苦難の日々を経て、夫を「崇拝し」従属する妻ではなく、夫を愛す、自立した女性への「変身」を遂げている。荒廃した生家を自ら働いて得た金で美しく豊かに「変身させる」

ように、自らも変身を遂げている。この変身こそが、サウスワースが女性読者に伝えたかった、自分自身の人生のヒーローになる秘訣である。

十九世紀半ばには、ジョン・フロストの『アメリカの独立独行の人』（一八四八）やチャールズ・セイモアの『独立独行の人』（一八五八）など、独力で成功を勝ち得た人たちの伝記集が出まわり、その価値観が広く賞賛された。サウスワース自身、一八六三年から翌年にかけて週刊物語新聞『ニューヨーク・レジャー』に連載した『独立独行の人』で極貧の生活から苦学して弁護士になる男性を描いているが、彼女は、この理想を男性ばかりでなく、女性にも適用している。ヒロインが幸せを獲得するためには、男性に従属する生活を脱却し、自力で立つことが求められている。

このことは、『インディア』の同名のヒロインにもあてはまる。南部の大農園の娘である彼女は、「父親、恋人、友人、親戚、奴隷たち」のうえに「女王」として君臨していたが、長い苦しみの年月を経て、音楽と絵画の教師として自立し、幸せを手に入れている。当初は、主人公である婚約者が北部での経験を経て奴隷解放論者になったことを許せず、ほかの男性と愛のない結婚をして、公国の君主に匹敵すると信じる「奴隷主」の「特権」を死守する。だが、夫の死や父の投機の失敗など、不幸な日々を重ねて、自らも「豪華な依存の生活」よりも、「労働によるまっとうな独立」を尊《たっと》ぶようになる。苦しく辛い学びの年月を経て、同じく苦労の末に弁護士から議員になった元の婚約者と再婚している。南部の大農園主の息子と娘がともに、自力で立つことで幸せになり、その幸せを奴隷主の幸せに勝るものとし、同時にその自立を奴隷制への解決策の一つとしている。

女性が幸せになるために精神的・経済的自立が必須であるという主張は、一八五九年に『レジャー』

紙に連載された、サウスワースの代表作『見えざる手』でも強調されている。この作品は、十九世紀のアメリカでもっとも広く読まれた作品の一つであるが、そのヒロイン、キャピトーラ・ブラックは、餓死する危機に瀕《ひん》すれば自らが男に変身して働くことで切り抜け、文字どおり、自分の人生のヒーローになる。そればかりか、男性権力に抗することができない、「女らしい」友人クララ・デイを絶体絶命の危機から機知を働かせて救い出すヒーローにもなる。クララは、社会が求める無垢《むく》で、純粋で、従順な女性であるために、強制結婚させられそうになるのだが、キャピトーラに救出されたのちには、自立への道を模索する。裁縫師の看板をかかげて「労働する権利」を主張し、「人間の公の権利条項のうえに立って生きたい」と発言するようになる。自立する女性への変身を果たすことで、愛する夫にも発言権を行使できる妻としての幸せを勝ち得ている。夫も貧しい生活から自力で医者になる独立独行の人であるが、縫物も料理もこなし、戦争へ行っても「男らしく」変身するところを見せないことからすれば、サウスワースは性差による社会の偏見に挑戦していたといえる。

サウスワースは、女性が自らの人生のヒーローになるための秘訣について、明確な主張をもっていたが、それを達成できない女性も丁寧に描き、男性権力に屈して悲惨な結婚をし、厳しい人生を送る女性にも応援の姿勢を示している。成功を手にするヒロインと不幸になるほかの人物を読者が比較して、自らの人生の手引きにできるよう配慮している。

『捨てられた妻』のヘイガーの叔母、ソフィ・チャーチルも、悲惨な結婚をして人生のヒーローになる機会を逸する一人である。彼女は、教師や看護師として自立できる素養をもちながらも、精神を病む教区牧師の連夜の訪問を拒否できず、意中の人がいながら意に沿わない結婚をする。学校開設の援助にかこつけた訪問は歴然としたハラスメントだが、ソフィは優柔不断な態度を取り続け、結局は牧師の罠に落ちている。

この牧師による暴力的シーンは、家族向け新聞を謳っていた『ポスト』紙では、掲載を拒否されている(アヴァロン 一六三)。だが、能弁な説教で教区民を感動させる一方で、心に深い闇を抱えるこのような牧師は、犯罪を読み物にして人気を集めていた週刊新聞『ナショナル・ポリス・ガゼット』などに頻繁に登場したタイプで、ナサニエル・ホーソーンが『緋文字《ひもんじ》』(一八五〇)で描いた牧師像の原型ともいえる(レナルズ 二六一)。サウスワースは、二面性をもつ牧師の罠に屈するソフィを描いて、読者に警告を与えていたことになる。結婚式に現われた牧師の息子は、父親の「狂気に悪意がある」と伝えるが、ソフィはその牧師との結婚を神意と捉え、「暗い日々を生き抜く覚悟」を示す。ヘイガーは、幼いころに出会ったこの牧師の息子と十代で結婚するのだが、夫の出奔後の失意の日々に、親切に手を差し伸べる隣家の男性に毅然《きぜん》とした態度を取り、叔母との違いをみせている。

サウスワースは、自らの主張を直接読者に伝えるべく、「読者のみなさん」と呼びかけてもいた。当時の感傷小説ではよく使われていた手法で、ハリエット・ビーチャー・ストーも『アンクル・トムの小屋』(一八五二)で、冷酷な「奴隷商人」に子どもを奪われる奴隷の母親の苦しみを女性読者に直接訴え、女性の意識改革による社会変革の可能性に挑んでいた。サウスワースも、このような読者への呼びかけを意図的に行なっていて、たとえば、一八五二年に『ポスト』紙に連載後、同じタイトルで出版した『クリフトンの呪い』では、子どもを抱えて一人苦闘する女性を描く過程で、

「読者のみなさん、この部分は、少なくとも物語ではありません……どの町にも、十分な食べ物も燃料も稼ぐだけの仕事がない貧しい女性たちがいます」と、大勢の女性が窮状に瀕している実態を伝えつつ、苦闘する女性にエールを送っている。このような読者への呼びかけは、「幸せな結末」を迎える秘訣を伝授する内容とともに、サウスワースが女性読者と緊密な関係を保持しつつ、物語を教材として悲惨な社会の現実を示し、読者に変身の重要さを説いていたことの証でもある。長い教師経験を経て作家になったサウスワースは、教育の大切さを知り抜き、自らのペンで読者をエンパワーすべく、実践していたと思われる。

サウスワースが教育による女性の変身の重要さを強調していたことは、『インディア』に登場するローザリィ・ヴィヴァンの発言からも明らかである。彼女は、南部農園主の座を放棄する主人公の最初の妻となる女性であるが、「奴隷」を解放して弁護士を目指す夫を励ましつつ、ともに西部へ赴き、自らは病身を賭して女子教育に尽力する。彼女は、西部でも教壇に立っていた作者の声を代弁しているといえるが、「一人の教員の影響の大きさ」を熟知し、「小さな女の子の心に植えつけられたよい考え方」は、その本人に好影響を与えるだけでなく、「その子とその子孫の世界に住むすべてに影響を与える」と語る。彼女は、開拓地での新聞の重要さも力説して、夫を助けて、新聞の発行にも携わっている。教師から作家となったサウスワースは、ローザリィの主張と実践を大衆新聞で読者に向けて行なっていたといえる。読者の「幸せな結末」好みを熟知して、幸せへの秘策を示す物語を書くばかりでなく、物語の内外で直接メッセージを送り続けたことは、読み物を教材としたサウスワースなりの教育活動であったともいえよう。

3 「黒いヒロイン」の威力

『捨てられた妻』のヘイガーが「幸せな結末」を迎える要因は、彼女自身の心身の強さにある。彼女は、「野性的な」「黒い目」、「健康そうな赤い頰」、「野性的な浅黒い顔」をもち、その性格は、「手がつけられないほど野性的」とされる。彼女は、メリーランドの荒れ果てた農園の相続者であるが、生後一日で孤児となり、若い叔母に育てられる。叔母が不幸な結婚をし、その後従妹が移り住むようになるとヘイガーは孤独を深め、馬で荒野を駆けて「鷲《わし》のような自由」を謳歌することに救いを見い出す。馬を自在に乗りまわす黒髪の少女は、のちにサウスワースが描く痛快な少女冒険者キャピトーラを思わせるが、ヘイガーは、キャピトーラ同様、健康な身体と、「勇敢で自由で野性的な精神、アマゾンのような性向」をもつ少女であり、これこそが、自らの人生のヒーローになる基礎となる。

サウスワースが『捨てられた妻』で、野性的な黒髪のヘイガーをヒロインにして、「幸せな結末」を描いたことは、前作『報復』のヘスターが、夫や親友に騙されたまま早世することを考えると意味深い。女性が自らの人生のヒーローになるためには、ヘスターからヘイガーへの転換、つまり心身の強さが必要であることが強調されるためである。『報復』は、感傷小説の枠組みでトマス・ジェファソンの「暫定的奴隷解放論」の欺瞞《ぎまん》をも暴き、感傷小説が反奴隷制を主張する強力な道具になり得ることを『イーラ』紙の編集長に納得させた作品である（マーティン 一三）。奴隷に天使のようなやさしさを向ける夭折《ようせつ》のヒロインや、肌の白い「混血奴隷女性」の悲劇も描いて、『アンクル・

トム』への道を開いた作品ともいえる。さらには、愛する男性と親友に裏切られた病弱なヒロインが白鳩のイメージで描かれ、遺された人たちに翼を広げる展開は、約半世紀後にヘンリー・ジェイムズが『鳩の翼』(一九〇二)で描くテーマを先取りしてもいる。だが、サウスワースが『ポスト』紙に連載した『捨てられた妻』では、死後に影響力を発揮する天使のような結核病みのヘスターとは異なり、力強く生きて人生を立て直すヘイガーを描いている。

『報復』では、黒髪の女性は、無垢なヘスターを騙す伝統的な「悪女」であったが、『捨てられた妻』では、苦闘する強いヒロインが黒髪の持ち主となっている。当時の人気週刊物語新聞に掲載され、さらに単行本として再版をくり返していたメキシコ戦争(一八四六—四八)を描いた物語などでは、たとえば、ネッド・バントラインの『志願兵』(一八四七)に代表されるように、男装して戦う勇敢な女性が黒いイメージで描かれ、「黒いヒロイン」として人気を集めていた(山口 二二〇—七八)。サウスワースはヘイガーを浅黒い顔つきの野性味あふれる黒髪の少女として描き、この系譜に加えている。当時、結核はアメリカで死因の一位を占め(サヴィット 四二)、ヘスターのような早世の例は珍しくはなかったが、サウスワースは自らの病気との闘いからも、心身ともに強くなければ自らの人生を生きられないことを熟知し、その模範を強くたくましいヘイガーによって示したことになる。

このことは、『捨てられた妻』の序文で、体育教育の重要性を説いていることからも説明される。女性が婚姻関係で不幸に陥る主要な原因の一つが、不十分な体育教育にあると指摘し、よい体育教育なしには道徳教育も結実しないと主張して、アメリカ女性の身体的修練の大改革を提案している。

法律の不備に女性が苦しむ状況を指摘しつつも、女性自らが健康を保つための個人的な改革をしなければ、法整備が進んでも真の改革は達成されないとしている。サウスワースがヘイガーのような「野性的な」女性をヒロインとして描いたことは、十九世紀のアメリカで広く求められた、「真の女性」の「か弱い女性のステレオタイプ」とは異なる、「現実の女性」の理想を読者に示そうとしていた証といえる(山口 一八六)。

「現実の女性」とは、フランシス・B・コーガンがその著書で存在していたと主張する「アメリカ固有の大衆的な女性の理想」(四)である。「英知、体力と健康、自足、経済的自立、注意深い結婚」などを推奨する「生き残りの価値体系」(四)に連なる女性像である。純粋さや従順さなどを求められる「真の女性」とは別に、「現実の女性」の理想が、女性たちが見習うべきものとして存在していたとするコーガンの主張は、女性の生き方を教示する目的で出版されていた当時の助言本がくり返し女性の健康美を強調していたことでも証明される(山口 一八六)。

『捨てられた妻』の序文でサウスワースは、「歴史上のすべてのヒーローやヒロインたちの例によって」「勇気や平静さの必要性を教え込む」大切さも説いている。作者がヘイガーをとおして読者に教示するのは、『広い、広い世界』のヒロインのように、涙して耐えるだけでは解決できない、人生の危機の乗り切り方である。ヘイガーが涙を流すのは、出奔した夫が帰還したときのみで、妊娠した身で双子の一歳児を抱え、大雪のなか敢行する故郷への失意の長旅にも、その後一人だけの出産にも、さらには、自立への模索の最中にあっても、涙を流すことはない。

4 「誤った教育」を乗り越える独立心

ヘイガーは「捨てられた妻」の辛苦を克服するが、「誤った教育」で形成された自らの欠点を独立心に転化することで乗り越えている。彼女の性格を特徴づけるのは、一つに、強い嫉妬心であるが、その欠点はヘイガーの受けた「誤った教育」によって形成されている。ヘイガーの嫉妬心は、彼女の「ケアと教育」を引き受けていた叔母が牧師の夫の看病に忙殺され、「鳩の目」をもつ「やさしく、穏やかな」従妹のロザリア・アギュラーが、家人の愛を独占するようになるといっそう激しくなる。「浅黒く、野性的で、内気な」ヘイガーは、軽んじられ、放置されたまま成長したために、魅力的なライバルを激しく嫉妬するようになる。

このようなヘイガーの人物像は、サウスワース自身の体験から造型されたといえる。作家の希少な伝記的文章には、「六歳の私は、小さく、やせていて、浅黒く、野性的な目をした子どもで……多くの時間を一人で夢想していた」とある(ハート 二一三)。さらには、「金髪碧眼《へきがん》の美しい妹」が「鳩の目の可愛い子」と呼ばれて誰からも愛されたことも記されている(二一二)。作家本人と妹との関係が、ヘイガーとロザリアとの関係として描かれていることが確認できるが、ヘイガーは作家同様、少女期に受けた「誤った教育」を跳ね返す強さを発揮する。彼女の激しい嫉妬心は、結婚後は夫の怒りを増大させ、彼女への愛情を失わせる要因にもなるのだが、荒野を猟犬とともに馬で駆け、屋根裏部屋で一人過ごして成長した少女は、夫が従妹と外国へ駈落ちし、離婚を迫ると、自立への道を模索する。夫への手紙で、ロザリアと結婚しても「もう一人の捨てられた妻」を作るだけだと説く一方で、自活のために何ができるかを探る。三人の幼児の母親は、「若く、頑丈で、血気盛んで、大胆で、自分自身に誇りをもって」、嫉妬心を自立へのエネルギーに変換するべく模索する。

裁縫師か、教師か、というのが、ヘイガーがまず考えることであるが、彼女の技術や知性は、「訓練されないまま」であり、いずれも不可能であることを悟る。やがて、夫がかつて自分の声を褒めていたことを思い出し、歌手になることを決意する。女性は私的領域に留まるべきという、当時の「真の女性」の規範からすれば、女性の音楽教育は広く推奨されても、音楽的素養は、「女性らしさ」を表現する手段として私的領域で発揮されるべきものであった（コーザ 一〇四）。音楽を職業にするというヘイガーの決意は、その規範を超えていることになる。

ヘイガーの決意が斬新《ざんしん》であることは、当時人気の月刊誌『ゴディーズ・レディーズ・ブック』に掲載された物語と比較しても明らかである。この雑誌は、時代の女性観を形成するうえで多大な影響力をもっていたが、そこに掲載された物語は、社会の規範を破ってプロの歌手になった女性は「自分たちの選択を後悔し、危険で、不幸で、満たされない人生を送る」とくり返し読者に警告していた（コーザ 一一八）。のちに『ゴディーズ』の編集者セアラ・ジョセファ・ヘイルは、『捨てられた妻』を評して、その人物像が時代の価値観にそぐわないと批判に及ぶが（七九四）、サウスワースは、自ら描くヒロインが時代を先取りしていることを十分意識していて、歌手という職業に就くことを妨げる誇りは何らもちあわせていない、とあえてヘイガーに宣言させている。

このような主張は、ほかの作品でもくり返されていて、たとえば、『クリフトン』では、舞台に立つ羞恥心《しゅうち》の克服に難儀する女性の悲劇を描く一方で、誇りをもって女優業に従事する子持ちの未亡人が「幸せな結末」を迎える姿を描き、女性表現者に対する社会の「克服できない偏見」に挑戦している。サウスワースは、女性が富や地位に対してよりも、自分自身に誇りをもち、その誇りをもって社会に出ることの意義を力説している。

ヘイガーは結局、プロの歌手を目指すのであるが、彼女の苦闘の詳細が描かれることはない。サウスワースが強調するのは、「誤った教育」を受けて育ったヘイガーが、それによって植えつけられた嫉妬心を自立へのエネルギーに変えようとする独立心である。ヘイガー自身、当初は自然や動物を愛することで、「ケアと教育」が十分受けられなかった心の飢えを癒していたが、やがて「そんなことをものともしないようになり」、「毅然として強くなった」と述べている。

裁縫も算数も国語も苦手で、裁縫師にも教師にもなれないと悟ったヘイガーが、自らの声に希望を見い出す展開でサウスワースが示すのは、植民地時代からジェンダー化されて受け継がれてきたこれら二つの「女性の代表的職業」以外の可能性であり、同時に、どの読者にも自立への足がかりになる、思いがけぬ特技が潜んでいる可能性である。ヘイガーが自立を決意する章の巻頭には、当代人気の詩人フランセス・S・オズグッドの詩「一人」の一部が掲げられ、「ついに私は自己信頼の喜びを味わう／ついに私は静かに自分の魂を崇める」とある。ヘイガーは、すべての関係を断って「古い自分を新しい自分に静かに沈め」、新たな地ヨーロッパで自己再生を果たす。彼女は、自己信頼を謳って十九世紀アメリカの思想界をリードしていたラルフ・ウォルドー・エマソンの、「人は誰でも生まれながらに天職を授けられている」(一七七)という言葉の意味を体現することになる。

『捨てられた妻』のヒロインは、ハンサムなヒーローに助けられるのではなく、自己を信頼し、自らを助けてヒーローになるのである。

5　苦しむすべての女性への応援歌

一八七五年、ブロンズ像《荒野のヘイガー》を制作したアフリカ系先住民系アメリカ人彫像家エドモニア・ルイスは、「奮闘し、苦しんできたすべての女性への強い同情心をもって」制作に挑んだと述べている（ビュウィック 一一）。サウスワースは、ルイスに先んじて、苦しむすべての女性への応援歌としてヘイガーを描いたといえる。ヘイガーの実名はアガサであるが、彼女はその「野性的な美しさ」から、幼少時より一貫してヘイガーと呼ばれている。聖書では、ヘイガー（ハガル）はアブラハムの正妻セアラ（サラ）のエジプト人奴隷である。セアラに嫡子《ちゃくし》ができなかったために、アブラハムの子を産むように差し出されてイシュメールを産むが、セアラに子どもが生まれると、イシュメールとともに追放される。ヘイガーは、子どもを産む道具のように扱われたわけだが、サウスワースは自らのヒロインに聖書の奴隷と同じ名を与えて、夫との関係を描いたことになる。夫の権力に抗い、捨てられる妻が聖書の奴隷と同じ名で呼ばれていることは、作者が夫婦間の関係を、奴隷主と奴隷とのそれに匹敵すると考えていたとみなすことができる。

『捨てられた妻』のヘイガーの結婚生活は、奴隷のイメージで描かれている。夫の姓ウィザーズ「枯れさせる（Withers）」に暗示されるように、結婚生活は、夫が妻に命令する形ですべてが進み、妻の「野性的な美しさ」を枯れさせる。そのような夫婦の関係は、夫が、妻の心の寄り処でもあった馬と猟犬との遠出を禁止するばかりか、妻の財産は夫に属するという慣習法のもとで、その動物たちを妻への断りもなく売ってしまうところによく表われている。既婚女性財産法は、一八三〇年代から十九世紀をとおしてアメリカ女性の権利運動の重要課題の一つであり、サウスワースも、一八五一年から翌年にかけて『ポスト』紙に連載した『捨てられた娘』をはじめいくつもの作品でこの問題を扱っている。一八二〇年代を背景とする『捨てられた妻』では、妻の重要な所有物を処分することに夫はためらいさえ見せない。猟犬をともなって馬で遠出し、荒野を舞う鷲のような自由を味わっていた少女は、結婚後「もし君の鷲が翼をパタパタさせて、檻《おり》を激しく叩くなら、翼や爪を切るだけではすまず、完全に圧死させなければならない」と夫に言われている。ヘイガーの夫の父親であるウィザーズ牧師と結婚した叔母のソフィは、病気で「枯れゆく」牧師の看病で主体性をもてるようになり、彼の死後、若き日に思いを寄せていた男性と再婚する。若いウィザーズと結婚したヘイガーは、妻を「枯れさせる」力の横溢《おういつ》している夫と闘わなければならない。

(左)【図11】エドモニア・ルイス作《荒野のヘイガー》(1875)
(右)【図12】ジョン・ギャズビィ・チャップマン画《砂漠で気絶しつつあるヘイガーとイシュメール》(1830). 絵画の世界でもヘイガーは不当に追放されたという解釈が見られた

へイガー自身が、夫と相対したのち、「闇の権力と支配」に屈して「奴隷にされたのか」と自問するシーンもある。へイガーの子ども時代からのライバルであるロザリアを夫が同居させると主張し、へイガーはそれを不服と思いながらも、彼の詭弁《きべん》に屈してしまうときである。この同居が契機となって二人は外国へともに出奔することになることからすれば、へイガーは夫の命令に「蒼白《そうはく》となって、震え、従う」妻という名の「奴隷」ということになる。このことは、彼女が「エジプト人の肌の色合い」をもつばかりか、「奴隷船に捕らわれた絶望的な人のようだ」と夫に言い放つことでも示されている。(2)

最終的には、へイガーは、自らの意志と努力で夫の隷属状態から脱し、夫は、名前を変えて舞台に立つ妻の見事な歌唱を密かに鑑賞し、感銘を受けて妻のもとに戻ってくる。へイガーは、歌手として働いて得た金で荒野の生家を修復し、農園もよみがえらせ、女性が母親として三人の子どもたちを育てつつも、公的領域でも活躍できることを証明したことになる。その愛らしさゆえに誰からも愛され、「うぬぼれが強く」、「教育の惨めな失敗例」とみなされていたロザリアであったが、既婚者との外国への逃避行の土壇場で「覚醒し」、「許されない罪」から逃れて、婚約者のもとへ戻っている。彼女は実はへイガーの夫の実妹であったことが判明し、駆落ちを成功させないための都合のよい展開も用意されている。

へイガーを描いた十三年後、サウスワースは、地位ある男性と十代半ばの貧しい娘との秘密結婚で生まれた息子をイシュメールと名づけて、彼が貧乏のどん底から弁護士になって不幸な女性を助ける物語『独立独行の人』を書き、二冊本として出版する際には『イシュメール』『どん底より自力で這いあがる』としている。聖書では、追放された奴隷であるヘイガーも、その息子イシュメールも、サウスワースは、自らの人生を自分の力で勝ち得るヒーローとして描いたことになる。

『報復』では、イギリスに「奴隷化」された痛みを経験して独立戦争を戦い、自由を束縛される奴隷の痛みを理解していた南部人が、時を経る過程で愛国心の名目のもとに自己の利益に熱心になり、「全人類の自由」を考えなくなった状況が描かれている。ジェファソンを連想させるヒロインの夫をとおしてこの状況が描かれているわけだが、結末では、亡き妻への長年の裏切りの果てに改心した夫が、農園を相続した娘の奴隷即時解放を援助する姿を描き、ジェファソンの黒人観の欺瞞を暴いている。

続く『捨てられた妻』では、アレクシス・ド・トクヴィルが『アメリカのデモクラシー』(一八三五、四〇)で語る、すべての人間の自由を謳って建設された国家にあって「男女間にどんな民主的平等が成立し得るか」(二二四)という問題が扱われている。サウスワースは、夫の隷属状態にあった妻が捨てられたことを契機に職業をもって世界に飛び立つ姿を描いて、トクヴィルが観察したアメリカ女性のように進んで夫に従属することに意義を見い出すのではなく、女性も男性同様、自分の人生のヒーローになる権利も能力もあるというメッセージを読者に送ったことになる。『報復』の奴隷たちが「適切な賃金で」働く「権利」を得ることで持ち前の能力を発揮するように、『捨てられた妻』でも、夫に「捕えられた」と感じた妻が同じく賃金を得て働く権利を行使することで、自らの人生のヒーローになる姿が描かれている。

◉本稿は、『神奈川大学評論』第一〇二号（二〇二三年）の「研究の周辺」欄に掲載した拙稿「消えた文学を読む意義を考える――サウスワース作品を例に」（一九七―九九頁）を大幅に加筆修正したものである。

◉注

（1）引用部分の邦訳はすべて拙訳。

（2）『捨てられた妻』に続く第三作目の長編小説『義理の母親』（一八五一）では、母親が娘などを「奴隷化」する悲惨な状況が描かれ、他者を奴隷化する危険に性差がないことも示されている。

◉引用文献

Alcott, Louisa May. *Good Wives*. 1869. Penguin Classics, 1993.

Avallone, Charlene. “E. D. E. N. Southworth: An ‘American George Sand’?” Homestead and Washington, pp. 155–81.

Baym, Nina. *Women’s Fiction: A Guide to Novels by and about Women in America, 1820–70*. U of Illinois P, 1993.

Boyle, Regis Louise. *Mrs. E. D. E. N. Southworth, Novelist*. Catholic U of America P, 1939.

Buick, Kirsten P. “The Ideal Works of Edmonia Lewis: Invoking and Inverting Autobiography.” *American Art*, vol. 9, no. 2, 1995, pp. 4–19.

Cogan, Frances B. *All-American Girl: The Ideal of Real Womanhood in Mid-Nineteenth-Century*. U of Georgia P, 1999.

Emerson, Ralph Waldo. “Spiritual Laws.” 1841. *The Essential Writings of Ralph Waldo Emerson*. Edited by Brook Atkinson, Modern Library, 2000, pp. 172–89.

Hale, Sarah Josepha. *Women's Record: or, Sketches of Distinguished Women, from the Creation to A. D. 1854*. Harper and Brothers, Publishers, 1854.

Harris, Susan K. "The House That Hagar Built: Houses and Heroines in E. D. E. N. Southworth's *The Deserted Wife*." *Legacy*, vol. 4, no. 2, 1987, pp. 17–29.

Hart, John Seely. *The Female Prose Writers of America: With Portraits, Biographical Notices, and Specimens of Their Writings*. Butler, 1852.

Homestead, Melissa J., and Pamela T. Washington, editors. *E. D. E. N. Southworth: Recovering Nineteenth-Century Popular Novelist*. U of Tennessee P, 2012.

Koza, Julia Eklund. "Music and the Feminine Sphere: Images of Women as Musicians in *Godey's Lady's Book*, 1830–1877." *The Musical Quarterly*, vol. 75, no. 2, 1991, pp. 93–103. *JSTOR*, www.jstor.org/stable/742197.

Martin, Vicki L. "E. D. E. N. Southworth's Serial Novels *Retribution* and *The Mother-in-Law* as Vehicles for the Cause of Abolition in the *National Era*: Setting the Stage for *Uncle Tom's Cabin*." Homestead and Washington, pp. 1–24.

Reynolds, David S. *Beneath the American Renaissance: The Subversive Imagination of the Age of Emerson and Melville*. Oxford UP, 1989.

Savitt, Todd L. *Medicine and Slavery: The Diseases and Health Care of Blacks in Antebellum Virginia*. U of Illinois P, 2002.

Southworth, E(mma) D. E. N. *The Curse of Clifton: or, The Widowed Bride*. 1852. T. B. Peterson and Brothers, 1876.

——. *The Deserted Wife*. D. Appleton, 1850.

——. *India: The Pearl of Pearl River*. 1853. T. B. Peterson, 1856.

——. *The Hidden Hand: or, Capitola the Madcap*. 1859. Edited by Joanne Dobson, Rutgers UP, 1996.

——. *Retribution: A Tale of Passion*. 1849. T. B. Peterson, 1856.

Tocqueville, Alexis de. *Democracy in America*. 1840. Translated by Henry Reeve, vol. 2, J. and H. G. Langley, 1841.

Warner, Susan. *The Wide, Wide World*. 1850. Feminist Press, 1987.

山口ヨシ子『異性装の冒険者――アメリカ大衆小説にみるスーパーウーマンの系譜』彩流社　二〇二〇年

第4章　家庭小説における教育のかたち

——ウォーナー『広い、広い世界』からカミンズ『点灯夫』へ

藤井　久仁子

【図13】マライア・スザンナ・カミンズ（1827-66）

1　二つの家庭小説

マライア・スザンナ・カミンズの『点灯夫』（一八五四）は著者の最初の長編小説だが、発売開始以来版を重ねて、一八五〇年に出版されたスーザン・ウォーナーの『広い、広い世界』や、一八五二年に出版されたハリエット・ビーチャー・ストーの『アンクル・トムの小屋』と並ぶベストセラー作品となった（ウィリアムズ　一八一―八五）。同年代の作家ナサニエル・ホーソーンが、一八五五年に彼の出版元であるウィリアム・ティクナーに宛てた手紙で、当時彼の作品よりはるかに売れていた「あの物書きの女どものくだらない作品」の筆頭に挙げているのが、ほかでもないこの『点灯夫』である（三〇四）。それではこの『点灯夫』はどのような小説だったのであろうか。

一八三〇年代あたりからイギリスに次いでアメリカでも産業革命が始まり、農村から都市に移動して工場で働く労働者が増えた。また識字率も上がり、都会に住む人たちの求める娯楽として、雑誌や安価な書籍の出版が増えた。そのなかでも中産階級の若い女性たちに人気のあったのが、家庭小説という範疇《はんちゅう》に入れられる、少女の成長を描く物語である。この当時の中産階級の女性たちの居場所は主に家庭であり、女性の家庭での生活を描くことはこの時代の女性作家たちにとって大きなテーマだった（ベル　七六）。ニナ・ベイムによれば、「家庭的な」小説という言葉は一八三〇年代から南北戦争前までの書評に現われており、たいていの書評家にとってそれは「普通の人びとの家庭を舞台にし、そのような舞台にふさわしいできごとを描く筋立て」[1]の話を意味していた（二〇二一〇三)。

一八五〇年代にベストセラーとなった、『広い、広い世界』と『点灯夫』も家庭小説の多くで描かれるような、なんらかの事情で両親がいない、独りぼっちの幼い少女が苦労を重ねながら成長していく物語である。さらにその過程で、少女の身近に日々の行ないの指針となる、キリスト教の教えに導いてくれる人物が現われる。その人に親しく接することで少女は信仰に目覚め、自分の性格を改めて、我慢強く困難に対処する。そして信心深く、純潔で、彼女の支えとなる未来の伴侶と出会って結婚したあかつきには夫に従い、家庭を守っていく女性に成長することが予想される。

バーバラ・ウェルターの「「真の女性」礼賛」によれば、敬虔《けいけん》で純潔、従順で家庭的な女性は当時の女性の理想像と考えられ、「真の女性」と呼ばれていた(一五一―五五)。ウェルターは「真の女性」のこの四つの美徳が当時どのように受け止められていたかについて、多数の資料をもとに解説しているが、特に「家庭的」であることについて詳しく説明している。女性の役割は家庭にいて外の世界で闘う男性をキリスト教の神のもとに戻し、慰めと喜びを与えることが第一だが、慰めは精神的なものであると同時に、体の不調を和らげる看護の役割も含まれている(一六三)。体によい食べ物の調理や、さらに家事全般に優れていることが「家庭的」という美徳のなかに含まれていたという(一六二―六五)。

【図14】スーザン・ウォーナー(1819–85)

ウォーナーの『広い、広い世界』もカミンズの『点灯夫』も、主に家庭での出来事を描いた代表的な家庭小説である。

『点灯夫』は『広い、広い世界』の影響を受けているといわれているが[2]（バウアーマイスター 一七一一九）、それに加えてどのような新機軸を打ち出しているだろうか。孤児の主人公は、生きていく上で必要な知恵や知識をなんらかの形で周りの人びとから与えられ、それを吸収しながら大人の女性に成長していく。本稿では、ウェルターの「「真の女性」礼賛」を参考にしつつ、主人公にそのような生き方を教え導いていく人たちに焦点を当て、主に「教える、教わる」という観点から作品を考察する。

2　教える人

カミンズは、ボストンを舞台に孤児の少女の成長物語である『点灯夫』を書いた。『点灯夫』の主人公ガートルード、通称ガーティはボストンの安下宿の女主人ナン・グラントに預けられている。父は亡くなったものと思われ、病弱な母と一緒にナンの厄介になっていたが、ガーティが三歳のときに母も亡くなっている。八歳となった孤児ガーティは衣食もまともに与えられず、服はボロボロ、靴もなく、他の下宿人の食べ残しをかすめ取って糊口《ここう》をしのいでいる。このように独りぼっちのガーティが、のちに暮らしに困ることなく、誰からも愛され、誰に対してもやさしく活発な女性に成長していくにはどのような人たちが関わっていったのだろうか。

まず子どもに大きな影響を与えるはずの母親であるが、ガーティと母の生活は詳しく書かれていない。ガーティが母の教えとして覚えていることは、ナンの家の近所に住む躾《しつけ》の悪い子どもたちとは交わってはいけないということだった。その教えを守り、母が亡くなっても周りのすさんだ子どもたちの仲間に入らなかったが、幼いガーティにはつき合うべき人を選ぶ力はなく、常に独りぼっちである。『広い、広い世界』ではエレンの母は賢い「主婦」として、ニューヨークの街での暮らし方についてエレンにさまざまな忠告を与えていた（藤井 一六―一八）。曲がりなりにも世間で他人と関わって生きていく生き方を教わっていたエレンと違って、ガーティには世の中で生きていくための指針がない。

　母の死後、誰にも気にかけられず、生きていくのが精いっぱいのガーティは気持ちも荒れていくばかりで、唯一の慰めは点灯夫のトゥルーマン・フリント、通称トゥルーが毎夕、街灯に灯をともして歩く姿を見ることだった。ガーティはあるとき、そのトゥルーから一匹の子猫をもらい、初めての自分の仲間として一生懸命世話をする。しかしその子猫はナンの下宿屋で盗み食いをしたため、ナンに殺されてしまう。それを見てガーティはナンに激しく食ってかかり、ついに追い出されてしまう。十二月の寒空に凍えて泣きじゃくるガーティを見かねたトゥルーは、彼女を引き取って家に連れて帰り、二人の生活が始まる。ここで初めてガーティは、家庭の趣のようなものを味わうことができるようになる。

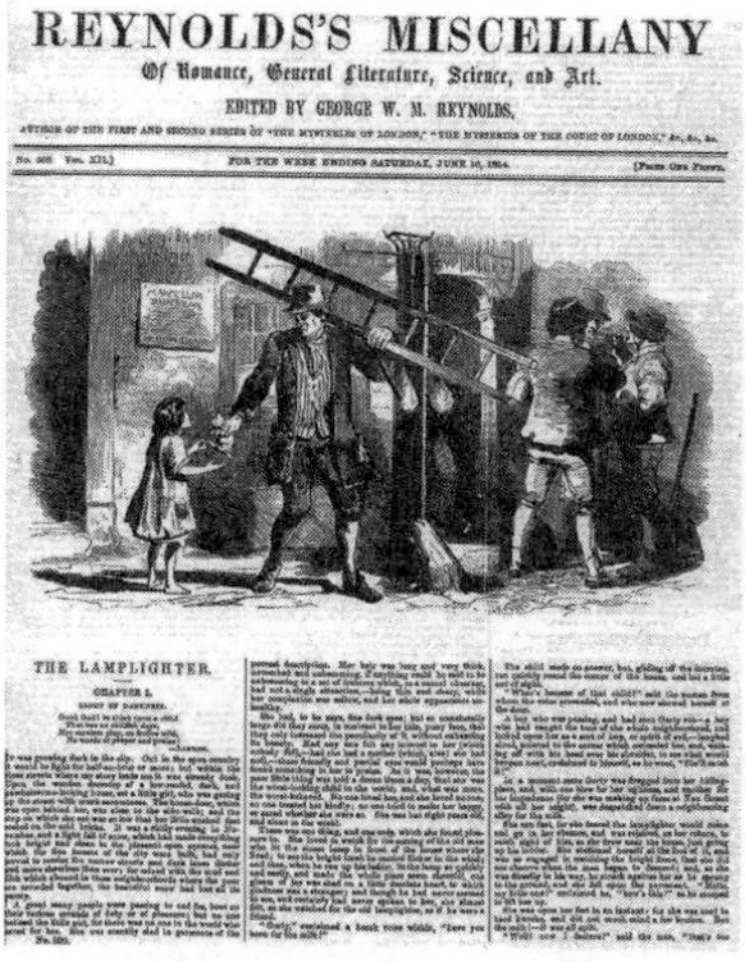
REYNOLDS'S MISCELLANY
Of Romance, General Literature, Science, and Art.
EDITED BY GEORGE W. M. REYNOLDS.
THE LAMPLIGHTER.

【図15】トゥルーに子猫をもらうガーティ

ガーティは成長する過程で、生活面でも精神面でも多くのことを周りの人たちから教わっていくが、彼女が反抗したり対立したりする、ナン・グラントのような人はこのあとには出てこない。トゥルーはやさしくガーティを受け入れる。ガーティに家事を教え、衣服の面倒をみてくれるのは隣家のサリヴァン夫人である。彼女もガーティの欠点をあげつらうようなことはしない。

この点で、『広い、広い世界』のエレンとの違いがみられる。エレンはニューヨークに住むが、経済的な理由でヨーロッパに渡る父母から離れ、ニューヨーク州北部の村で農場を経営する叔母のフォーチュン・エマソンに預けられる。しかし、叔母は何かにつけて実際的でエレンには親しめず、しかもいつも言動を注意される。そののち叔母の家を離れてスコットランドのエディンバラの伯父の家に引き取られることになっても、やはり伯父の一家と折り合いが悪く、経済的には血縁の人びとによって保護されているが、精神的には満たされない日々を過ごす。エレンは血縁の人びとに頼るがゆえによけいに従順を強いられるようである。一方のガーティは縁もゆかりもない他人の間で成長していくが、彼らの温かい人柄だけに頼るために、その絆がより深くなるといえるのではないだろうか。

ガーティに広い知識や教養を与え、キリスト教の教えに導くのはエミリー・グレアムである。エミリーのやさしさと信仰の深さを模範として、ガーティは自分の感情を抑え、誰にでも温かく接することのできる女性に成長する。

エミリーはトゥルーが以前働いていた会社の経営者の娘である。彼女は十六歳のときにある事件がもとで失明していた。エミリーが初めて八歳のガーティと会ったときには二十五歳になっている。

語り手は、エミリーについて、「他人の苦しみや欠乏や不足を忘れたことはなく、常に愛と同情にあふれた人で、それを気持ちの上だけでなく、行動でも示せ、神を愛し、また隣人を自分同様に愛することができる」人だと述べている。ガーティはトゥルーと暮らすようになるまでキリスト教の信仰にまったく触れていなかったが、トゥルーとともに教会に通うようになり、またエミリーと親しくなって、より深くキリストの教えを学ぶようになる。

ガーティと親しくなった周りの誰もが気づく彼女の欠点は、自分に敵対する人に対してすぐに怒りを爆発させることであった。エミリーはガーティに、まず善悪をわきまえて、どのような相手に対しても自分の感情に振り回されず､冷静に行動することができるように導く。そのためにイエス・キリストを模範とするよう聖書を学ばせる。それは、何をするにも聖書の教えに頼るということではなく、事態をよくわきまえて、キリスト教の神の教えに従って自分を律し、正しい行ないをするということであった。ガーティはエミリーのそばで､そのやさしく穏やかな人柄に触れて感化され、ともにイエスの行ないを学ぶうちに、自分の感情を抑えて誰に対しても穏やかに接することができるようになる。

このように信仰の面でいえば､ガーティには裕福な家の一人娘で盲目のエミリーが現われ､『広い、広い世界』のエレンには牧師の娘アリス・ハンフリーズという導き手が現われる。エミリーもアリスも、両親のいない幼い友をキリスト教の教えに導き、初めは感情に任せた言動をとるガーティもエレンも、やさしい導き手の励ましによって自分の感情に打ち勝つ術《すべ》を心得て、人を恨まず信仰心の篤《あつ》い強い娘に成長することができた。

エミリーはさらに、ガーティに学校教育を受けさせるようトゥルーに勧めた。トゥルーに引き取られて八歳で初めて小学校に通い始めたガーティは熱心に勉強する。隣家のサリヴァン夫人のひとり息子ウィリアム、通称ウィリーは、感情の激しいガーティが毎日学校に通えるとは思えなかったが、彼女が家に帰っても熱心に勉強するのを見てガーティの勉強を手伝うようになる。ウィリーは十二歳で学校教育を終え、家計を助けるために薬局で住み込みの店員として働いている。ガーティとは五歳違いで、週末に帰宅するとガーティの勉強を手伝うのだが、それがきっかけで二人は兄と妹のように親しみ、仲よくなる。これ以後、サリヴァン夫人もウィリーもガーティにとっては家族同然の存在になっていく。

学校での勉強と並行して、ガーティは毎日エミリーの部屋で音読をする。エミリーはガーティの理解力を高めると考えて、少し難しい書物を選んでいく。その分野は、歴史、自伝、旅行記などで、ガーティは天文学にも興味を示す。さらに、十歳からウィリーとともにフランス語も学ぶ。ガーティの学校教育も十二歳までで終わるが、彼女は学校に通う一方で、エミリーの勧めでたくさんの本を読んで知識を得、またウィリーと一緒に学んだことも多い。二人のもとで学んだことの方が学校で教わったことよりも、その量や質、そして領域の広さでずっと充実したものだったと述べられている。

このようにして、精神面での教育だけでなく、知的な面での教育も順調に進み、ガーティは敬虔で、純潔、知識と教養にあふれ、快活で人のために働くことの好きな美しい魅力的な女性に成長する。「真の女性」の美徳でいえば、さらに従順で家庭的という項目が続くが、この点については、ガーティは『広い、広い世界』のエレンとは異なり、独自の道を進むかにみえる。ガーティが当時の「真の女性」像から少しそれていくのは、もともとの活発で積極的な性格に加え、身寄りのない彼女にはまず自立の道を考えることが必要だったためである。

3　学ぶことの意義

エミリーがガーティに幅広い教養を身につけさせた目的は、優れた女性に育てるだけではなく、十分な教育を与えて教師として自立させるためであった。トゥルーもまた生前それを望んでいた。しかし、ガーティにとって教師を目指すことにはどんな意味があったのであろうか。

ガーティが十歳のときトゥルーが亡くなり、ガーティはエミリーと一緒に暮らすようになる。ここでガーティの身分について述べておくと、ガーティはトゥルーと暮らしていたとき正式に養女となったわけではなかった。エミリーと暮らすようになって、経済的にはエミリーの父で会計事務所を経営するグレアムの庇護《ひご》のもとに置かれるが、これも正式に養女として引き取られたわけではなく、エミリーの付き添いのような立場にある。便宜《べんぎ》上ガーティはガートルード・フリントと呼ばれるが、正式な名字は母から聞かされていない。

『広い、広い世界』のエレンが引き取られるのは血縁の親戚の家で、エディンバラでは正式に伯父の養女となり、名前もエレン・リンジーに変わるのに対し、ガーティは他人の保護のもとに生きている。フィリップ・エーモリーが行方不明だった父親としてガーティの前に現われるのは、ガーティが自立しようと思えばできる大人の女性になってからである。一般的にいえば、身寄りのないガーティは遅かれ早かれ経済的に自立する道を考える必要に迫られることになる。

十八歳になったとき、ガーティは南部に旅行することになったグレアム家の人びとから離れて、教師の助手の職を得、給与をもらって自立する。それは身体の弱ってきたウィリーの母と年老いた祖父クーパーの家に同居して、二人の世話を引き受けるためでもあった。ウィリーは薬局の主人が病気で亡くなったあと、会計事務所の経営者クリントンに雇われていたが、ウィリーが十八歳、ガーティが十三歳のときに会社の都合でインドのカルカッタ勤務となっていた。ウィリーはガーティに母と祖父の世話を託してアメリカを離れていったのである。

グレアムはそれまでガーティを経済的に支え温かく接してきたが、ガーティが自分の意向に反して世話になった家を出ると決めると、非常に立腹する。彼はガーティの自立を認めず、あくまでグレアム家と行動をともにするよう命じるが、ガーティはウィリーとの約束もあり、サリヴァン夫人の家に向かう。しかしながら、ガーティの教師助手としての仕事ぶりについて語り手は多くを語らない。ただ、「扱いにくい生徒に対して新米の教員がもつ困難さをガーティも経験したが、それ以上詳しく語る必要もない」とだけ述べている。

ガーティにとっては、職業を得て日々それに邁進《まいしん》し、経済的に自立してさらに高みを目指すということよりも、経済的基盤を得ることによる行動の自由、ここでは彼女にとってかけがえのない人たちの世話をする自由に重点がおかれている。

ガーティは教師助手として働きながら、サリヴァン家の隣に住んでクーパーと、ウィリーの母をかいがいしく世話した。そして、年老いたクーパーが亡くなり、サリヴァン夫人の最期を看取ったのち、一人で下宿屋に住み教師助手の仕事を続ける。これで職業婦人として自立したガーティの生活は安泰かと思われた。しかし、その間に再婚したグレアムは、一家でヨーロッパに旅行する計画を立てる。そしてガーティはエミリーに付き添うためにグレアム家に合流するよう懇願される。これに対してガーティはエミリーのために仕事をあっさりやめて、またグレアム一家のところに戻ってしまうのである。この場面からは、職業をもって自立する女性を描くことに作者の重点がおかれていないことがわかる。それまでに恩を受けた人間関係をより重視して、目の不自由なエミリーの元に戻るガーティの選択をよしとしている。

ガーティは、自分の意志に従ってサリヴァン家に行く自由を得るために、経済的な自立を利用した。しかし、エミリーの困難を知らされると、経済的な自立やそれに伴う自由よりも、グレアム家に戻ってエミリーのために行動することを選ぶ。ここには家庭小説ならではの価値観が反映されているようだ。つまり、ガーティは職業を得ることによる経済的な自立と自由よりも、家庭的という価値観、家庭にあって人びとに慰めを与え、喜びと幸せを与えることを重視しているように描かれている。

いろいろな知識や技術のなかで、ガーティがそのほかに身につけたこととしてさらにいくつかあげると、一つは花壇の世話である。グレアムは毎年春の種まきのころになると、ボストンから六マイル離れた郊外の家に居《きょ》を移す。都会の雑踏や煩《わずら》わしい人間関係から離れて、郊外の家の庭で野菜や樹木を育てることがグレアムの趣味であった。ガーティも庭仕事に興味をもち、グレアムから種まきの技術や土の管理の仕方を教わり、自分用に少しの土地を使う許可を得る。ガーティはそこで色とりどりの花を育て、みごとに咲きそろった花を室内に飾り、皆に喜ばれる。さらに、体の弱いエミリーのためにボストンから往診に来るジェレミー医師を送り迎えしようと、ガーティは医師に教わって馬車を操る技術を身につける。そしてその馬車にエミリーを乗せて遠出に行くことができるようになる。

その後ガーティはもう一度学校で働く機会をもつことになるが、それは経済的な理由ではなく、以前の仕事に就いて「働いて役に立ちたい」という思いがガーティにはあったからである。ガーティが同行する予定だったヨーロッパ旅行はグレアムの病気でいったん中止になる。再度計画された旅行では、グレアムは再婚相手のグレアム夫人とその姪のイザベル・クリントンとキティ・レイだけを同行させ、賑やかな社交を好まないエミリーはガーティと残ることになる。グレアム一行が帰国するまで、二人はガーティが以前住んだことのあるボストンの下宿屋にとどまる。ここでガーティは再び一日数時間学校の仕事を始め、エミリーはそれを快く許す。ここではガーティは家庭的であることと職業をもつことを両立させているが、それもエミリーの病気やその後の転地療養で一時的なものにとどまる。ガーティはあくまでもエミリー中心の生活を続けていき、それに不満を感じている様子は描かれていない。

自立できるまでになったガーティを描きながら、作者のカミンズはその教師の経験や、そのほかに得た知識を詳しく具体的に述べることはない。これに対して、ウォーナーは、エレンがフォーチュンに教え込まれるアイロンかけやバター造りなどを詳細に描写する。エレンは、アリスの兄で、のちに牧師となるジョン・ハンフリーズと実際にフランス語で会話するし、伯父の前でジョンに教わった乗馬の腕前を披露する。また、エディンバラの歴史や歴史的人物について学んだことを詳しく語ることもできる。このように、『広い、広い世界』ではエレンが具体的に何を知り、何ができるようになるかが重視されるのに対し、『点灯夫』では、ガーティが身につけたことが周りの人たちのためにどういかされていくかが重視されている。

その違いはそれぞれの尊敬するロールモデルとしての女性たちの違いによるのかもしれない。エレンにとって、亡くなった母の教えはエレンが生きていくうえでの精神的な支えである。母は、エレンに常にキリスト教の神に従い苦難を受け入れるよう教えた。エレンにとっては教養を身につけて母のように立派な家庭婦人になることが目標になった。それが当時の社会が女性に求めたことでもあった。

これに対しガーティはキリストの行ないを模範とするよう教わるが、それは耐え忍ぶことではない。ガーティはむしろ積極的に周りの人に関わり、その人たちのために働く。何かを教えられて身につけるだけでなく、何かを教えられたことがきっかけとなって、もって生まれた才能や性格が好ましく働きだす様子が描かれる。ガーティの身のこなしの自由さ、活発さは周りのすぐれた大人たちの教えや見守りに助けられて成熟していった。なかでも盲目ではあるが、ガーティに対して愛情深く親身に接するエミリーの影響は大きい。

【図16】ジョンと聖書を学ぶエレン

4　「真の女性」による教化

　ガーティが人によく尽くし、美しく教養ある女性に成長していくのを見守ったのは主にエミリーであるが、エミリー自身が誰にでも公平にやさしく接することができる包容力のある優れた女性になった背景には、どのような経験があったのだろうか。

　エミリーの実母は彼女が幼いころ亡くなり、父は、エミリーより二歳年上の男の子を持つ未亡人と再婚した。エミリーと義兄のフィリップ・エーモリーは本当の兄妹のように仲良く過ごしたが、義理の息子に対してグレアムは高圧的で、常に自分の意思に従わせようとした。グレアムは、大学教育を受けたかったフィリップの意思を無視して、彼を自分の会計事務所で働かせた。母が亡くなると二人の関係は冷え切る。

　グレアムはフィリップがエミリーと親しくすることを禁じるが、あるときエミリーとフィリップが密かに会っている場にグレアムが現われ、フィリップが会計事務所で不正を働いたと強く非難する。二人のいさかいを見ておびえて気絶してしまったエミリーを助けようとして、フィリップは気付け薬と間違えて強酸が入った瓶を手に取り、その液が顔にかかったエミリーは目が見えなくなる。絶望のあまりフィリップはグレアム家を飛び出して南米に渡ってしまう。その後エミリーにフィリップの死が誤って伝えられ、悲嘆したエミリーは重い病気になってしまい、視力の回復もかなわなくなる。

エミリーはガーティに、自分は裕福な家庭の子どもで、世俗の楽しみしか知らなかったので、最愛の人を失い、失明して自由に動くこともできなくなると、ただ絶望の闇に沈むばかりだったと述懐している。そんなエミリーを救ったのはキリスト教への深い帰依《きえ》だった。彼女は教会の牧師の導きで平安への道を知る。そして、神を信じる人に残された、祝福された休息にいたることができた、とガーティに話している。

のちに二十年ぶりでフィリップ・エーモリーと再会したエミリーは、盲目になる以前の自分は美しい自然や自然を創る神の働きを見てはいたが、自分の周りに遍在する全能の神の愛には気づいていなかったと述べる。自分の進む道に降り注がれていた美しく輝かしい恵みを享受《きょうじゅ》しながら、その恵み主への感謝と称賛を忘れ、恩知らずの心で罪深く自分本位の歩みを続け、若者の歩みに仕掛けられる罠が近づいていることなど夢想さえしなかった。平和に導く唯一の道を外れようとしている子どもを、神は父なる手で引き留められた。その懲らしめの鞭《むち》の責めは、とつぜんの、厳しいものではあったが、また哀れみのこもった罰でもあったとフィリップに話す。エミリーのキリスト教への帰依は、誰にも非を問えない心の苦しみゆえに得ることのできた、深く強いものにみえる。そのためガーティの心も躊躇《ちゅうちょ》なくエミリーの教えを受けとめられた。

ガーティがキリスト教に帰依するエミリーの教えに導かれて成長できたことは、ウィリーの雇い主クリントンの娘であるイザベルの経験と対照させることで強調されている。ウィリーの婚約者と噂のあるイザベルは、裕福な家で何不自由なく育てられ、美貌で社交的なため取り巻きも多いが、母を幼くして亡くしている。仕事のため普段接することの少ない父のクリントンからは生き残ったただ一人の子どもとして甘やかされている。彼女はグレアムの妻となった叔母の庇護を受けているが、社交好きな叔母はイザベルのわがままを適当にあしらって、内面の成長には関わらない。成長したガーティとイザベルの人柄の違いは二人のそばにいて教え導く人の違いにかかっているようだ。

『点灯夫』のなかでもう一人、あとに続く人物に強い影響を与えた人としてウィリーの母サリヴァン夫人がいる。彼女は優れた牧師だった夫の死後、残された一人息子のウィリーをキリスト教の規範に従って、敬虔で誰にでもやさしく、人を恨まず、家族に尽くす明るい青年に育てる。ウィリーは、雪の積もった日に自分が働く薬局の近くで転んだ不思議ないでたちの年配の女性を助け起こし、彼女の目的地まで付き添って歩く。この二人連れに人びとは好奇の目を向け、笑う者さえいるが、ウィリーは気に留めず、彼女を目的地まで送り届ける。

このようにウィリーは誰にでも親切で、よく働く模範的な青年だが、カルカッタで仕事をしていて誘惑に陥る危機が訪れた。そのときにウィリーを助けたのが、母のサリヴァン夫人であった。このころサリヴァン夫人は不治の病に倒れ日に日に弱っていたが、あるときそばで看病していたガーティに不思議な夢を語る。

サリヴァン夫人は夢のなかでカルカッタまで飛んでいき、飲酒や賭博《とばく》の悪に染まりそうになるウィリーに注意し、悪の巣窟《そうくつ》からの退去を促す。しかし、彼を誘惑しようとする、若く美しい女性から離れられないウィリーを見ると、彼を抱え上げ、背中の大きな羽を広げて大空に舞い上がり、大陸や海を飛び越えていく。ウィリーは母の腕の中で幼い子どもの姿に戻るが、その息子をなだらかな草原の緑の木陰にいたガーティの元におろしたところで母は夢から覚める。のちにガーティがウィリーと再会したとき、ウィリーは確かに母によって誘惑から逃れられたと話す。カミンズはこのような夢の話を挿入して、当時家庭で女性に求められていた道徳を司る役割を果たす女性、悪の誘惑から家族を守ろうとする女性の強さを描いている。

ここまでのエミリーのフィリップとのいきさつも、サリヴァン夫人の夢の話も、物語のなかの普段の生活に比べて劇的で現実離れした印象を与える。さらに目を見張るのはガーティの活躍である。エミリーの転地療養を兼ねて、医師ジェレミー夫妻とニューヨーク州北部の景勝地サラトガ地方への旅に出たガーティとエミリーは、帰途に蒸気船に乗り込むが、その船がニューヨーク近くで火災を起こす。たまたま同乗していたフィリップはまずエミリーを岸まで運び、すぐにガーティを助けに来ると約束する。だがその船にはイザベルも同乗しており、ガーティを見つけたイザベルは自分を助けてくれるよう懇願する。ガーティは自分を頼るイザベルを置き去りにはせず、フィリップの手に委ねたあと行方がわからなくなる。ガーティはイザベルをウィリーの婚約者と信じて、ウィリーのためにも自分を犠牲にしてイザベルを助けようとした。のちにガーティも救助されるが、この行為は人のために生きるガーティを象徴している。

このような劇的な三つの場面設定は家庭小説の範疇を超えているように思われる。『点灯夫』は、現実的な描写に終始している『広い、広い世界』とは一線を画している。しかし、『点灯夫』のこれら劇的な出来事の背景には「真の女性」の美徳が関連づけられている。カミンズは現実離れした場面の描写で読者の興味を引きつけつつ、単なる活劇には終わらせない。そこに描かれているのは当時の理想的な女性の美徳をそなえた、魅力的な女性たちである。エミリーはキリスト教の神の道を悟り、周りの人たちを慰め導く。サリヴァン夫人は迷える男性を正しい道に戻す役割をはたし、そしてガーティは自分を頼るものの信頼に命がけで応えた。

5　女性と家庭

『点灯夫』では最後に二組のカップルが成立する。一組はガーティとウィリー、もう一組はエミリーとフィリップである。エミリーはフィリップと再会し結婚するが、エミリーと暮らしをともにすることになるフィリップは、エミリーの感化により自分も心の平安を得て、二人で穏やかに暮らしていくことを望んでいる。エミリーのフィリップに対する役割は、家庭にあって夫に外の世界の苦難に対する慰めと安らぎを与え、夫を精神的にも高めていくことで、まさしく「真の女性」の姿である。

ガーティとウィリーの関係は、二人とも敬虔で純潔で、神に対しては従順であると思われるが、ガーティがなんでもウィリーに従うとは想像しにくい。物語のなかでガーティは誰かに頼り切る女性のようには描かれておらず、はっきりした自分の意志をもち、それを実行に移す力を備えている。ウィリーは女性に優しく奉仕できる男性として描かれており、常に妻に自分の意見に従わせる夫になるとは想像しにくい。

この点では『広い、広い世界』のエレンとジョンとは大きく異なる。エレンは家庭にいるのはもちろん、家庭での主婦の役割、特に家政をすべてジョンの指導と監督のもとに行なうことになり、エレン自身がそれを望んでいる。エレンが母の姿を目指して身につけた学びはアリスとジョンの兄妹に負うところが大きい。確かにエレンは敬虔、純潔、従順、家庭的という美徳を身につけ、結婚によって安定した地位に落ち着いた。エレンのこれまでの日々の葛藤を自分たちの経験と重ね合わせて物語に引き込まれてきた読者（トムキンズ　五八五）は、その結末を受け入れるしかないようだ。

『広い、広い世界』の結末とは異なり、ガーティがこの先どのような家庭婦人になるかについて、『点灯夫』は明らかにしていない。ガーティは周りの人たちに助けられ、また彼女自身の素質もあって、いろいろな知識や技術を身につけ、それを他の人のために役立てることができた。ガーティが学んだ目的は、教員として自立するためでもあったが、彼女は仕事をもって自立することに執着せず、むしろそれをやめてでも人に尽くそうとした。しかし、先に述べたように、その仕事を完全に放棄してしまっているわけではない。

ウェルターは「「真の女性」礼賛」の最後のほうで以下のように述べている。

完全な「真の女性」になることそのものに、それ自身の破滅の種を含んでいた。なぜならもし女性が天使と遜色《そんしょく》ないほど有能だとすれば、男性が事態をこれほどひどくしてしまっている以上、女性がもっと積極的に世の中を動かす役割を果たすべきだからだ。（一七四）

ガーティは明るく活発で、自分の意志をもち、誰に対してもやさしい女性に成長した姿が描かれていて、その教育は周りの人たちの努力の甲斐《かい》あって成功したといえる。しかし、これほど優れた女性には、家庭内の家族関係だけにとどまらず何か外の世界に貢献できることはないのだろうか。そのような女性の姿は作品のなかでは描かれていない。それが家庭小説たる所以《ゆえん》かもしれない。しかし、『点灯夫』の主人公には今後大きな社会的貢献をするであろうという、読者の期待を膨らませる要素が与えられているようだ。作者は当時の女性に許された基準のなかで、最大限の可能性をこの主人公に与えているといえるのではないだろうか。

◉注

（1）引用部分の邦訳はすべて拙訳。

（2）エリカ・R・バウアーマイスターは『広い、広い世界』でも『点灯夫』でも、冒頭に点灯夫を待つ主人公の姿が描かれている点を挙げて、その影響関係を強調している（一九）。

◉引用文献

Bauermeister, Erica R. "*The Lamplighter*, *The Wide, Wide World*, and *Hope Leslie*: Reconsidering the Recipes for Nineteenth-Century American Women's Novels." *Legacy*, vol. 8, no. 1, 1991, pp. 17–28. *JSTOR*, www.jstor.org/stable/25684410.

Baym, Nina. *Novels, Readers, and Reviewers: Responses to Fiction in Antebellum America*. Cornell UP, 1984.

Bell, Michael Davitt. "Women's Fiction and the Literary Marketplace." *Cambridge History of American Literature*, edited

by Sacovan Bercovitch, vol. 2, Cambridge UP, 1995, pp. 74–123.
Cummins, Maria Susanna. *The Lamplighter*. 1854. Rutgers UP, 1995.
Hawthorne, Nathaniel. *The Letters, 1853–56*. Edited by Thomas Woodson et al., The Centenary Edition of the Works of Nathaniel Hawthorne, vol. 17, Ohio State UP, 1987.
Tompkins, Jane. Afterword. *The Wide, Wide, World*, by Susan Warner, edited by Tompkins, Feminist Press, 1987, pp. 584–608.
Warner, Susan. *The Wide, Wide World*. 1950. Feminist Press, 1987.
Welter, Barbara. "The Cult of True Womanhood: 1820–1860." *American Quarterly*, vol. 18, no. 2, 1966, pp. 151–74. *JSTOR*, www.jstor.org/stable/2711179.
Williams, Susan S. "'Promoting an Extensive Sale': The Production and Reception of *The Lamplighter*." *The New England Quarterly*, vol. 69, 1996, pp. 179–200. *JSTOR*, www.jstor.org/stable/366664.
藤井久仁子「『理想の家庭婦人』になるために――スーザン・ウォーナー『広い、広い世界』」野口啓子・山口ヨシ子編著『アメリカ文学にみる女性と仕事――ハウスキーパーからワーキングガールまで』彩流社二〇〇六年　一三一―三〇頁

第5章　メロドラマの真実

――スティーヴンズ『古き屋敷』

黛　道子

【図17】アン・S・スティーヴンズ
（1820-86）

1　人気作家スティーヴンズが描いた孤児物語

『古き屋敷』（一八五五）の作者アン・S・スティーヴンズはコネティカット州の毛織物工場の支配人の家庭に生まれ、教育としては、小さな私塾で初歩的な教育を受けたのみであったが、若い時から文筆を志した。[1] 一八三一年に、出版業に携わっていたエドワード・スティーヴンズとの結婚を機に、メイン州のポートランドに移り、夫とともに『ポートランド・マガジン』を発刊し、作品を発表し始めた。その後、ニューヨークに移ってからは、『レディーズ・コンパニオン』、『グレアムズ・マガジン』、『ピーターソンズ・レディーズ・ナショナル・マガジン』などの雑誌の編集に携わり、多くの作品を投稿し、たちまち人気作家となった。

当時の主な読者は白人中産階級の女性たちであった。男性は家庭外で生計を担うために働き、女性は家事と育児に携わるというのが当時の一般的な家庭の姿であった。時間を自分の裁量で使うことのできた女性たちは読書にいそしみ、文化の主要な担い手となっていった。さまざまな雑誌の編集に関わり、多くの雑誌に作品を寄稿していたスティーヴンズは、まさしく文筆で生計を賄《まかな》うことのできる女性作家の一人であった。当時、「経済的に困窮しないかぎり女性は働かないという中産階級の慣習を破り」、「必要に迫られてというより金銭を得ることを楽しみに書いた」[2]（ベイム一七七）点で、スティーヴンズは新しいタイプの女性の職業作家といえよう。

スティーヴンズの名前をもっとも有名にしたのは、一八六〇年にビードル社のダイム・ノベル第一号として出版された『マラエスカ——白人狩猟者のインディアンの妻』であろう。『マラエスカ』は一八三二年、『レディーズ・コンパニオン』誌に連載したものを一冊にした作品で、再版も含め、三十万部以上を売り上げたといわれている（ハート 一五四）。ダイム・ノベルは大量販売を目的としたビードル社の廉価《れんか》本のシリーズで、西部を舞台とした適度な長さの作品を扱うものであった。テレビ、ラジオ、映画などがなかった当時、ダイム・ノベルは手ごろな価格で手に入る娯楽として大衆の心を捉えた。国民全体の識字率が上がったこともダイム・ノベルのブームを牽引《けんいん》したといえるだろう。旅のセールスマンや工場労働者や家事手伝いの少女たちも、旅の途上、工場からの帰宅後、家事の合間などに本を読んでいた。スティーヴンズは、ビードル社の販売戦略を満足させるような娯楽としての作品の書き方をよく理解していた。

彼女が得意としたのはメロドラマで、多くの作品が好評を博していた。彼女と同時代に活躍していたエドガー・アラン・ポーが、スティーヴンズは「大胆で印象的で効果的なもの、つまりはメロドラマ的なものを好み、絵画的なものに鋭い審美眼を示し、人物描写も悪くない」（五七）と評している。『古き屋敷』は今日ではほとんど読まれることのない作品であるが、彼女の代表的なメロドラマの一つとなっている。

スティーヴンズ『古き屋敷』

『古き屋敷』は孤児の少女の成長物語である。前半の舞台はニューヨーク市内、後半は郊外のキャッツキル山地の村となっている。主人公のメアリ・フラーは十二歳の少女で、父を病気で亡くし、母はアルコール依存症で家を出たきり戻らず、身寄りのない彼女は住んでいた共同住宅を追い出され、飢えと寒さで倒れる寸前に巡回中の警察官ジョン・チェスターに救われ、そのままチェスター家に引き取られる。メアリの保護を巡って、市長のファーンハムはチェスターに批判され、それに腹を立ててチェスターの失脚を画策した。失職したチェスターは失意のうちに死亡し、チェスターの妻も病死した。メアリはチェスターの娘のイザベルとともに一時、孤児院に収容された。一方、チェスターの死を知った市長は良心の呵責《かしゃく》に苦しみながら死を迎える。市長の遺言により、イザベルは妻のファーンハム夫人に引き取られ、メアリは市長の親友シャープ判事の計らいで、キャッツキル山地に住むネイサン・ヒープと妹のハナという初老の兄妹に引き取られる。メアリは引き取られた二つの家庭により心を育まれ、さまざまな人との出会いにより、多くを学んでいった。こうしてメアリは成長し、幸せな結婚に至るのである。

この物語はさまざまな偶然の連鎖でできており、人の出会いや死なども都合よく配置されている。その点では現実感のないメロドラマだが、登場人物の心の動きや感情のゆらぎは丁寧に描かれ、その悩みや喜びなどに共感することができる。

主人公メアリは孤児で、頼るものもなく、厳しい世界と対峙《たいじ》しなくてはならなかった。その過程でメアリは何を学び、何を支えとして生きていったのだろう。作品のなかに読み取っていきたい。

2　メアリの教育

学校教育という視点からみると、『古き屋敷』にはごく簡単な記述しかみあたらない。ネイサンとハナの兄妹に引き取られたメアリは、次の日に早速、村の学校に連れていかれ、読み書き、算数などの初歩的な学習に取り組むことになった。すでにそれらはほぼできていたので、新たに学ぶことはあまりなかったが、絵の描き方の基礎を教えられ、のちに夢中で絵を描く彼女の姿が捉えられている。

この当時、意欲をもってより高度な学問に取り組んだ女性たちも存在したが、それは一部の恵まれた環境の女性に限られ、メアリと同様の初歩的な教育のみというのが一般的であった。いわゆる学科教育という意味での女子教育については、この小説中にはその程度しか記述されず、特にそれらの教育がメアリの人生に影響を与えた様子もみられない。また、クリスティン・ハーツォグが述べているように「少年たちには専門的、古典的なカリキュラムが組まれ、少女たちは現代小説や美術のような人生を豊かにするもの」(xvi) を学ぶのが一般的であったため、メアリも初歩的な絵の描き方を教えられている。

メアリがもっとも影響を受けたのは家庭での教育であった。メアリが育てられた三つの家庭をみていきたい。まず、最初はメアリの本来の家庭であるが、メアリの母はアルコールに溺れ、子どもの世話もせず、家を出て行ったきり消息不明で、存在しないも同然であった。暴力を振るうこともあったので、メアリにとっては恐ろしい存在でしかなかった。やさしかった父は、重い病気になり、病院に入院していたが、自宅で死を迎えるために戻ってきた。信仰に生きた人で、メアリを愛し、神に祈ることを教えた。母を敬うよう言い聞かせる父に、メアリは自分のような弱いものにはできないと答える。これに対し、父は次のような言葉を残し、息を引き取る。

ほかの人を幸福にできない人などいないものだよ。やさしい言葉や親切な行ないは金《きん》よりも価値があって、貧しいものの宝なのだ。決して尽きることがないから、この世の富よりも価値があるんだよ。（八―九）

このように、父はよきキリスト教徒としての生き方を伝え、メアリはこの言葉を指針にその後の人生を歩むのである。

次にメアリを受け入れたのは、警察官チェスターの家庭であった。衰弱していたメアリはここで介護を受け、命びろいする。メアリのその後の行先を話し合うチェスター夫妻の会話に彼らの生き方が示されている。安心して静かに眠っているメアリを見ながら、夫妻は彼女を孤児院に連れていくのは忍びない気持ちになり、引き取ることを考える。しかし借金もあり、ゆとりのない彼らには困難だった。妻のジェインは自分が縫物を引き受けて家計の足しにすることを申し出るが、夫は一家の生活は自分の力で支えたいと考えていた。そのような夫にジェインは協力の姿勢を示す。

女らしくないからといって、役に立たない人間ではいたくありません。私は妻であり、仲間であり、夫の助けでありたいのです。（三六）

夫は生計を、妻は家事を担うという当時の役割分担を超えて周囲の人を助けようとするジェインの強さをみることができる。メアリはチェスター夫妻の元で、家庭の温かさを知ることができ、また、夫妻の幼い娘のイザベルとは、生涯、「姉妹」としての固い絆で結ばれた。

最後に関わったのが、ネイサン・ヒープと妹のハナの家だった。近隣の人びとから親しみを込めて「ネイサンおじさん」、「ハナおばさん」と呼ばれ、頼りにされる存在だった。ネイサンは「とても慈悲深く、温かく真心にあふれた表情をしており、ひと目で好きになり、信頼できる」人物だった。ハナは厳しい表情をした女性であったが、飾らないやさしさが少しずつメアリにも理解できるようになった。この古い屋敷でメアリは農作業や家事を手伝い、美しい自然を眺めながらネイサンと語り、夜は聖書を読み、祈る日々を送るのである。その最初の日、メアリは「長い長い年月のなかで初めて天国のとても近くにいる」と感じ、身も心も安らいだ。メアリは三つの家庭で、キリスト教徒として家庭を大事にし、平凡な日々を大切に生きることを学んだのである。

作者は家庭での教育の価値を高く評価しており、チェスターの娘イザベルが、養母のファーンハム夫人の偏見の犠牲とならなかったのは、その前に影響を受けた家庭での教育のためであると主張した。

> 人生の最初の十年をよき家庭で育った人を完全に台無しにすることはできない。チェスターの娘は金の心をもって救貧院に行き、それを失うことなく出てきた。(二一九)

作者は家庭の教育が人生のさまざまな困難にも支えとなることを確信していた。

スティーヴンズは家庭も社会を構成する一要素と考え、社会における家庭の機能にも注目している。メアリを引き取った二つの家庭、チェスター家とヒープ家はともに裕福ではなかったが、周囲や近隣の人びとへの奉仕の気持ちを忘れなかった。二つの家で開かれたパーティの光景はメアリの心と記憶に残るものであった。また、これをきっかけとして人の和が広がり、コミュニティが築かれることも体験した。

メアリを引き取って間もなく、チェスターの妻は近所の縫物を引き受けて得た収入で、チェスターの誕生日を祝うことにし、同じ共同住宅に住む画家とその息子ジョーゼフや子どものいない小間物商の夫婦を招いてパーティを開いた。七面鳥や鶏を焼き、デザートや飲み物も用意して心を込めて歓待した。初めはよそよそしさのあったゲストも次第に打ち解け、ジョーゼフが弾くヴァイオリンに合わせてダンスに興じ、心を開いて語り合った。

この場面は後半のもう一つのパーティの場面に呼応している。ネイサンとハナは毎年、収穫期の終わりに近隣の若者を招いて、楽しいゲームや自家製の食べ物や飲み物を用意してもてなしていた。その日も大勢の若者が集まり、ゲームや食べ物を楽しんでいた。旅の途上の芸術家として参加したジョーゼフが、ここでもヴァイオリンを弾き、それに合わせてダンスが始まり、パーティは最高潮に達する。

チェスターの家は親子三人が暮らすだけの収入はあったもののそれ以上ではなかった。また、ネイサンとハナのヒープ兄妹は農園や果樹園を持ち、牛などもいて、生活に困ることはなかったが、裕福ではなかった。しかし、どちらの家も限られた収入のなかで周囲の人びとをできるだけ幸せにしようとした。このような環境でメアリはよき家庭の社会における役割を学ぶことができた。

3　メロドラマのなかに描かれる現実――貧困と疫病の町

ストーリーの展開をみると現実感の薄いメロドラマであるが、『古き屋敷』には当時の厳しい社会の現実が詳細に書き込まれており、(3) スティーヴンズの時代や社会に対する批判的な視点が感じられる。当時の時代状況を振り返り、困窮する人びとに寄り添おうとする作者の姿勢を確認していきたい。

十九世紀初頭、ニューヨークの商業や産業の発展は市に巨大な富をもたらすと同時に、多くの労働者が流入することとなった。また、世界や国の経済とも連動するようになると、多様な社会状況の変化を受け、ニューヨークの経済は不安定なものとなっていった。一八三七年の木綿《もめん》価格の暴落は多くの工場を破産に追い込み、市の財政を破綻《はたん》寸前まで悪化させた。一方で急速に増加する労働者は苦しんでいた。好況のときでさえ、低賃金と高い住居費で食べるのがやっとの状況だったので、不況下では家族の離散、病気や死などが日常のものとなった。

また、一八四五年から四九年にかけてアイルランドでじゃがいも飢饉《ききん》が起き、約百万人が餓死したり病死したりするに至り、大量の移民がアメリカに流入した。この移民を輸送する船上でチフスが流行し、さらにニューヨークに到着後、二次感染が広がり、大流行となったことが記録されている（ゲルストン）。ニューヨークは貧困と疫病《えきびょう》の町と化していたのである。

時代背景とともに、作品中に登場する地名や建物は当時のニューヨーク市内に実在するもので、

【図18】ベルビュー病院

チェスターの妻ジェインがチフスにかかり、収容されたベルビュー病院はこの小説が書かれた十九世紀半ば当時、救貧院、孤児院、精神病院、刑務所などを備え、貧しい人びとの拠り所となっていた。また、メアリとイザベルが収容されたランドール島（のちにルーズベルト島と改名）の孤児院も実在したものである。

現代まで存続しているベルビュー病院は、当時、貧しい人びとを救うことがキリスト教徒の義務と考えた人びとによって作られ、運営されていた。チフスの大流行により、次つぎに運び込まれる患者で病室も廊下もベッドで埋まり、さらにその隙間にも敷物が敷かれ、患者が寝かされる状態となっていた。日々、多くの患者が死亡する悲惨な状況で、ジェインが運び込まれたのもそのようなときだった。病院には熟練の医師はほとんどなく、研修医や医学生が治療にあたり、週に一、二回程度の回診がやっとの状況だった。看護師は刑務所から派遣されたアルコール依存症の女性の囚人たちで、患者が死ぬと周囲に金品が残されていないか探り、見つけると自分の懐《ふところ》に入れていた。また、重症患者に気つけ薬としてワインやブランデーが処方されることがあったが、それらをこっそりくすねて自分たちで飲んでしまうというありさまであった。スティーヴンズはこの状況を批判的に見つめ、皮肉を込めて次のように書き込んでいる。

これが偉大で豊かな町が貧しい人に与えた看護師だった。なんと恵み深い経済。なんとやさしく美しい人道主義であろう。（一三五）

当時は貧富の差も激しく、医療資源も十分とは言えなかった。富裕層は十分に適切な医療を受けることができたが、貧しい人びとは前述したような劣悪な環境におかれたのである。ネイサンの末の妹アナが出産後、容体が悪くなったときも、地域に一人しかいない医師はファーンハム夫人の出産に立ちあっていたため、診察してもらえず、アナは死亡してしまった。ネイサンやハナは中産階級と考えられるが、上流階級が優先された結果、医療が届かず、悲しい結果を生んだといえるだろう。

スティーヴンズはこのような厳しい状況のなかでも、困っている人に進んで手を貸す人を描いている。チェスターの妻は夫を気遣い、高熱をおして外に出て、路上で倒れてしまった。地方から仕事に来ていた通りすがりの紳士は彼女を放っておけず、馬車を雇って彼女を横たえ、救貧院の事務局へと運び、適切な救済を依頼し、病院に収容と決まると、さらに病院へと運び、名前も告げず去っていった。

また、救貧院の院長は貧しい人びとの味方で、日々、困窮した人びとが押し寄せる状況でも親切な心が鈍ることはなく、人びとに寛大で誠実だった。年老いた女性が涙ながらに訴える窮状に耳を傾け、やさしく声をかけて安心させる院長の姿が描かれている。ジェインを助けた紳士も救貧院の院長もプロットの展開に関係のない登場人物であるが、社会はこのような人びとによって支えられていることが感じられる。スティーヴンズはこうしたマイナーな人物を丁寧に描きこみ、読者に自分の担うべき社会的責任を思い起こさせた。

4　メアリの成長

頼るもののない孤児のメアリは、受け入れてくれた家庭や社会で出会った人びとから多くのものを学んで成長していった。それは幸運な出会いがあったためともいえるが、彼女が父の教えを守り、たとえ弱い力であっても周囲の人のためにできるだけのことをしたからでもあった。

メアリは子どもながらも、チェスターの家では家事やジェインの針仕事を手伝い、幼いイザベルの面倒をみた。ジェインが病院に収容されると、そのかたわらに付き添い、心を込めてできるだけの世話をした。病院は悲惨な状況であったが、ジェインばかりでなく、周囲の患者にも、水を汲んで来たり、薬を飲ませたり、自分のできることをして患者たちに尽くしたのである。

ネイサンとハナの家でも家事や農作業などを進んで手伝い、当時は「役に立つことは上品ではない」と考えられていたが、そのような世間の思い込みなどは気にもかけず、人の役に立てることを喜びとしていた。

通常、メロドラマの主人公は「美人」であることが多いが、メアリはそうではなかった。メアリとイザベルはチェスターの娘として、また孤児院でも姉妹のように愛し合い、助け合って過ごしていたが、イザベルがつねに「美しい子ども」と形容されるのに対し、メアリは「美しくない方の子」と言われ、自分でも容姿にはコンプレックスを抱いていた。ファーンハム夫人が夫の遺言に従い、イザベルを引き取ることになったとき、メアリとイザベルの深い絆を知っていたシャープ判事はファーンハム夫人に二人とも引き取ることを提案したが、夫人は拒否した。イザベルは彼女の虚栄心を満足させるに足る非常に美しい子どもである一方、十人並みの容貌のメアリは、夫人にとっては蔑《さげす》むべき貧民の一人にしか過ぎないのであった。しかし、やがてメアリのなかにある心の美しさが心ある人に彼女を美しいと感じさせるようになっていく。

暗い雲しかないとき、ものを美しくするのは太陽の光なのだ。人間の顔では善良さが太陽の光のような働きをするんだよ。善良でありなさい。そうすれば、優れた人びとはみんな君が美しいと思うだろう。(一九六)

このシャープ判事の言葉どおり、メアリは心を磨き、その心を映す美しさをそなえていった。数年ぶりにメアリと再会したイザベルはメアリを美しいと感じ、「その眼差しには美を超えたものがある」ことを認めている。

メアリがジェインに付き添って病院にいた間に、彼女がもっとも衝撃を受けたのは、長年、姿を見なかった実の母を看護師のなかに見つけたことだった。モラルもなく、患者を収奪の対象としかみていないアルコール依存症の看護師の一人がほかならぬ実の母であったことは、悲しく受け入れがたいことでもあった。

彼女の母はメアリを見つけると、威圧的に彼女の肩をつかみ、「新しい服を着ているじゃないか。母親が刑務所にいるというのに」と毒づいた。メアリが世話になったチェスター夫人に付き添うために来たことを告げると、「お前は実の母に会いにきたわけじゃなかったんだね。上等だよ」と言いながらメアリの体をゆすった。メアリは恐ろしさに震え、立ち尽くすしかなかった。尊敬も愛情も感じられない母親であったが、メアリがイザベルとともに孤児院に入った後、彼女の母は病気になり、孤児院の近くの病院に入院した。孤児院で出される食べ物のなかから食べやすそうな物を取っておき、それを持って日々、母の元を訪れた。病状は悪化していったが、メアリは世話を続け、母のために聖書を読んだ。「彼女は日々、弱っていきましたが、彼女がよりよい人になっていくのがわかりました」と、母の最期をみとった後、メアリは孤児院の院長に語っている。メアリは幼い時からの母への恨みや嫌悪を超え、母を許し、母との関係を再構築したのである。

イザベルとメアリがそれぞれファーンハム家とヒープ家に引き取られてまもなくイザベルは、父を死に追いやったファーンハムが許せず、その家族に養われ、すべてを賄われることに耐えられないとメアリに訴える。メアリは自分もファーンハムに対しては許せない気持ちになっていたが、彼が心から後悔し、悲しんでもいたことを聞いていたので、次のように述べる。

> 彼が本当に後悔していたなら、私たちは許すしかないわ。……間違いを悔いている人から喜んでその親切を受けるのが最善の許しなのよ。(一二三)

のちにイザベルはファーンハムの息子フレデリックを愛しながら、ファーンハム家の血を引く彼と結婚するわけにはいかないとかたくなに決意する。過去の恨みを超えられないイザベルに対し、メアリは広く温かい心で人を受け入れることのできる女性になっていた。メアリは周囲から多くを学び、大きく成長していたのだ。

5　メロドラマと現実社会

『古き屋敷』の登場人物のなかにいわゆる悪人はみあたらない。チェスターの死を招き、婚約していたヒープ家の末娘アナを裏切ったファーンハムはさまざまな人の不幸の元凶となったが、悪意をもって人を害するような人物ではなかった。一時的な怒りや、そのときの成り行きで行動したことが、思ってもみない結果を生み、後悔しても取り返しがつかなかったというのが真相であった。

> 困難で不毛な政治の世界が彼を殺人者にした。法がこれを裁くことはなかったが、彼の魂が裁いた。(一〇九)

彼は良心の呵責に苦しみ、自分が傷つけた人びとにできるだけの償《つぐな》いを講じて死を迎えたのである。

スティーヴンズは人間を一面的に捉えることがなく、人はおかれた環境や立場で異なる面を示し、時間の経過のなかで変化することを意識して登場人物を組み立てている。ファーンハム夫人は身勝手で偏見に満ちた人物で、たびたび周囲の人びとを傷つける行動を取ってきた。小説の終盤で夫人はネイサンたちの不動産の抵当権を買い取り、彼らを追い払うことを画策した。それを知ったフレデリックは自分の手で阻止し、なぜ彼らをそれほど嫌うのかと母に尋ねると夫人は次のように答えた。

あなたのお父様は最後まで私よりあの家の娘のアナが好きだったのよ。あなたが生まれた日に死んでしまったけれどね。……お父様は私と結婚したとき、アナと婚約していたの。……私と結婚した後でさえ、私のいるところで彼女の話をしたのよ。目に涙をためてね。(三〇三)

ファーンハム氏の誤った行動は夫人を深く傷つけ、その心に嫉妬や怒りや悲しみを植えつけた。目の前に見えるネイサンたちの古い家を見るたびにそれらの感情が蘇り、耐えられない気持ちになったことが理解できる。このような人物の心の動きをとらえた描写をみると、ドラマティックで興味深く、やや強引なプロットの欠点を補っているようにも思える。

『古き屋敷』は孤児だったメアリが家庭や社会でさまざまなことを学び、成長していく一人の少女の成長物語でもある。初めは弱々しく人に頼ることしかできなかった子どもの姿は、社会の中心から外れたところで、自分の非力を自覚していた多くの女性に通じるものでもあっただろう。メアリが、家庭や社会のなかで少しずつ自分にできることを見つけ、人に尽くすことで成長していく過程は読者の生きる指針ともなったと思われる。メアリが育てられた三つの家庭はいずれも敬虔《けいけん》なキリスト教徒の家庭として描かれている。十九世紀前半のアメリカはクリスチャン・ホームを中心として国を作ろうとしており、小説にもそれが反映されている。

家庭教育に比べ、学校での教育についてはわずかしか記載されていない。当時、より高度な学問への情熱をもち、勉学に励んだ女性たちも存在したが、全体からみれば少数だった。スティーヴンズが高度な教育を受けた女性にあまり光を当てなかったのは、そういう女性の物語は共感が得られにくいことが予想されたからかもしれない。また、メアリの献身的に働く姿に対し、「よい心が結局、最良の哲学である」と述べている。作者の根底には、学問による知性よりも良心が人を導く規範となるという考えがあったからであろう。

【図19】19世紀の農家のイメージ

メアリが結婚を考えたとき、経済的な困難が予想され、彼女が少しずつ描いていた絵を売って生活を支えようと考えたが、作者はハナに「女性は誰かの支援に頼るようにできているものよ」と言わせ、男女の役割を逸脱する困難さを語らせている（ブラウン 二九三）。結局、実際には生活の見通しが立たず、結婚を可能にしたのは、天から降るように与えられたファーンハムの遺産だった。自分の力で生計を担う女性の主人公が登場するには、もう少し時代が進む必要があったのだろう。

スティーヴンズは一方で派手なストーリー展開で読者に娯楽を提供しながら、当時の厳しい時代環境のなかで苦しむ社会的弱者に目を向けて、その生活と心の動きを丁寧に生き生きと描いた。多様な面をもつ平板でない人物の描き方は、その後の小説の発展に貢献したと思われる。また、恋愛や結婚を前面に出したメロドラマでありながら、その裏で貧困や疫病に苦しむ人びとへの支援もさりげなく訴えている。『古き屋敷』はスティーヴンズの社会改革者的側面が見えた作品であり、当時の女性たちに生きる指標を示した作品といえよう。

●注

（1）アン・スティーヴンズの伝記的記述については「アン・ソフィア・スティーヴンズ」、「アン・S・スティーヴンズ」、「スティーヴンズ、アン・S」参照。

（2）引用部分の邦訳はすべて拙訳。

（3）当時の時代背景については、「ニューヨークの貧困とホームレス」参照。

●引用文献

"Ann Sophia Stephens: American Editor and Author." *Britannica.* www.britannica.com/biography/Ann-Sophia-Stephens. Accessed 3 Apr. 2022.

"Ann S. Stephens (1810–1886)." "Portraits of American Women Writers." www.librarycompany.org/women/portraits/stephens_ann.htm. Accessed 3 Apr. 2022.

Baym, Nina. *Women's Fiction: A Guide to Novels by and about Women in America 1820–70.* 1978. 2nd ed., U of Illinois P,

1993.

Brown, Herbert Ross. *The Sentimental Novel in America 1789–1860*. Farrar, Straus and Giroux, 1975.

Gelston, A. L., and T. C. Jones. "Typhus Fever: Report of an Epidemic in New York City in 1847." National Library of Medicine. Dec. 1977. pubmed.ncbi.nlm.nih.gov/336803/. Accessed 12 Aug. 2022.

Hart, James D. *The Popular Book: A History of America's Literary Taste*. Oxford UP, 1950.

Herzog, Kristin. *Women, Ethnics, and Exotics: Images of Power in Mid-Nineteenth-Century American Fiction*. U of Tennessee P, 1983.

Poe, Edgar Allan. "Ann S. Stephens." *The Complete Works of Edgar Allan Poe*, edited by James A. Harrison, vol. 15, Thomas Y. Crowell, 1902, pp. 56–58.

"Poverty and Homelessness in New York." NYC Homeless History Organization. nychomelesshistory.org/era/nineteenth/. Accessed 10 July 2022.

"Stephens, Ann S." Northern Illinois University Libraries. www.ulib.niu.edu/badndp/stephens_ann.html. Accessed 23 May 2022.

Stephens, Ann S. *The Old Homestead*. 1855. Classic Prints, 2022.

第6章　同情と共感を行動力に変えるナラティヴ
——ジェイコブズ『ある奴隷少女に起こった出来事』

矢島 里奈

【図20】ハリエット・A・ジェイコブズ（1813–97）

1　女性が語るスレイヴ・ナラティヴ

ハリエット・ジェイコブズの奴隷体験記『ある奴隷少女に起こった出来事』（一八六一）は、その優れた文体と完成度の高さから、編者でもある白人作家リディア・マライア・チャイルドによるフィクションだと長らく考えられていた。その後ジェイコブズが一八五二年から五三年の初めにかけてチャイルドに宛てた手紙が発見され、ジーン・フェイガン・イェリンらの調査により、一九八一年にジェイコブズが著者であること、チャイルドの編者としての役割が明らかになった（イェリン 二一三―一五）。

ジェイコブズは一八一三年にノースカロライナ州の奴隷の家族に生まれ、「主人」からの性的暴力に怯《おび》えながら十代と二十代を過ごした。彼女にとって実体験を語ることには相当の勇気と覚悟が必要とされたはずだ。十九世紀後半に女性が性的な話題に触れることはタブーであり、編者のチャイルドもこの点を考慮し、北部の女性読者にとって「扱いづらい」、「不適切な」話題を扱うと前書きで述べている（六）。(1) さらには、ジェイコブズの経験の信頼性を裏づけるため、チャイルドや、奴隷制廃止論者であり女権運動の活動家であるエイミー・ポストをはじめ権威ある白人が序文を書くことが、出版社から提示された出版の条件であった（デン 一二二）。

ジェイコブズの分身である『出来事』の主人公リンダ・ブレントは序文に、「自分の過去について沈黙していられたならば、そのほうが楽であったでしょう」と書いている。また、一八五七年に友人のポストに宛てた手紙で、女性は親しい友人の隣に座り、ひどい体験をそっと打ち明けるほうが、本を出版するよりも気持ちが慰められるものだと書いている（ジェイコブズ〈2〉二〇〇）。しかし、このような葛藤を経て出版に至ったのは、ポストの勧めがあったこと、また自分以上に苦しむ奴隷の母親に強い共感を寄せていたからであった。当初、ジェイコブズは『アンクル・トムの小屋』（一八五二）で注目されていたハリエット・ビーチャー・ストーに自伝の執筆を頼むつもりだったが、ストーは、ジェイコブズの奴隷体験を自身の作品『アンクル・トムの小屋への手引書』（一八五四）の材料として使うことを望んだ（イェリン　四八二）。これに対してジェイコブズは、一八五三年ごろにポストに宛てた手紙で、「私の人生経験をそのまま単独で描いて欲しい……空想を加える必要はない」（四八二―八三）と打ち明けており、自らの言葉で実体験を「事実」として伝えたいという強い意志が感じられる。ジェイコブズは、忌まわしい記憶を封印し、世間の批判から自分を守ることよりも、奴隷制の現実を世に広く知らしめることを選び、自ら筆を執ったのである。経験を語り、それを知識として伝達することを自らの使命としたのである。

ジェイコブズは一八三五年にプランテーションから逃亡し、七年もの間、立ち上がることもできない狭い屋根裏に潜伏し、一八四二年にようやく北部へ逃亡したが、その後も南部からの追手を警戒し、自由の身になったのは一八五二年のことだった。しかし、『出来事』では、北部への逃亡がハッピーエンドとはならない。ジェイコブズは念願であった子どもたちと一緒に暮らす夢をかなえるために自活の道を探し、本の執筆を始めた一八五三年には、住み込みの家政婦兼乳母の仕事に追われ、夜のわずかな空き時間に作業を進めていた。加えて、ジェイコブズは登場人物の実名を伏せ

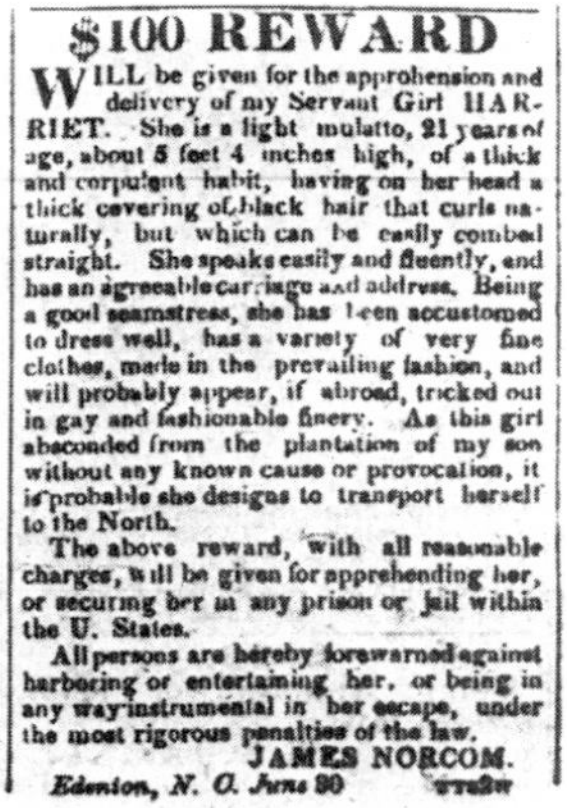
$100 REWARD

WILL be given for the approhension and delivery of my Servant Girl HARRIET. She is a light mulatto, 21 years of age, about 5 feet 4 inches high, of a thick and corpulent habit, having on her head a thick covering of black hair that curls naturally, but which can be easily combed straight. She speaks easily and fluently, and has an agreeable carriage and address. Being a good seamstress, she has been accustomed to dress well, has a variety of very fine clothes, made in the prevailing fashion, and will probably appear, if abroad, tricked out in gay and fashionable finery. As this girl absconded from the plantation of my son without any known cause or provocation, it is probable she designs to transport herself to the North.

The above reward, with all reasonable charges, will be given for apprehending her, or securing her in any prison or jail within the U. States.

All persons are hereby forewarned against harboring or entertaining her, or being in any way instrumental in her escape, under the most rigorous penalties of the law.

JAMES NORCOM.

Edenton, N. C. June 30

【図21】ジェイコブスが逃亡した際の手配書

てはいたが、出版により逃亡を手助けしてくれた協力者に迷惑がかかることを恐れていた。こうした背景から、執筆という行為がジェイコブズにとっていかに大きな決断であったかがうかがえる。ジェイコブズの目的は、北部の女性読者に、依然として南部で奴隷として苦しむ二百万人もの女性の状況を知ってもらうことであった。

本稿では、『出来事』が中産階級の白人女性を読者に想定していることを念頭におき、スレイヴ・ナラティヴをとおしてジェイコブズがどのように読者に働きかけようとしたのかを検証したい。ジェイコブズは奴隷体験を経て自由を求め、自立を模索するなかで得た知識や教訓を広く読者と共有することで、女性の意識啓発を図った。

2　感傷小説の手法を用いた読者への訴え

ジェイコブズは自伝を構築する手法として、感傷的な家庭小説という形式を意識的に選択した（エムズリー　一四六）。十九世紀半ばに女性読者を対象に人気を博した家庭小説では、有徳のヒロインが「強い感情をコントロールする痛み」（トムキンズ　一七二）を学びながら苦境を乗り越えていくプロットが典型的である。『出来事』もその系譜を踏襲し、随所に読者への呼びかけが挿入されている。リンダは自分を所有する「主人」である好色なフリントから逃れるため、地元の有力な紳士サンズの愛人になる道を選ぶのだが、白人女性の読者にこの衝撃的な決断を伝える前に、奴隷として生まれた少女の立場を言葉を尽くして説明している。

貞節な読者よ、私を憐れみ、許してください！　奴隷がどんなものか、みなさんにはおわかりにならないでしょう。法律にも慣習にもまったく守られることがなく、それどころか法律によって動産におとしめられ、他人の意思に隷属させられるのがどんなことか。あなた方は、罠を避け、憎い暴君の魔の手から逃げようと疲れ果てたことはない。「主人」の足音におびえ、その声に震えたこともない。私は罪を犯した。そのことは、ほかの誰よりも自分が一番よくわかっている。つらく恥ずかしい記憶は、死を迎えるその日まで、いつまでも私から離れないだろう。けれど、人生に起こった出来事を冷静に振りかえってみると、奴隷女性はほかの女性と同じ基準で判断されるべきではないと、やはり思うのだ。（五〇―五一）

リンダは序文で、苦労話に同情してもらう意図はないと宣言しているが、その言葉に反するかのように感傷小説の手法を用い、黒人女性と白人女性のおかれた境遇の違いを明確に打ち出し、読者の同情を引き出そうとしている。リンダは道徳的な罪を犯したことを認めたうえで、黒人女性は白人女性と同じ判断基準で裁かれるべきではないと主張している。奴隷であり、女性であり、二重に抑圧された者として、白人中心の文化の道徳基準で判断されることに異を唱えている。ジェイコブズ『ある奴隷少女に起こった出来事』

は、白人社会で通用する道徳基準は奴隷には当てはまらないし、実際に当てはめようとしても「悪魔のような」奴隷制の下では不可能であると強調している。

リンダは「幸せな読者のお嬢さん方、哀れで孤独な奴隷少女を、どうかあまり厳しく判断しないでください」と読者の同情を請うが、時には相手に同情する側に立つこともある。『出来事』では、リンダの経験に加え、彼女が実際に目撃したり人づてに聞いたりした話として、プランテーションの「主人」による奴隷の虐待が描かれている。そこには「家庭の天使」とされた女主人の残酷な行為も含まれている。フリント夫人は奴隷が鞭《むち》打たれるのを平然と眺め、別の女主人は夫の子を宿した奴隷が苦しんでいるときに嘲《あざけ》りの言葉を浴びせ、北部からプランテーションに嫁いできた女主人は奴隷に冷酷な仕打ちをする。リンダもフリント夫人から恨まれ、嫌がらせといじめを受けるが、夫人を憎むことはできず、気の毒に感じていた。

それほど憎まれていた私だけれど、夫人の人生を幸せにする義務を負うその夫よりも、彼女をずっと気の毒に感じていた。私は夫人に対して悪いことをしたことは一度もないし、したいと願ったことさえなかった。ほんのひとこと、夫人がやさしい言葉をかけてくれたなら、私は彼女の足もとに身を投げ出して、感謝しただろう。(三二)

夫人も夫にたてつくことはできず、怒りや嫉妬をより弱い立場の黒人女性に向けるしかないと、リンダは見抜いているのだ。夫人だけを断罪するのではなく、人間性を損なう奴隷制の下では誰もが豹変《ひょうへん》する可能性があると訴えている。

実際、奴隷を所有する女主人の立場は微妙である。リンダに読み書きを教えた親切な最初の女主人は、リンダに「隣人を愛せよ」と神の教えを説くが、彼女の死後、自由になれるかもしれないという期待も虚しく、リンダは競売にかけられる。比較的やさしく敬虔《けいけん》な女主人も彼女を人間扱いしていないという事実に、リンダは落胆する。別の信心深いある女性は、奴隷に信仰を教え、彼らとの間に家族同然の信頼関係があったが、結婚後は夫が奴隷の娘たちを性的搾取《さくしゅ》するのを目のあたりにし、耐えなければならなかった。このように女性は家庭内で奴隷と接するなかで信仰を実践することはできても、夫の前では無力であり、奴隷制を容認する社会で個人の希望を通すことはできなかった。「奴隷女性はほかの女性と同じ基準で判断されるべきではない」というリンダの主張は、自由という、人間が本来もっている権利が奴隷社会の実態には通用しないことに加え、その権利が家父長制度において女性の実態に合っていないことも示唆している（アーネスト 二四七）。ジェイコブズは奴隷制の悪を告発する過程で、白人女性も同様に家父長制の社会構造により抑圧されていることを前景化する。ジェイコブズは黒人女性の境遇について問題提起しながら、中産階級の女性読者の思考を促したといえる。

サンズとの関係を説明する場面で、リンダはキリスト教思想に基づく道徳的価値に照らして罪を認めているが、これは当時の中産階級の読者に反感をもたせないための配慮である。女性と道徳に密接な関係があったことについては、十九世紀のキャサリン・ビーチャーの考えにみてとれる。ビーチャーは、共和国市民の育成のために道徳を重視し、女性が家庭内で妻として、母として、道徳観念を高める指導者の役割を担うことを期待した（ナッシュ 一〇七—〇八）。しかし、『出来事』に描かれる南部の家庭は、道徳観念が通用する、精神を向上させる場ではない。それどころか女性は忍耐力を極限まで試されている。

奴隷女性にいたっては、初めから「家庭」をもつことが許されていなかった。それゆえ、白人社会が求める道徳を行使する場が存在しなかった。リンダも希望がみえない状況に追い込まれ、「神にも人間にも見捨てられた気がした」と告白する。サンズとの道ならぬ関係は、ほかに行動の選肢《し》がなかったためであり、自暴自棄になってのことではないと述べている。「主人」に抵抗するためなら「考えられることはすべてやってやる」と決意し、「何度も何度も考えて……絶望し、底知れぬ闇のなかに、自ら飛び込んだ」。読者は家父長制の価値観で一方的にリンダの選択を非難するのではなく、奴隷女性がおかれた状況が白人女性のそれとは異なることを理解し、自らの思考過程を問い直す必要に迫られている。

しかし、実は白人の家庭であっても、『出来事』に登場する多くの南部の家庭では、奴隷制により品位が堕落し、道徳観念も崩壊し、残虐行為や人間性の冒瀆《ぼうとく》が平然と行なわれ、憎しみや妬みが蔓延《まんえん》している。このように、幸福と安らぎのある理想の「家庭」からはほど遠いという現実が、「家庭」に属することができないリンダの視点から明らかにされている。

3　黒人女性と白人女性——違いを超えて共感へ

同情や憐れみは、向けられる対象によっては、必ずしも当人によい結果をもたらすとは限らない。そのよい例がフリント夫人である。夫人の同情はつねに自分だけに向けられている。「自分はまるで殉教者《じゅんきょう》のように苦しんでいる」と嘆くが、自分だけが苦しみ不幸だといわんばかりに、夫の不実により悲惨な目に遭い、恥辱を被っている奴隷女性のことにはまったく考えが及んでいない。夫人の自己中心的な考え方は変わることがなく、リンダは冷静かつ皮肉な目で夫人を観察している。リンダのおばでフリント家の奴隷でもあるナンシーの死に対し、感傷的になった夫人は、乳姉妹でもあるナンシーを黒人墓地ではなくフリント家の墓地に埋葬してはどうかと申し出るが、「奴隷所有者と奴隷の間に育まれた美しい愛情」という幻想に酔い、これまでナンシーに過酷な労働を課し、どれほどひどい仕打ちをしてきたか、いっさい顧みることはない。このように自分のためだけに同情や感傷が行使される場合、現状を変えることはできない。夫人はリンダを一時的に家から追い出すことには成功したが、フリントには多くの婚外子がいることから、夫人の心労は今後も続くと容易に想像できる。

フリント夫人とは対照的に、奴隷に同情し、気遣う白人女性も描かれている。フリントの大おばミス・ファニーはリンダの祖母を買い取り、自由を与えた。ファニーは読み書きができず、契約書にX印を書いて署名代わりにしたが、キリスト教思想に基づいた真の思いやりをもち、それを行動に移す女性として、リンダは評価している（ウェイテ 一七七）。リンダは白人への不信の念をもっていたが、ここでは独自の判断基準で相手が信用できる人物か判断している。リンダは「あふれる人間愛」をもつ人としてファニーを尊敬するが、彼女との間にもやはり隔たりがある。ファニーは次のようにリンダを慰める。

おまえや、おまえのお祖母さんとご家族全員が、墓の下で安らかに眠ることを、私は願っていますとも。でも、その日が来るまではね、私はおまえたちのことを心配せずにはいられないんだよ。（七八）

そこには問題の具体的な解決策は示されていない。死ぬまで現状に耐えるしかないという諦めが感じられ、リンダのおかれた状況を他人事として眺めている。このような態度は北部の白人女性にもみられた。キャシー・J・ウェイテは、「北部白人女性は奴隷制の体験をしたことがないために、同情には限界がある」（一六八）と、白人女性と黒人女性の間には超えられない溝があると指摘している。リンダはファニーに感謝しながらも、同情を受け入れるだけでは満足せず、「死ではなく自由」、つまり北部への逃亡によって彼女の心に平安をもたらそうと密かに画策し、行動によって状況を打破しようと試みている。チオルン・デンによると、ジェイコブズは十九世紀のアメリカで広く女性たちに読まれた小説の手法を踏襲しながら、同情への抵抗を示しているという（一一五）。より多くの読者を獲得するため、ジェイコブズは意識的にこのような作品手法を用いたのであるが、自分の境遇に安易に同情されることを拒み、苦境を乗り越えようと試行錯誤して行動した過程に読者の意識を向けようとしている。

ジェイコブズは黒人女性と白人女性の環境の違いを明確にする一方で、読者の共感を得るために母性に焦点を当てている。ジェイコブズの個人の経験と周りの奴隷女性の経験が「出来事」として織り交ぜて語られるナラティヴでは、各エピソードの順序が戦略的に配置されている（エムズリー一五〇）。セアラ・エムズリーによると、周りの奴隷の母親や娘、姉妹に起きた出来事を先に描くことで、ジェイコブズはいったん自身の経験から読者を引き離し、自分を含めた奴隷女性と北部の母親の女性を結びつけている（一五〇）。奴隷主の子を宿して売られていく女性、子どもたちと引き離されるのに耐えなければならない母親、白人の少女の異母妹として育つ黒人の少女を待ち受ける暗い運命といったエピソードが示され、奴隷制の実態が暴かれる。そこでは母性が蹂躙《じゅうりん》され、白人女性があたり前に享受《きょうじゅ》している法律による結婚も、家族が集う家庭も保証されていない。痛ましいエピソードは読者の同情と共感を呼び起こし、「善悪を判断する側ではなく、母親の立場にある当事者」（エムズリー　一五〇）としてジェイコブズのナラティヴに読者を対峙《たいじ》させる。続いてジェイコブズが自身の体験を語るとき、それは個人の経験でありながら奴隷女性全体に関わる問題提起にもつながっている。

夫と頻繁に会うことができなかった奴隷女性は、「主人」の要求に応えるだけの労働をしながら、女性同士で助け合いながら子育ても担い、「労働者として、母として二重の責任」（ホワイト一二七）を負っていた。リンダもプランテーションでは「主人」に命じられた仕事をするのに手いっぱいで、泣いている娘の相手をすることができず、子育てに十分な時間をとることができない無念を吐露《とろ》している。

また、ジェイコブズの『出来事』をはじめ、女性のスレイヴ・ナラティヴでは、フレデリック・ダグラスなどの男性著者とは異なり、自由を獲得する過程で子どもが母親の行動を決める重要な存在として描かれる。リンダはプランテーションから逃亡したのち、フリントの家とオフィスに近い祖母の家の屋根裏に身を潜めていたが、第一目的は自分が逃亡することではなく、サンズに働きかけて子どもたちの自由を買い取ることであった。その間、サンズとその妻が子どもたちを引き取りたいと言い出したとき、子の将来への不安と、母として何もできないもどかしさに「自分の限界を超えて試されている」と感じているように、リンダの人生はつねに苦難と忍耐の連続であり、きわめて限られた選択肢のなかから決断を迫られることになる。男性の奴隷が逃亡により自由を手にし、人間性を取り戻し、自分の強さを確認するのを最終目的にするのとは異なり、女性の場合はリンダのように子どもの存在が原動力となり、生存への希望と困難な状況でも諦めない強い意志の源となっている。

4 精神的自由と教育への視座

女性の身体の自由のみならず、精神的な自由と自立が強調されていることも『出来事』の特徴である。リンダは苦境にあっても誇り高い精神を保ち、フリントの横暴には屈しない強い精神力をもっている。これには、奴隷の身という限られた条件にもかかわらず腕のいい大工として自活していた父と、母親代わりの祖母の影響がある。リンダの祖母は奴隷として長年フリント家に仕え、クラッカーを売って子どもを買い取る資金をこつこつとため、五十歳で自由の身となり、地元では白人からも一目おかれている。リンダとその血縁者は屋敷内の家事を担う「家内奴隷」として、「主人」一家の身近で生活していた。リンダは「主人」に反抗してプランテーションに送られたときでさえ屋敷の家事を任され、重宝されていた。リンダの家族は「代々白人家庭に仕え混血してきた、白い肌をもつ奴隷」で、リンダのなかには「奴隷のエリートとしての自意識とプライド」（西本 一〇六）を読み取ることができる。

現状を打開するために行動するというリンダの決意表明の後、読者は突如、彼女が未婚の母になるという事実に直面する。そこに至るまでのサンズとのやり取りも、二人目の子が生まれるいきさつについてもはっきり描かれていない。刺激的な内容を伏せるという読者への配慮もあるが、ジェイコブズは「すべてを語らない」（デン 一一九）手法を用いることにより、読者から一方的に同情を受ける対象になることを拒んでいる（一一五）。デンによると、相手に同情する行為には、他者の苦しみを好奇の目にさらし、苦しむ人のプライバシーを奪う恐れがあるが（一一五）、ジェイコブズは語ることと語らないことを自ら選択することによりプライバシーの領域を守り、ナラティヴの主導権を確保している。

元奴隷は、奴隷制の「目撃者」として、「被害者」としての価値を重視されて白人の出版社や編集者や反奴隷制の活動家にかつぎだされ、講演者として、のちには著者として活躍した（セコーラ一五四)。ジェイコブズをはじめスレイヴ・ナラティヴの著者は、ナラティヴのなかで自己を創造することは最初から求められておらず、反奴隷制の象徴となることが求められていた(一五四)。この見解によると、元奴隷の個人的な人生経験はさほど重視されていないかにみえる。しかし、ジェイコブズは奴隷制廃止という政治的主張を掲げ、同時に女性の個人の経験にも光を当てた。そのため、『出来事』のなかには「個人の経験と政治的主張の間に緊張関係」(エムズリー 一四六)が生じているが、ジェイコブズはこの緊張関係を巧みに利用し、時に読者との違いを強調し、時に共通点に焦点を当て読者を揺さぶり、奴隷女性全体の窮状に読者の目を開かせた。政治的領域への女性の参画がきわめて限られていた時代に、奴隷制廃止という社会改革にまで女性読者の意識を向けさせようと試みたといえる。

白人男性であるフリントが社会的・経済的に圧倒的な優位に立ち、リンダの身体と精神を支配しようとするのに対し、リンダは「知恵」で対抗する術《すべ》を学んだ。この知恵とは、読み書き能力を駆使して手紙を書き、言葉を「武器」に闘うことである。情報を操作し、フリントを翻弄《ほんろう》し、ついにはフリントを財政的な窮地に陥れる。このような文才と知恵で生き抜いてきたがゆえに、リンダは娘エレンの教育に熱心である。エレンが実の父サンズの親戚の家で使用人のように扱われ、学校に通っていないことに心を痛める。奴隷制において人びとは人間の尊厳を奪われただけでなく、学ぶ機会も与えられなかった。リンダが奴隷として生きていたノースカロライナ州をはじめ多くの州では、奴隷間で読み書きを教え合うことが法律で禁じられていた。リンダが自由を求めるその先には、誰かに依存することなく自活し、自力で子どもを守り、教育機会を与えたいという強い願いがある。

【図22】ジェイコブズの娘ルイーザ・マチルダ（作中ではエレン）の肖像（1852）

この実現のため、リンダはつましい暮らしのなかでも教育資金をためることに心血を注ぎ、娘のエレンが自宅で学ぶ姿を見守っている。母娘がようやく一緒に暮らせるようになった喜びも束の間、リンダはエレンの寄宿学校への入学を望み、エレンの学校での様子を記録している。リンダは、奴隷制から逃れてからも現状に甘んじることなく、長期的な視野で娘の将来を見据えている。エレンは母の苦労を察し、不平を我慢する聡明な娘であるが、「もっと学んで自分を向上させたい」と話し、母の期待に応え、失われていた機会をとり戻そうとするかのように学ぶことに意欲的な姿勢をみせている。母リンダは、屋根裏に隠れている間にも読書をし、新聞を読み、独学で情報や知識を吸収し、生きる術を身につけてきたが、娘エレンには、より開かれた学ぶ機会が得られる可能性が示唆されている。

5　知識から行動へ

日頃から白人と親しい交流があったことが幸いし、リンダは周囲の人の善意と協力を得て「主人」の迫害を遠ざけ、北部への逃亡が可能になった。なかでも白人女性の支援が大きな力となった。同情を示すだけにとどまらず、驚異的な行動力を見せる白人女性の姿は際立っている。イギリス出身のブルース夫人は、乳母として雇用したリンダが逃亡奴隷であることを知らなかったが、親身になって接し、南部から追手が迫ったときは即座に判断し、判事や弁護士といった専門家の助言を求め、リンダの逃亡を手助けした。人種の違いを感じさせない真摯《しんし》な対応に、リンダはこれまでの白人への不信を克服し、「女同士の真の同情」を感じられるまでになった。夫人の死後に後妻となったアメリカ人のブルース夫人も、高潔で、奴隷制を嫌悪し、揺るぎない信念をもち、リンダのよき理解者であり真の友人になった。

一八五〇年に逃亡奴隷法が成立し、州を越えて逃亡した奴隷の所有者への返還が定められたことで、北部に隠れ住んでいるリンダにも危険が及んだ。このころからリンダの視野は広がり、新聞に掲載されたホテルに滞在中の南部人の情報を確認し、同じ境遇の同胞の安全にも心配りをしている。いよいよ追手が迫ると、ブルース夫人は自分の赤ん坊を連れて逃げるようにリンダに提案する。万が一、リンダが連れ戻されることになっても、白人の赤ん坊が一緒であれば、その子を保護するときにリンダを助けることができるという意図があってのことだが、これは自分の子まで危険にさらす、大胆で勇気ある決断であった。リンダへの信頼がなければできることではない。

ジェイコブズは、同情や憐れみを超えた真のキリスト教の人道主義、つまりウェイテのいう「思いやり」を体現する人物としてブルース夫人を描いたのではないだろうか。ウェイテによると、同情とは本来、苦しんでいる人の苦しみを自分に置き換えて再創造することだが、同情は感情を喚起するだけで行動をともなわない。それゆえ反奴隷制の原動力となる積極的な行動を起こすのは、思いやりの精神であるという(一七二―七五)。『出来事』に頻出する「同情」という語が二人のブルース夫人に対しては好意的に使われていることから、リンダは彼女たちと出会い、これまで拒否していた同情を初めて受け入れたことが読みとれる。ここでの同情とは、一方的に与えるものではなく、相手と同じ目線に立ち、友人として寄り添うことで生まれる共感──「女同士の真の同情」である。ブルース夫人に買い取られることになったリンダは、自由の街ニューヨークで人身売買が行なわれたと複雑な気持ちになるが、ブルース夫人を友人だと思う気持ちに変わりはない。リンダは一貫して夫人への感謝と信頼を表明しており、信念に基づいて行動する強い女性への称賛が前面に押し出されている。

前述したように、ジェイコブズは自身の経験とコミュニティの女性の経験とを織り交ぜて配置し、個人を超えた民族全体のものとして苦しみの経験を捉えた。このことは、『ある奴隷少女に起こった出来事』というタイトルにも表われている。ほかのスレイヴ・ナラティヴの著者のようにタイトルに自分の名前を入れず「ある奴隷少女」としたことで、この女性はジェイコブズでもあり、別の奴隷女性にもなりうる（エムズリー 一四八）。伝統的な自伝であれば個が強調されるはずであるが、『出来事』ではジェイコブズの個が曖昧《あいまい》になり、黒人コミュニティを構成する一人として自身を位置づけている。

ジェイコブズがこのように人種全体を俯瞰《ふかん》する視点を得たことには、北部への移住と、ブルース一家に同行し、イギリスを訪れたことが大きく影響している。リンダは北部のホテルで白人の使用人とは明らかに異なる差別的な扱いを受けた。反奴隷制をかかげる北部においても人種差別が根強いことを実体験として学んだのであるが、差別に屈することはなく、毅然とした態度でホテル側の態度を改めさせた。また、イギリスにおいては、アメリカという国を外側からみることで、俯瞰的な視点で差別や偏見について考えるきっかけを得たといえる。

ジェイコブズは自伝的ナラティヴに感傷小説の手法を取り入れ、読者の感情に訴えかけた。リンダは「経験によってのみ、あの唾棄《だき》すべき制度が作り上げた穴が、どれほど深く、暗く、おぞましいものであるかを理解することができる」とし、黒人の奴隷女性と中産階級の白人女性の立場の違いを明確にしながらも、読者を理解し合えない存在として突き放すことはしなかった。読者の関心を引くために母性という共通項を核にし、読者を揺さぶり、共感を引き出し、勇敢なブルース夫人などを例にあげ、現実を変える行動に移すことの重要性を示した。奴隷制の内情を知る体験者として自らの言葉で語ることで白人女性に知識を伝達したといえる。ジェイコブズが目指したのは、読者を母親である同胞の姉妹とみなし、女性同士の共感を社会に影響力をもたらす力に変えることであった(2)。

ジェイコブズ自身も人生経験をとおして多くの教訓を得た。過酷な奴隷体験のなかで白人女性を観察する目を養い、黒人女性と白人女性の双方をとりまく社会構造にも目を向けた。抑圧されながら同情を受ける対象になり、時には同情を与える側にもなり、いきすぎた感傷の行使に疑問を提起した。それは同情の本質を問い直すことでもあり、知識を得たのちに次なる行動に移すことの重要性を伝えている。

『出来事』の執筆は、一人の女性の個人的な経験を人種全体の経験に融合させる試みであった。自由に結婚ができないことや、子どもとの別離は、コミュニティの黒人女性にも共通する苦しみの経験であり、いったん破壊され奪われた母性を回復させるのはきわめて困難である。『出来事』の結

【図23】ジェイコブズが娘らとともに設立した黒人学校（1864）

末でリンダが、自由になってもまだ実現していない夢は「暖炉がある家庭の団欒《だんらん》」だと述べているように、家族が集う安らぎの場を確保することが彼女の最終目標である。ジェイコブズは、その夢の実現に向けて葛藤し、自立を求めて進んでいく様をスレイヴ・ナラティヴに書くことにより、黒人女性に向けて、一人の女性の生き方を提示したといえよう。

さらにはリンダの願いは、奴隷制からの解放だけにとどまらなかった。知的なブルース夫人をはじめとする白人の友人との出会いにより精神的にも啓発される。たとえばリンダが渡英した際には、イギリスの子どもの教育制度に興味をもち、貧しい人びととの学校があることに新鮮な驚きを感じるなど、ジェイコブズの教育への関心の高さがうかがえる。(3) 母ジェイコブズの世代ではかなわなかった教育を受けるという夢は、娘の世代に引き継がれ、実現されることになる。ジェイコブズの教育への希求は、のちの黒人女性に開かれる可能性につながるものである。

◉注

（1）引用部分の邦訳は、堀越ゆき訳を参照。ただし、表記の統一のため一部変更を加えた。

（2）ウィリアム・クーパー・ネルは一八六一年に奴隷制廃止運動家ウィリアム・ロイド・ギャリソンに宛てた

手紙で、『出来事』は反奴隷制事務所で一ドルで販売されていることを知らせ、家庭内で、特に母や娘に奴隷制の残虐さとその犠牲者について知ってほしいと述べている（一五）。

（3）一八六四年、ジェイコブズは娘ルイーザらとともにヴァージニア州に解放黒人のための無料の学校ジェイコブズ・フリースクールを創設した（フォスター、ヤーボロ 三八一）。

◉引用文献

Child, Lydia Maria. Introduction. Foster and Yarborough, pp. 6–7.

Deng, Chiou-Rung. “Resisting Sympathy, Reclaiming Authority: The Politics of Representation in Harriet Jacobs’s *Incidents in the Life of a Slave Girl*.” *Tamkang Review*, vol. 41, no. 2, 2011, pp. 115–40.

Emsley, Sarah. “Harriet Jacobs and the Language of Autobiography.” *Canadian Review of American Studies*, vol. 28, no. 2, 1998, pp. 145–62.

Ernest, John. “From Reading the Fragments in the Field of History: Harriet Jacobs’s *Incidents in the Life of a Slave Girl*.” Foster and Yarborough, pp. 234–55.

Foster, Frances Smith, and Richard Yarborough, editors. *Incidents in the Life of a Slave Girl*. 1861. Norton Critical Edition, 2nd ed., W. W. Norton, 2019.

Jacobs, Harriet. <1> *Incidents in the Life of a Slave Girl*. Foster and Yarborough, pp. 1–167.『ある奴隷少女に起こった出来事』堀越ゆき訳 新潮社 二〇一七年

——. <2> Letter to Amy Post. 21 June 1857. Foster and Yarborough, pp. 200–01.

Nash, Margaret A. *Women's Education in the United States, 1780–1840*. Palgrave Macmillan, 2005.

Nell, William Cooper. "Linda, the Slave Girl." *The Liberator*, vol. 31, no. 4, 1861, p. 15.

Sekora, John. "Comprehending Slavery: Language and Personal History in the *Narrative*." *Frederick Douglass's* Narrative of the Life of Frederick Douglass, edited by Harold Bloom, Chelsea House, 1988, pp. 153–63.

Tompkins, Jane. *Sensational Designs: The Cultural Work of American Fiction 1790–1860*. Oxford UP, 1985.

Waite, Kasey J. "The Spark of Kindness: The Rhetoric of Abolitionist Action in Harriet Jacobs's *Incidents in the Life of a Slave Girl*." *Rocky Mountain Review*, vol. 73, no. 2, 2019, pp. 163–84. *JSTOR*, www.jstor.org/stable/26897221.

White, Deborah Gray. *Ar'n't I A Woman?: Female Slaves in the Plantation South*. W. W. Norton, 1985.

Yellin, Jean Fagan. "Written by Herself: Harriet Jacobs' Slave Narrative." *American Literature*, vol. 53, no. 3, 1981, pp. 479–86. *JSTOR*, www.jstor.org/stable/2926234.

西本あづさ「奴隷体験記《スレイヴ・ナラティヴ》における個人の物語と集団の歴史――ハリエット・A・ジェイコブズの『ある奴隷女の人生の出来事』」『アメリカ研究』第三五号　二〇〇一年　九七―一一四頁

第Ⅱ部　南北戦争から二十世紀転換期まで

夫に隠れて書き物を続ける
「黄色い壁紙」のヒロイン
（*The New England Magazine*, Jan. 1892.）

第7章　家族の絆と教育

——オルコット『若草物語』を中心に

池野　みさお

【図24】ルイザ・メイ・オルコット（1832–88）

1　オルコットを取りまく家族と社会

『若草物語』（一八六八）の著者ルイザ・メイ・オルコットは、ペンシルヴェニア州のジャーマンタウンで四人姉妹の次女として生まれた。その五十五年の生涯において、オルコットが生きた時代は、南北戦争以前から、南北戦争を経て奴隷制終結後へと続く、アメリカが大きな転換期を迎える時代であった。彼女が住んでいた場所は、奴隷制廃止運動や女権運動が盛んになるアメリカ北東部であり、のちにアメリカン・ルネサンスとして知られる文学隆盛期のコンコード周辺であった。こうした時代や社会にオルコット自身も少なからぬ影響を受け、南北戦争時には自ら従軍看護師に志願しワシントンDCでの病院勤務も経験したが、わずか数週間でチフスにかかり、死線をさまよい、父親が迎えに来て自宅に連れ帰ったという。このときの体験は、『病院点描』（一八六三）として出版され好評を得たが、病院で治療に用いられた水銀の副作用は後のちまでオルコットを苦しめることになる。一方、社会情勢以上に、作家として女性としてのオルコットの生涯を左右したのが、彼女の家族、特に両親だと考えられる。

父親のブロンソン・オルコットは、独自の教育理念と哲学をもつ教育者であり、超絶主義者としてラルフ・ウォルドー・エマソンやヘンリー・デイヴィッド・ソローー、マーガレット・フラーらとも交流していた。こうしたそうそうたる思想家や作家たちとの交友関係に目を向けると、一見はなばなしい活躍をしていたかにみえるが、実際にはブロンソンの半生は挫折《ざせつ》と失敗のくり返しであり、家族を巻き込むことも多かった。特にユートピア的共同生活を目指したフルートランズでの実験的な試みに関しては、のちにルイザがこのときの体験をフィクション化した物語「超絶主義的ワイルド・オーツ」（一八七三）のなかで「アップル・スランプ」[1]と称しているように、最後は厳寒のなか食べるものが林檎《りんご》と水だけになり、わずか半年で解散したといわれる。

母親のアビゲイル・メイ、通称アバは、ニューイングランドの旧家出身の裕福な両親の末っ子として生まれ、「当時の女性としてはかなりの教育を受けていた」（ジョンストン 一四）。ノーマ・ジョンストンによれば、アバは夫ブロンソンよりもよい教育を受けており、一時は「学者になる夢」（一四）さえ抱いたほどであったが、結局、この夢は実現しなかった。

ルイザは幼いころから書物に親しんでいたが、父や母やエマソンもまた書物を通じてルイザに影響を与えている。ルイザにとってもっとも早い記憶は、「父の書斎で本で遊んだこと――大きな辞書や日記で家や橋を作ったり、絵を眺めたり、読むふりをしたり、ペンや鉛筆があれば、白い頁にいたずら書きをしたりしたことだった」（ショーウォーター 四五―四六）。また、フルートランズでの生活を記録した十代初めのルイザの日記には、共同体の仕事や勉強の合間、夕食までの時間や寝る前の時間に本を読んだことなども書かれており、子どものころのルイザにとって書物や読書とはまず楽しむものであったことがわかる。

【図25】書斎にいる父
ブロンソン・オルコット

しかし成長するにつれて、読書はまた作家として女性として知識を得るための手段にもなっていく。エレイン・ショーウォーターによれば、フラーと同様、ルイザの「主要な聖域と文学の源泉は父の書斎」であり、そこで彼女は「プルターク、ダンテ、シェイクスピア」（四七）をはじめ、さまざまな作家や詩人の作品を読み耽《ふけ》った。アバもまた読書家で、ルイザとともにシャーロット・ブロンテの伝記を読み、「自分たちを悲劇的なブロンテ一家のアメリカ版」とみなしている（四六）。また、ルイザは、思春期に十代の少女とゲーテの往復書簡集を読んで、エマソンを自分のゲーテにしたいという情熱的な願望に取りつかれている（オルコット〈1〉六〇、ショーウォーター　四七）。だが、ジョン・バニヤンの『天路歴程』（一六七八、八四）を範とすることを娘たちに勧めた父ブロンソンと同様、エマソンもまた、オルコットのような「野心的な若い女性作家にとっては、行動を規制し、抑圧するもの」（ショーウォーター　四七）であった。のちにオルコットは、自分の生来《せいらい》のスタイルは灰色のコンコードの「尊敬すべき伝統」とは一致しないものであり、「エマソン氏を生涯知的な神としていただくことは礼節の鎖帷子《くさりかたびら》をまとわされたようなもの」（ピケット　四二）と語っている。

一九七〇年代半ば以降、『若草物語』で知られるオルコットの別の顔として、マデレイン・B・スターンの『「仮面の陰で」――ルイザ・メイ・オルコットの知られざるスリラー集』（一九七五）やショーウォーターの『オルターナティヴ・オルコット』（一九八八）等が次つぎと出版されるが、オルコット自身は、自分が生来求めているのは、少女小説よりむしろ「どぎついスタイル」（ピケット　四二）だと考えていた。したがって、一八六七年に、ボストンの出版社ロバーツ兄弟社のトマス・ナイルズに少女向きの話を書いて欲しいと依頼されたとき、引き受けはしたが当初は気乗りしなかったようである。

しかし、オルコットが少女向けの話として不承不承取りかかった『若草物語』には、従来の少女小説を超える型破りなところがあった。まず、アメリカの少女たちだけでなく世界中の多くの女性の心を捉えて離さない、マーチ家の次女ジョー・マーチは、従軍牧師として出征した父親が不在の家庭で男役を引きうけると同時に、作家志望の少女でもあった。そのジョーが屋根裏で「渦に巻き込まれて」(2)創作に没頭するときの姿には、まさに大衆読者向けのセンセーショナルな小説にも取り組んでいたオルコット自身の姿が投影されている。また、『若草物語』にはブロンソン「お気に入り」の『天路歴程』が枠組みに使用される一方で、母アバの先祖につながる「魔女の呪い」のモチーフも現われる。

『若草物語』は翌年の『続若草物語』(一八六九)、さらには第三、第四の『若草物語』といえる『リトル・メン』(一八七一)、『ジョーの子どもたち』(一八八六)へと続いていく。『若草物語』の冒頭部分では、クリスマスに近所の少女たちを観客に招いて、姉妹たちが思う存分に魔術、毒薬、復讐等を盛り込んだ創作劇を演じる場面があり、日曜学校の図書係から苦情が出ているから別のものに差し替えてはと出版社から提案されるが、オルコットはそれには抵抗したという(ショーウォーター五三―五四)。しかし、『続若草物語』で家庭教師をしながら作家修業をしていたジョーは、金になるという理由で書いたセンセーショナルな作品を、同じ下宿に住んでいたドイツ系移民の教授ベアから批判されると大変衝撃を受け、二度とそうした作品を書かなくなる。そして、生涯独身を通したオルコットと違い、ジョーはベアとの結婚を選ぶ。

このように、『若草物語』とその続編に描かれたジョーには、現実のルイザの行動や経験と一致する部分と、必ずしも一致しない部分が存在するが、それはなぜだろうか。読者の要望、出版社の意向、父権制等に彼女が屈した結果だと指摘されることも多いが、教育という観点からみていくと、もう一つ別の面がみえてくる。本稿では、家族の絆と教育という点から『若草物語』の再読を試みたい。

2 父ブロンソンと母アバの育った環境と教育

『若草物語』は、父親の影が薄い物語とされる。実際、南北戦争を背景としたこの小説では、マーチ家の父親は従軍牧師として戦地に赴き不在である。物語の冒頭部分では戦地から家族に送られた手紙として存在感を示すのみで、家族の一員として物語に姿を現わすのは、戦地で病に倒れたあとなんとか帰郷を果たす第一部の最終部分である。

ショーウォーターによれば、オルコットはもともと、「哀れな家族」、「理想の代償」等の題で、「ブロンソンの夢想とオルコット家の苦難についての、おそらくは風刺的な小説」を書く計画だったが、「書き始めると、この計画を諦めてしまい、焦点を父の実験から自分と姉妹たちに移して」(五一)しまう。「父の実験」とは、フルートランズでの共同生活を指すと考えられるが、その実態はユートピアとは程遠いものだった。オルコットには、この失敗をはじめ、挫折をくり返す父の実像を、自伝的な少女小説のなかで描くことはできなかったのだ。

教育者でもあり哲学者でもあった父ブロンソンは、子どもたちを愛し、その夢や才能をのばすことに協力を惜しまない親だったが、彼には家族の幸せより自分の哲学的信念を優先してしまうところがあり、家族を養う力がなかったと、ジョンストンは伝記『ルイザ』冒頭の「作者のことば」で述べている。オルコット家の経済生活を支えていたのは、母アバと娘たちであった。アバは金銭的な援助を裕福な実家に求めることもあったが、自らも温泉治療院のマネージャーやソーシャル・ワーカー等として働いた。姉のアンナは主に家庭教師、ルイザは家庭教師に加えコンパニオンやメイド、裁縫師等をして家計を助け、その合間に作家修業もしていた。

ブロンソンは若いころは行商人として各地を回ったこともあったが、知識への欲求が強く、教育を生涯の仕事と考えるようになってからは、周囲の人びとの協力も得て学校経営に関わるようになっていった。しかし、伯父のティロットソンに援助され、コネティカット州チェシアの小学校の校長になったとたん、「熱心さのあまり、彼はこれまでの教育観念を完全にひっくりかえした」（ジョンストン　九）。「この州において、いやおそらくアメリカ中で、もっともすぐれた公立学校である」（九）という新聞記事が出る一方、親たちからは批判の声が高まった。ブロンソンの生徒たちの多くはほかの学校へ移り、伯父の死によって後ろ盾《だて》も失ったブロンソンの教師生活は破綻《はたん》する。

だが、彼のチェシアでの教育は、いとこを通じて、ブロンソン同様改革論者であったユニテリアン派の牧師サミュエル・ジョーゼフ・メイに伝わり、ブロンソンの業績に感銘を受けたサミュエルはすぐに彼に手紙を書いた。このとき、メイ牧師を訪ねてきたブロンソンを迎えたのが妹のアバで、

【図26】母アビゲイル・メイ・オルコット

二人は出会ったとたんに恋に落ちた（ジョンストン 一一）。この後もブロンソンは何度も学校経営に携わるが、当時の教育方法とは異なる彼独自の進歩的な方法を貫こうとするため長続きしなかった。しかし、メイ家に温かく迎え入れられたブロンソンは、借金を抱えながらもアバと結婚する。ブロンソンはその夏「幼年教育における原理と方法についての所見」という文章を書いた。彼によれば、教育は、「子どもから始めるものであり、教材から始めるものではない」、さらに「子どもの想像力を伸ばすことこそ第一の重要事項で、子どもが学習を楽しめるようにするのは教師の務めである」（二八）。こうした彼の教育方法は、子どもを単なる「からの箱」とみなす当時の社会にはなかなか受け入れられなかったが、彼は「子どもを中心においた教育と児童心理学を、実質的に初めて唱えたのである」（二九）。

それに対し、母親のアバは、同じ階層の女性のほとんどが行なっていた「私塾」で学び、家庭教師にもついていただけでなく、「十七歳のとき家を離れて、今度は女性の学者のもとで、人文科学（フランス語、ラテン語、歴史）と自然科学（植物学、化学、幾何、天文学）を学んだ」（ジョンストン 一四）。こうしてアバは、一時は「学者になる夢」さえ抱いたほどであったが、婚約者の急死に直面し、二度と学問に目を向けることはなかったという（一四）。

ジョンストンによれば、アバには学者や作家になる才能もあったが、自ら「決定的だと思っている欠点」（一五）があった。つまり、精神面での自制心が欠如していたのである。気分が変わりやすく、すぐかっとなり、「幸せや喜びを感じる力が人一倍強く、その分落ち込みも」(一五)深かった。このあたりのアバの性格は『若草物語』のジョーが抱えていた性格上の欠点と重なると同時に、そのジョーを諭す役割を担っていた母親のマーチ夫人の性格にも通じるところがある。物語のなかのマーチ夫人は、四十年かけて、かっとしやすい自らの欠点を表に出さないよう自制することを学んだが、当時のアバはこの欠点を自分で乗り越えるより、だれかに頼ることを望んだ。こうして、アバは学者の道を諦めたが、彼女の才能はその性格とともにルイザに引き継がれたのである。

3 母と娘たちの絆

『若草物語』には、父親不在の家庭で、母親に支えられながら、四人姉妹がいかに自分たちの欠点を克服し、父の望む「リトル・ウィメン」になろうとしているかが描かれている。確かに、物語の登場人物としての父親の存在感は薄いが、物語の枠組みに、ブロンソンが好んだ『天路歴程』が用いられていることは注目に値する。

ブロンソンは、貧しかった少年時代に、雑誌編集者兼学校長であった伯父ティロットソンの蔵書に感銘を受け、いとこと図書館を作ろうと考えた。『天路歴程』は、彼らが農場を回ってかき集めた本のなかにあったのだ。主人公クリスチャンが「絶望の沼」を抜け出し、さまざまな苦難を経てついには「天の都」にたどり着くというこの物語は、少年ブロンソンの心に深くしみ込んだ(ジョンストン 四―五)。その後、彼はこの本を娘たちや生徒たちの教育にくり返し用いている。

【図27】実験的共同生活が行なわれたフルートランズの建物

本来男性が主人公であったこの物語を、オルコットは少女小説にあてはめることにした。『若草物語』の序文には、『天路歴程』からの抜粋が、少女版の翻案という形式で掲載されている。また、第一章のタイトルでもある「巡礼ごっこ」は、姉妹たちがそれぞれ背中に重荷を背負って、地下室から家の一番上まで階段を上って『天路歴程』の場面を実演するという遊びである。さらに、少女たちの「心のなかの敵」との闘いは、『天路歴程』の場面に関連づけられながら、ベス、エイミー、ジョー、メグの順に描かれていく。しかし、父親の求める「リトル・ウィメン」を目指す姉妹たちの闘いは決して平坦なものではなく、そばで見守ってくれる母親の愛情と支えが不可欠であった。

現実生活においても、娘たちがだれよりも頼りにしたのはアバであった。ブロンソンがイギリスの神秘思想主義者チャールズ・レイン親子とともに、新たなエデンを目指して立ち上げたフルートランズ共同体を断念させる際に大きな力となったのもアバであった。共同体では菜食主義を貫き、麻をまとい、農場労働に従事し、交代で子どもたちに教育を授け、大人たちは議論し、日没とともに休むという禁欲的な生活が行なわれた。出資者である横暴なレインに対し、ルイザは子どもながらに反感を抱き、当時の日記にも「ここが好きだけど、ここの学校やレインさんのことは嫌い」（〈1〉四七）だと記している。ルイザはまた日記で母親のことを気遣っている。共同体を維持するためにアバは働き詰めだったのだ。一方、男女が別々に暮らすシェイカー教徒の女性とアバを比べて不満を示すレインと、男たちの知的な話から締め出されたことに憤るアバの間にも亀裂は生じていた（ジョンストン　六八）。ブロンソンはしだいにレインとアバの狭間で悩むようになる。レインが求めていたのは、「托鉢《たくはつ》をしながら永遠なる貧困のうちに地上をさまよう中世の修道士や東洋の聖者」（七一―七二）のような生活で、そこには妻や子どもが入り込む余地はなかった。共同体が運営の危機を迎え、レインが出かけて留守の間に、兄のサム・メイから、子どもたちを連れてブロンソンのもとを離れるよう懇願されたアバは、自分は共同体から出ていくつもりだと夫に決意を伝える。彼は一緒に来てもよいし、一人で、あるいはレインと一緒に行ってもよい。自分たち家族は普通の家で普通の暮らしをする。さもなければ結婚はこれで終わりにしなければならない（ジョンストン　七五）。どちらかを選ぶよう迫られ、ブロンソンはついに妻と家族を選んだのである。

『若草物語』にはこれほどまでの家族の危機は描かれていない。しかし、あやうく家族を崩壊させかけた父親と、身を挺《てい》して娘たちを守り抜いた母親の姿は幼いルイザの目にもしっかりと焼き付けられたに違いない。『若草物語』で姉妹たちが困難に直面したとき、あるいは助言を欲するとき、もっとも頼りとするのもまた母親のマーチ夫人であった。

四人姉妹のうち、もっとも従順で献身的な三女のベスには内気すぎるという欠点があり、学校にも通えず自宅で教育を受けていた。が、そんな彼女も音楽には強い関心があり、隣のローレンス家のピアノを弾かせてもらえるという申し出に心を動かされ、ついに怖くてたまらなかったローレンス老人とも打ち解けることができた。その際、ベスがローレンスへの謝礼に上靴を手作りすることを最初に相談したのも母親であった。その後、母親が重病の夫の看病のためワシントンDCへ出かけ不在であったときに、ベスは近所の貧しい移民の家族フンメル家を訪れ、赤ん坊の世話をしたために猩紅熱《しょうこうねつ》に感染し危篤《きとく》に陥る。このときも、口には出さなかったが、ベスがもっとも必要としていたのは母親であった。ベスの看病をしていたジョーやメグも、父親のことを思い、ぎりぎりまで母親に連絡をしなかったが、本心では母親にそばにいて欲しくてならなかった。機転をきかせた隣人のローリーの知らせを受け取ったマーチ夫人は、少し持ち直した夫の世話を同行者のジョン・ブルックに任せ、大急ぎで娘たちのもとへ戻って来る。峠は越えたが弱りきったベスが朝に目を覚まし、母親の顔を目にすると、「ただにっこりして、自分のそばにあるやさしい腕にぴったりと顔をよせ、待ちに待った望みが、これでとうとう満たされたと思ったようであった」。

末娘のエイミーは、学校で禁止されていた塩漬けのライムを友人たちに振る舞い、そのことがデイヴィス先生に見つかって手を鞭《むち》で打たれるという経験をする。エイミーは人に打たれたのは生まれて初めてだったが、プライドの高い彼女は歯を食いしばってこれに耐えた。家では、姉たちも家政婦のハンナもみなエイミーを慰め、デイヴィス先生に対する憤りをあらわにした。マーチ夫人も、心を乱された様子で、苦しむ娘をやさしくいたわりながら、エイミーにはもう学校には戻らなくてよいから、家でベスといっしょに勉強するようにと話す。そして、「体罰というものには賛成できません。ことに女の子の場合は」と続けた。ここには、当時の体罰中心の学校教育に対して批判的であったオルコット家の考え方が表われている。ただ、マーチ夫人は無批判にエイミーの味方をしたわけではなく、禁止されていたライムを学校へ持って行ったことに対してはエイミーを叱っており、それゆえより娘たちの信頼を集めることになる。

次女のジョーは、大切な原稿を妹のエイミーに燃やされたことに激怒して、あやうくエイミーを溺れさせるところだった。芝居に連れて行ってもらえなかったことに腹を立てたエイミーが、仕返しにジョーが精魂を傾けた原稿を燃やしてしまったのである。癇癪《かんしゃく》を起こしたジョーはエイミーを「一生許さない」と叫ぶ。母と姉に諭されたエイミーが謝ってもジョーの怒りはしずまらない。翌日ローリーと凍った川でのスケートを楽しんでいたジョーは、後をつけてきたエイミーを無視する。そのとき、薄くなった氷が割れエイミーが川に落ちる。異変に気づいたローリーとジョーは大急ぎで引き返し、何とかエイミーを救い出すことができた。しかし、妹をあやうく失うところだったジョーは深い後悔の念に駆られ、どうすれば自分の癇癪持ちの性格が直せるのかと母親に助言を求める。そのとき、マーチ夫人は、自分もかつてはジョー以上にかっとしやすい短気な性格であったことをジョーに告げるのである。完璧にみえた母親が、四十年かけて、夫に助けられながら自分の激しい気性を直す努力をしてきたことを聞いたジョーは、最初は驚いたが、母の打ち明け話は「ジョーにとってはどんなりっぱなお説教よりも、手ひどい小言よりも身にしむ教訓」となった。

虚栄心が強いという欠点のある長女メグは、裕福なモファット家のパーティに誘われ、上流階級の生活を間近で体験する。メグは、金持ちのなかにも教養がなく下品な人たちもいることに気づくが、つねに仕事をしているメグは、毎日遊びまわる生活が快適だとも感じる。そこへローリーからバラの花が届く。メグとローリーの関係を勘ぐったモファット夫人が、「[マーチ夫人には]ちゃんともくろみがあるんですよ」と言うのをもれ聞いたメグは、ショックを受けるとともに怒りや屈辱を感じる。家に帰ったメグは、母親にモファット夫人が言っていたように「もくろみ」があるかどうか尋ねる。マーチ夫人は、すべての母親と同様自分にももくろみはあるが、それはモファット夫人が言っていたものとは違うと答える。そして、立派な男性に愛され、妻に選ばれることが、女性として一番幸せだと述べつつ、相手が金持ちというだけで結婚することには反対で、「たとえ貧乏な人の妻になっても、愛されて、幸せで、心から満足して暮らしてくれた方がよい」と語る。貧乏な娘は出しゃばらなければ結婚の機会などないと言われたことを嘆くメグに対し、ジョーは、ずっと「オールドメイド」でいようと提案する。すると、マーチ夫人は不幸せな妻となったり、夫を探してとび回ったりするよりは、「幸せなオールドメイドになるほうがどんなにましか」とジョーの考えを支持し、結婚するにしろ独身でいるにしろ、父と母にとって娘たちが大切な存在であることには変わりないことを伝えたのである。

物語のなかでは、結局、若くして亡くなったベスを除いて、メグもジョーもエイミーも第二部で「幸せな結婚」をすることを選ぶ。しかし、現実のオルコット家では、長女アンナと末娘メイは結婚を選ぶが、ルイザは生涯独身を貫く。エッセイ「私の子ども時代の思い出」（一八八八）に、ルイザは十五歳のときに以下のように誓ったことを記している。

私は近い将来何か大きなことを成し遂げるつもりだ。何でもかまわない、教師、裁縫師、女優、作家、家族を助けるためなら何でもいい。そして死ぬまでに金持ちになり、有名になり、幸せになってみせる。みていてごらん。（〈5〉四三二）

ブロンソンとの結婚を通じて幸せを求めた母アバとは異なり、ルイザはマーチ夫人が示唆したもう一つの道、生涯独身を貫きながら、仕事を通じて幸せを求めることを選んだ。そして、作家としての経済的成功は、ルイザの望んだとおり、家族を助けることになったのである。

4　ジョーの選択――ベアとの結婚と学校教育

『若草物語』第一部の最後で、ジョンの姉に対する思いを知ったとき、ジョーは母親に向かって「私、自分でメグと結婚してやりたいわ。そうすればいつまでも無事に家へおいとけるんですもの」と話す。父不在の家庭で、男役を買って出た「息子のジョー」がいかにも口にしそうな言葉だ。この言葉の裏には、メグという親友を失う寂しさに加え、これまで完全だった「家族に穴が開いてしまう」ことへの不安が込められている。とはいえ、当時の家庭小説のハッピーエンディングに欠かせぬ結婚という制度に対し反対を表明するジョーの態度は、明らかにそれまでの伝統を逸脱するものであったに違いない。

しかし、オルコットはジョーが当初望んでいたように独身のままにしておくことはできなかった。ローリーとの結婚を望む読者たちの要望に対し、ジョーのために別の形での結婚を編み出したのだ。それは、ジョーがローリーと距離をおくために出かけたニューヨークの下宿で出会ったドイツ人教授のフリードリヒ・ベアとの結婚であった。深い教養をもち、穏やかで子ども好きのベアとジョーはしだいに親しくなっていく。が、あるときベアはジョーが大衆小説を書いていることに気づき、センセーショナルな大衆小説が子どもたちにいかに悪い影響を与えるか、厳しく批判する。ジョーにとって書くことは、オルコットと同じく家族を経済的に支える大切な手段でもあった。しかし、改めてベアの「心の、いわば道徳的な眼鏡」ごしに、自分の書いたものを読み返したジョーは、それがくだらない作品ばかりであると感じ、火にくべてしまった。ジョーはそれっきりセンセーショナルな小説を書くことをやめ、ベアはジョーの変化を喜び、ジョーの真の友となる。その後、家族のもとに戻ったジョーを訪ねてきたベアの求婚をジョーは受け入れるのである。

ジョーとベアとの結婚については、批判的な見方をするフェミニスト批評家も少なくない。ジョー・ウォーターは、ベアが「やっとジョーが自分の文学的形式を見い出したように思われる時期に求婚し……彼女が少年のための学校を運営するために執筆を中断した」(六〇)ことで、多くの批評家たちを失望させたと述べている。たとえば、マデロン・ベデルは、『若草物語』のヒーローであるジョーが、「性的魅力がなさそうにみえる、古臭い中年男との結婚で、素晴らしい野心のすべてを捨てようとしているように思え……恋人ではなく、よき指導者を夫にすることで、ロマンスと自立の両方を犠牲にした」(一四七)と主張している。さらに、ジュディス・フェタリーによれば、ベアは、「ジョー自身の少なからぬ才能と活力を相殺《そうさい》する重い権威の象徴」であり、ベアとの結婚で「ジョーの反逆は帳消しに」(一四二)されてしまったという。

確かにフェミニスト批評家の主張するように、ジョーの執筆の中断は彼女に大きな方向転換を強いることになる。それは、ジョーが作家オルコットと別の生き方を選択する瞬間でもあった。しかし、ジョーは決して働いて家族を養うことを諦めたわけでも、書くことを諦めたわけでもない。実際、ニューヨークから戻ってきたジョーは、ローリーの求婚を断るときに、「あなたは私が物を書くのがいやなのに、私はそれがなくては生きられない」と語っている。また、ベアからの求婚を受ける際、ジョーは「自分の荷は自分で担い、家をもつために稼ぐ手伝いもするつもり」だと主張し、ベアにもその覚悟でいてほしいと告げている。つまり、貧しいベアとの結婚の選択は、ジョーにとって彼とともに働くことを意味したのである。

物語のなかで、ジョーは、マーチおばさんから遺贈されたプラムフィールドの地所を使ってベアとともに少年たちのための学校を経営することになる。ベア夫妻はこの学校に裕福な子弟とともに、親のいない貧しい子どもたちも受け入れる。なかには迷惑や心配をかける者もいたが、どんな子どもも、「太陽のように慈しみ深く自分を照らしてくれるファーザー・ベア」と、寛大な心で自分を許してくれるマザー・ベアに対して、ずっと反抗し続けることはできなかった。ここには、少年たちの教育を通じて、尽きることのない忍耐力をみせるまでに成長したジョーの姿がうかがえる。ベア夫妻の生徒のなかには黒人の少年もいた。ルイザがまだ幼かったころ、父ブロンソンもまたボストンの自らの学校に黒人の少女を受け入れたことがあった。一八三九年のことで、ボストンでも奴隷制反対運動が盛んだった。しかし、ブロンソンが黒人少女を学校に受け入れたとたん、ほとんどの親は子どもたちに学校をやめさせてしまったという（ジョンストン　四八）。オルコットは、現実社会では困難だった教育の場での人種統合を作品のなかで実現させたといえる。

続く『リトル・メン』、『ジョーの子どもたち』では、ベア夫妻の学校運営の様子が描かれる。生徒には、身寄りのないナットやダンのような少年たち、さらには「男まさり」の「お転婆」なナンやメグの娘のデイジーなどの少女もいる。この学校ほど「よい人間をつくるすぐれた知恵」を学べるところはなく、ベアは、「ラテン語、ギリシャ語、数学以上に、自己認識、自助、克己《こっき》を重視していた」。ときには彼らの教育方針に首をかしげる人たちもいるが、そんな彼らの学校をジョーは自ら「おかしな学校」と呼ぶ。こうして、現実社会で失敗続きだった父ブロンソンの理想の教育が、プラムフィールドではベア夫妻の温かい家庭を中心に実現していく。ベアとともに学校を切り盛りするジョーの姿は、ルイザにとってもう一つの人生の選択であったのかもしれない。さらに、十年後のプラムフィールドを描いた『ジョーの子どもたち』では、ナンが独身のまま医術を学ぶ姿も描かれ、新たな女性の生き方も提示されている。

5　改革の時代のなかで

『ジョーの子どもたち』では、ローレンスの遺贈によってプラムフィールドは大学になる。オルコットはこの大学を共学として描いた。ハーヴァード大学の一部としてラドクリフ・カレッジが創立されたのが、一八七九年のことである。『若草物語』においては、裕福な隣家のローリーが気の進まない様子でハーヴァードに進学するのに対し、ジョーには大学進学を選択する余地すらなかった。しかし、『ジョーの子どもたち』のなかで、ジョーは女子学生と対話をし、周りの人びとから学問をすると体がもたないと警告をされた学生に対し、「女の子は男の子と同じように勉強することはできないなどというのは、まったくナンセンスです。……あなたは自分のしたいと思ったように人生を楽しんでいらっしゃい」と励ますのである。

ベア夫妻の大学では、さらに、ジェンダーを超えた試みもなされている。オルコットは同じ作品のなかで次のように述べている。「これからできあがってゆこうとするこの大学には、まだ決定的な制度や規則はなく、教育に関してはあらゆる性、人種、信仰、階級などの平等な権利が信条とされていた」。つまり、この大学は、多種多様な学生の受け入れを前提としており、時代にはるかに先んじていたのだ。

ブロンソンが教育において改革論者であることはすでに述べてきたが、彼はまたアバとともに奴隷制反対運動にも関わっている。アバの兄サミュエル・メイ牧師もまた改革論者で奴隷制反対運動に深く関わっていた。一方、アバの父メイ大佐は生涯を貧しい人びとのために尽くした人であり、アバ自身も、『若草物語』のマーチ夫人と同様、貧しい人びとのために尽くしてきた。そして、スラム街で貧しい女性たちに混じって働いたアバは、女性参政権の必要性を痛感し、女権運動にも積極的に関わった。ルイザもまた、奴隷制廃止運動や女権運動の動向を追い、一八五二年にハリエット・ビーチャー・ストーの『アンクル・トムの小屋』が出版されると、それを愛読したという（ジョンストン　九八）。

オルコットは、奴隷制廃止の瞬間には立ち会ったが、あらゆる意味での人種平等、男女平等への道のりがまだ遠いことは認識していたはずだ。だからこそ、自分の最大の武器であるペンを使って、オルコット家の一員として、社会に訴えようとしたのではないだろうか。『ジョーの子どもたち』に、独身を貫き医学の道を目指したナンという少女が登場することは以前にも述べたが、実は、この物語には自己実現を果たした女性がもう一人登場する。それは、再びペンを執り作家として成功したジョー自身である。このとき、ベアと結婚することで、自分とは別の道を歩み始めたジョーに、オルコットは再び同一化を試みたのではないか。そして、ジョーの声に、ルイザ自身、あるいはオルコット家の、教育や社会の改革に対する切実な思いを重ねようとしたのではないかと思えるのだ。

◉注

（1）引用部分の邦訳は、『若草物語』シリーズについては吉田勝江訳、ノーマ・ジョンストン『ルイザ』については谷口由美子訳、エレイン・ショーウォーター『姉妹の選択』については佐藤宏子訳を参照。ただし、表記の統一のため一部変更を加えた。その他はすべて拙訳。

（2）『若草物語』『続若草物語』のテキストについては、一八六八―六九年に出版されたオリジナル版（ただし明らかな誤植は修正）を採用したノートン版を使用した。

◉引用文献

Alcott, Louisa May. <1> *The Journals of Louisa May Alcott*. Edited by Joel Myerson, Daniel Shealy, and Madeleine B. Stern, Little, Brown, 1989.

——. <2> *Jo's Boys*. 1886. Gramercy Books, 1994.『第四若草物語』吉田勝江訳　角川文庫　二〇一一年

——. <3> *Little Men*. 1871. Dover, 2021.『第三若草物語』吉田勝江訳　角川文庫　二〇二一年

——. <4> *Little Women, or, Meg, Jo, Beth and Amy*. 1868–69. Phillips and Eiselein, pp. 1–380.『若草物語』『続若草物語』吉田勝江訳　角川文庫　二〇二一年

——. <5> "Recollections of My Childhood." Phillips and Eiselein, pp. 428–33.

——. <6> "Transcendental Wild Oats." *Alternative Alcott*, edited by Elaine Showalter, Rutgers UP, 1997, pp. 364–79.

Bedell, Madelon. "Beneath the Surface: Power and Passion in *Little Women*." Stern, pp. 145–50.

Fetterley, Judith. "Little Women: Alcott's Civil War." Stern, pp. 140–43.

Johnston, Norma. *Louisa May: The World and Works of Louisa May Alcott*. Four Winds Press, 1991.『ルイザ——若草物語を生きたひと』谷口由美子訳　東洋書林　二〇〇七年

Phillips, Anne K., and Gregory Eiselein, editors. *Little Women*. W. W. Norton, 2004.

Pickett, LaSalle Corbell. "[Lousa Alcott's 'Natural Ambition' for the 'Lurid Style' Disclosed in a Conversation]." Stern, p. 42.

Showalter, Elaine. *Sister's Choice: Tradition and Change in American Women's Writing*. Oxford UP, 1994.『姉妹の選択——アメリカ女性文学の伝統と変化』佐藤宏子訳　みすず書房　一九九六年

Stern, Madeleine B., editor. *Critical Essays on Louisa May Alcott*. G. K. Hall, 1984.

第8章　「オンナ・コドモ」から「オンナとオトコ」へ
――ギルマン「黄色い壁紙」を中心に

渡辺　佳余子

【図28】シャーロット・パーキンズ・ギルマン（1860–1935）

1 「黄色い壁紙」の百年

シャーロット・パーキンズ・ギルマンの短編小説「黄色い壁紙」(一八九二)は、二十世紀中葉までは、ほとんど知られていなかったが、フェミニズム批評等で、アメリカ文学の読み直しが盛んになって以来、小説のアンソロジーに掲載される常連作品への仲間入りを果たした。キャサリン・ゴールデンは、ギルマンがこの作品を「十九世紀後半に女性たちが立ち向かっていた社会文化的な状況」というフェミニスト的な視点で描いていることを魅力の一つにあげている(1)(一)。確かに、「黄色い壁紙」は、出版後百年を経てもなお、多くの読者や批評家の心をとらえて離さない魅力的で力強い作品になっている。

ギルマンは、一八六〇年七月三日、コネティカット州ハートフォードで、二人目の子として生まれた(2)。父フレデリック・ビーチャー・パーキンズは、神学者ライマン・ビーチャーの孫、ハリエット・ビーチャー・ストーの甥という著名な家系の出であり、母も、ロードアイランド州創設者の一人を先祖にもつ著名人を輩出した家系の出身であった。母は、さらに二人の子を出産するが、二人は病死、以後、妊娠・出産に耐えられない身体になる。父は、病身の妻と子どもたちを残して家を出て、一八七三年、ギルマンが十三歳のとき両親は離婚する。病弱の母は働くことができず、親子三人で親戚の家を転々と居候《いそうろう》する放浪の日々が続く。父はボストン公立図書館での勤務や、サンフランシスコ公立図書館の館長を務めたが、残してきた家族のもとに帰ることはなく、ギルマンの母が永眠した一八九三年、すでに未亡人となっていた初恋の女性と再婚する。

このようにギルマンは、良家の出であったが、不安定な家庭環境で育ったために、十分な学校教育を受けることができなかった。十三歳のときから「路頭に迷う」ともいえるような日々を過ごしたギルマンは、当時のアメリカですでに確立していた高度な学校教育を、両親の離婚にともなう経済的事情から「中産階級で白人」「名家の出」でありながらも、十分に学ぶ機会に恵まれなかった。ギルマンは、唯一の相談相手であった家を出た父親に熱心に手紙を書いた。父からは、時折返事がきて、推薦図書の一覧表を送ってくれた。この交流が、後に作家や講演者への道を歩むことになるギルマンにとって、必読書への大切な手引きとなったのであろう。さらに一八七八年には、父からの学資援助で、ロードアイランド・デザイン学校に入学することができ、彼女の描いた水彩画が美術展に入賞するという芸術的な才能の片鱗《へんりん》もみせた。

このころすでに社会で活躍していた女性たちに比べて、大学教育を受けていないギルマンは、ほぼ独学といえる学びを得て、フェミニズム活動家と言われるようになる。多くの講演をこなし、短編小説、小説、詩の作家として、雑誌編集者や社会活動家として、八面六臂《はちめんろっぴ》の活躍をした。ギルマンの多彩な活動のエネルギーの根底にあるのは、女性が経済的に自活できなければ、非常に過酷な人生を歩むことになるという幼いころに学んだ教訓である。

本稿では、彼女が身を粉《こ》にして追求し続けた、経済的に自立した女性が男性と肩を並べて支え合う男女平等の世界の構築について、「黄色い壁紙」を中心に、その教育的側面を考察してみたい。

2　ギルマンの叫び

一八九〇年に執筆された「黄色い壁紙」は、ギルマン自身の「叫び」から生まれた作品である。ウィリアム・ディーン・ハウエルズは、ギルマンを「アメリカ女性のなかでもっとも頭がよい人」と述べ、彼女の作家人生を終生支えた（ゴールデン　五四）。当時、文壇の大御所として君臨していたハウエルズが、ギルマンの知性に注目したことから、学校教育の有無にかかわらず、彼女が知識人の一人として文壇に名を成していたことがわかる。ハウエルズは、友人で『アトランティック・マンスリー』誌の編集者ホーリス・E・スカッダーに「黄色い壁紙」を推薦した。しかし、スカッダーは、ギルマンに「読者を自分と同じような気持ちにさせたくはない」と記した短い手紙を添えて、掲載の拒否を伝えた。ギルマンは「この物語は「恐ろしい」効果を出すことが目的であり、語りは成功している」とスカッダーに反論している（ギルマン〈3〉一一九）。やがて、一八九二年、「黄色い壁紙」は、『ニューイングランド・マガジン』から三枚の挿絵入りで出版され、一九二〇年には、ハウエルズ編集のアンソロジー『グレート・モダン・アメリカン・ストーリーズ』に掲載された（ゴールデン　五五）。「黄色い壁紙」は、当初、エドガー・アラン・ポー作品につながるゴシック文学に位置づけられた。その後、長い間忘れられていたが、「ホラー・ストーリー」としてではなく、十九世紀の父権制と男性による支配に抗い、告発するフェミニズム文学作品として読み直しが行なわれるようになり、一九七三年、フェミニスト・プレスから再版された。そして、そのテーマは「男女の不平等な社会のなかで、女性の権利獲得を訴えること」であった。

「黄色い壁紙」は、語り手でもある主人公「私」が、閉じ込められた閉鎖的な空間のなかで、唯一の心の交わりができる存在になる、壁紙のなかの人物との触れ合いをとおして互いに共感をもつようになる物語である。「私」は産後の鬱《うつ》状態にあり、家事と育児を手際よくこなせないという重圧を感じている。夫で医者でもあるジョンに「軽いヒステリー」と診断され、二人は、静養のために植民地時代風の大邸宅を借りて、家事を取り仕切ってくれる夫の妹と過ごす。最上階の広い部屋が「私」の病室になる。古い屋敷の壁紙は、あちこち剝《は》がされていて、その色は「不快でぞっとさせるような色、くすぶっていて不潔な黄色」をしている。

「私」は、この部屋であらゆる活動を禁止され、精神状態は日増しに悪化し、この邸宅から「私」を解放するようにと夫に訴える。夫はしかし、リース代の期限まで滞在しようと諭し、妻の逼迫《ひっぱく》した状況に気づくことはない。壁紙を見つめるだけの毎日を過ごす「私」は、黄色い壁紙の中に這いつくばった女の姿を発見する。ゼリカ・スヴルユガが指摘するように、壁紙の重なり合う模様、すなわち、前面の格子《こうし》と格子の背後にいる女は、「母親業、結婚、男性支配社会などによって、女性は監禁されているのだという女性の感情を投影している」(七六)。女は大勢いるようにも見える。「私」は、夫のいないある晩、その女たちと協力して、壁紙を一心不乱に引き剝がす。そこへ、夫ジョンが帰宅し、剝がされた壁紙の

【図29】ボストンの出版社から1901年に出版された『黄色い壁紙』. 表紙デザインはE. B. バードによる

上を、壁紙の中の女たちと同じように這いつくばっている「私」を見て「どうしたっていうのだ？お願いだから、こんなことをしないでおくれ！」と叫んで気を失ってしまう。

「私」は、最後にジェインという名前を明かしながら、次のように叫ぶ。

> ここから遂に脱出できるわ……あなたとジェインに邪魔だてされたけど、壁紙はほとんど引き剝がしたから、もうこの部屋に閉じ込めることはできないわ！（一六九）

ギルマンは、このように最高潮に達したともいえる場面で、初めて「ジェイン」という登場人物の名前を記している。突然で一度きりの登場であることから、ジェインが誰なのかは、断定はできず諸説ある。たとえば、ゴールデンは、黄色い壁紙の中に捕らわれている女は「語り手の文学的なダブルであり、女性のおかれた社会的な状況の象徴」として読まれてきたと指摘する（一〇）。「黄色い壁紙」の主な登場人物は、語り手の夫ジョン、その妹ジェニーの二人であり、語り手の名は最終部まで明かされない。しかし、この語り手が、分身でもある壁紙の中の女と緊迫した状況下で、共同作業をする場面が描かれることによって、二人は一人であることがわかる。

> 私が引っ張り、彼女が揺さぶった、私が揺さぶったら、彼女が引っ張った、そして夜が明ける前に私たちはあの紙を何ヤードも引き剝がした。（一六七　強調は筆者）

ここには、物書きでありたいと願う語り手と、一方で「よき妻であろう」とする語り手の二面性が描かれている。名のわからない語り手は、夫からだけではなく、自分自身からも邪魔されていたと告白する。エレーヌ・R・ヘッジズは、フェミニスト・プレス版の『黄色い壁紙』の後書きで、唐突に登場するジェインについて「印刷上のミス」あるいは、「家事をしきり、ヒロインの監禁者や保護者の役割をするジェニーであるかもしれない」と述べつつ、ギルマンがジェインを「語り手自身」として描き、語り手が夫および結婚や社会から縛られている自分自身からの自由を求めていると分析している（一三六）。ジェニーは、ジョンの妹で協力者であり、語り手は、過去の自分からも自由でありたいと願うのだから、本稿ではヘッジズ論の立場を取る。

最終部の数行は圧巻である。「私」は、当時、理想とされた従順な妻にならなければという義務感から、精神を病むほどに深刻な状況に陥っていた。このような自分を変えようと決意し、これまでの「私」であるジェインとも繋がりを断とうとする。気絶して倒れているジョンに対して「なんであの男が気絶したの？」と「あの男」と呼び、「よくわからないけど、実際、気を失って、しかも壁際の私が通る道に倒れているものだから、何度も彼を乗り越えて這うしかないじゃないの」とつぶやく様子は、夫への高らかな離別の辞といえる。

ギルマンは、専門学校卒業後、私塾で教師をしたり、カードにデザイン画を描いて、収入を得て自立の道を歩み始めていたが、同郷の画家・詩人のチャールズ・ウォルター・ステットソンから求婚され、二年後の一八八四年五月二日に結婚する。アン・J・レインによれば、ギルマンは、結婚写真に写るステットソンのハンサムな顔立ちに激しく惹かれたそうだが、ステットソンの方は「言葉を交わしたときの妻の受け答えに動揺し、不愉快だと感じたのではないだろうか」と述べている（xi）。実際、ギルマンは、結婚後一週間の五月九日の日記に「夫に「家事労働代」という給料を請求したとき、彼は不快な表情をして反論した。彼を怒らせたことは悲しかったし、二人ともみじめな気持ちになった。ベッドで泣いた」と記している（〈1〉二八〇）。二十四歳の若い妻の大胆な行動には、今日でも驚く男性が多いであろう。

　結婚した翌年、ギルマンは娘キャサリンを出産する。二年も悩んで決めたものの結婚生活はやはり想像していたものとは違い、神経は衰弱し、子育てや家事もこなせなくなる。ギルマンの目標は、自立した女性になることであり、収入につながるような仕事をもつことが、夫の世話や子育てより大切であった。ギルマンは「黄色い壁紙」は、「二日で書き終えた」というメモを残している（〈1〉九〇五）。ギルマンの実生活での心の動きや夫への不満がそのまま反映されたのであるから、霊に取り憑《つ》かれたかのように一気に書き上げたのであろう。ゴールデンは「黄色い壁紙」はギルマンのその他の著作よりも「自伝的であることを自覚していて、女性たちが人生における自分の目標を実現させることができなかった、失われた機会への深い悲しみを表現している」と評している（一〇）。

　ヘッジズは、ギルマンが描く家庭における女と子どもは、家庭の中に閉じ込められ、そこでは、女性は経済的に自立しておらず、子どもたちは抑圧されていることが多い、と述べる（一三四）。「黄色い壁紙」の「私」は、夫に対して「わけもなく腹がたつ」と言うが、これは、よき妻を演じようとする「私」の努力を夫は意に介さないばかりか、「私」を子ども扱いすることに耐えられないからである。夫が最上階の「子ども部屋」を妻の寝室にしたことは、夫にとって妻は「子ども」と同じ存在であることを示唆している。トッド・マッゴーワンが指摘するように、夫は、妻をこの部屋に閉じ込めてから、ますます妻を子どものように扱い、「どうしたのかな？ 小さな女の子ちゃん」と話しかける（三八）。夫が禁じる「書くこと」である日記を、「私」は夫に隠れてつけている。「あっ、ジョンが来た、これをどこかに隠さなければ」と、禁じられていることをやめようとはしない。彼女にとって「書くこと」は、「単なる趣味ではなくて、創造的で治療にもなる意味のある仕事」なのだ（スヴルュガ 六八）。妻は「壁紙が気にいらないから、階下の部屋に変えて」と夫に頼むが、妻を子ども扱いする夫は、妻を抱き寄せて「幸せな小さいアヒルさん」と呼びかけ、彼女の願いをいなしてしまう。

思わしい回復がみられないため、「秋にはウィア・ミッチェルに診てもらおう」と言う夫に対し、妻は「あそこには絶対に行きたくない」と、夫の要求をはねつける。実在の人物、S・W・ミッチェル博士は、当時のアメリカにおける神経症専門の第一人者であった。「黄色い壁紙」の「私」と同じような病状にあったギルマンは、ミッチェル博士の治療を受けた結果、「ヒステリー」と診断された。ギルマンは、ベッドでひたすら身体を休めることを義務づけられた。できる限り「家庭的な生活」をして、子どもといつも一緒にいて、食事の後は一時間横になり、知的な活動は一日二時間までと制限された。さらに、「生きている限り、絶対にペン、筆、鉛筆を持ってはいけません」とミッチェル博士は最終診断を下す。

ギルマンは、「黄色い壁紙」を執筆した本当の目的は「ミッチェル博士に、彼の誤った治療について知らせてやることだった」と自伝で述べている〈3〉（一二一）。出版直後に、この書籍を送ったが、博士からは何も返事がなかった。かなり後になって、博士が知人に「『黄色い壁紙』を読んでから、神経衰弱に罹患《りかん》した患者たちへの治療法を変えた」と言っていたことを知る。「もし、彼が本当にそうしたのなら、私の努力は無駄ではなかった」と述べ、勝利宣言をしている（〈3〉一二一）。

3　ジェンダー・バリアからの脱出への道

ゴールデンは、フェミニズムとアメリカ文学史を初めて関連づけた批評家としてゲイル・パーカーを評価している（九）。「成人であることの権利を否定された一人の女性の人生がどのようになるのか読者に知らしめる」というパーカーの言葉を引用しながら、彼女の編んだ、一八二〇年から一九二〇年の一世紀にわたる女性作家のアンソロジーに「黄色い壁紙」が収録されたことで、この作品がフェミニズムの文脈にしっかり定着したと述べている（九）。

ATLANTA CONSTITUTION MAGAZINE SECTION

What is "FEMINISM"?

The Most Famous of "Feminists," Charlotte Perkins Gilman, Answers the Timely Question in a Characteristically Frank and Forcible Way---An Analysis of the Modern Woman's Aims and a Prophecy of Her Future.

By Charlotte Perkins Gilman

CHARLOTTE PERKINS GILMAN.

As Mrs. Gilman Sees Feminism

【図30】「フェミニズムとは何か？」『アトランタ・コンスティテューション』紙（1916年12月10日付）に掲載されたギルマンの記事

ギルマンよりも後のアメリカの男性作家で、ノーベル文学賞を受賞した二人の作家の短編小説にも、夫から子ども扱いされる妻たちが登場する。女性作家ギルマンの描いた、抑圧され、子ども扱いされている妻たちと、男性作家たちが描く妻たちを比較すると、ギルマンの怒りに別の角度から光を当てることができる。アーネスト・ヘミングウェイの「雨のなかの猫」（一九二五）でも、若い妻は夫から子どものように扱われている。この短編小説は、イタリアに逗留《とうりゅう》している若いアメリカ人夫婦の雨の日の一コマが描かれる。読書に夢中な夫とは対照的に、誠心誠意のもてなしをしてくれる老齢なホテルの主人への、妻の淡い恋心が読者の胸を打つ。

雨の降る庭で濡れている子猫を探しにきた妻は、「猫がいたの……あぁとってもあの猫が欲しかったのに」（一六八）とメイドに訴える。最初は「アメリカの婦人」と記されていた女性は、「アメリカの女の子」と言い換えられ、幼子のようだ。妻が部屋に戻ると、夫は相変わらずベッドの上で本を読んでいる。一度は本を置き妻と話し始めるが、理不尽に子猫を欲しがる妻のわがままは聞き流して再び本を開く。「雨のなかの猫」では、子ども扱いされている若い妻の孤独や悲しみが全編に漂うが、妻は名前さえ与えられていない。

ジョン・スタインベックの「白いウズラ」（一九三八）にも同様に、夫から子ども扱いされる妻が登場する。庭作りにいそしむ新妻を、夫は「こんなに可愛い女の子が、これほど庭作りがうまいなんて誰も思わないだろう」（二七　強調は筆者）と言う。しかし、その一方で、「黄色い壁紙」のジョンのように、妻の願いをはねつける夫である。妻は庭で一羽の白いウズラを見て「雪のように真っ白」「彼女［白いウズラ］は私にそっくり」（三七）と歓喜する。彼女は一匹の猫が庭に現われたのを知って、ウズラたちが襲われるかもしれないと、猫に毒を盛るようにと夫に嘆願する。愛犬家の夫は、犬が毒を食べてしまうからと、空気銃で猫を撃つことを提案し、翌朝、暗いうちに起床し、空気銃を持って庭に行く。白いウズラを池の向こうに見つけると、夫は引き金を引き、死んだウズラを埋葬する。

身勝手な妻の行動に振り回され、妻が愛するウズラを殺してしまう夫の孤独が描かれ、夫婦の不毛な愛が強調されている。

この二つの短編では、いずれも妻をペットや子どものように扱う夫が男性の視点から描かれている。ヘミングウェイは、経済的に自立していない女性は、男性の要望に従って生きていれば問題はないという女性蔑視《べっし》の立場にあるようだ。スタインベックは、夫に経済的に依存しているにもかかわらず、自分の思いどおりに生きようと、夫に反抗的な態度をとる女性の姿を冷ややかな目で描いている。両男性作家の妻たちの描写は、女性の心理的葛藤、自分たちは抑圧された存在なのであるという不平不満に気づいていたようにも思えるが、彼女たちに手を差し伸べようとする姿勢は見られない。ギルマンの「黄色い壁紙」では、「私」は夫の支配から逃げ出していくが、「黄色い壁紙」から四半世紀を経た男性作家たちが描く物語では、妻がおかれた抑圧状態ではなく、夫に依存する女性の「未熟さ」に焦点が当てられる。女性の経済的依存が当然視された時代、子ども扱いされる女性像に異を唱え、経済的自立を主張したギルマンの先進性が、このような男性作家の手になる物語からも確認できる。

ギルマンは、女性が経済的に自立することの大切さをくり返し主張している。男女が協力し合って難題を解決していくことが、男女の双方や周囲の人たち全員が不平不満なく生きることができる施策を短編小説で示している。ギルマンの作品では「キャリアの追求と生活の間の揺れ」がテーマになることが多く、「暮らしを変えよう」(一九一二)もその一つである(レイン xxi)。美しく有能な妻は音楽家でもあるが、家事や育児に疲れ果て、赤ん坊は泣き、夫は不機嫌になり、義母は困惑する。やがて、妻と義母は歩み寄り、状況の改善に努める。家族が住むアパートの屋上に十五人の赤ん坊を収容できる「子どもの庭」を建て、義母が経営する。妻は音楽活動を再開し、夫は唯一の稼ぎ手という責務から解放される。それぞれにとって最良の生活ができ、赤ん坊も仲間ができて、実母ではないが育児を経験した有能な祖母に育てられ、全員が幸せなときをもてる。

初老の、小太りの男性が主人公である「ピーブルさんの心臓」（一九一四）では、彼が、これまでの人生の過ごし方にまったく生きがいを見つけられないという、「心臓の病」ではなく「心の病」を患っていたことが明かされる。女医である義理の姉から、これまでの重荷から解放されるため、旅に出るようにと説得される。彼は、旅立ち成長して元気になり、刺激を受けて帰国する。彼に寄生して生きてきた妻もまた、一人になって成長する。この物語では、一家の稼ぎ手を引き受けている男性もそのような重責から解放されるべきだと訴えている。

レインは、ギルマンのメッセージについて、「もしも私たちが望むのであれば、変わることへの可能性は無限大だ」と述べている（xxii　強調は筆者）。ギルマンはこのように、短編小説をとおして「変えていくことは可能なのだ」というメッセージを発信し続けた作家だった。

4　『ハーランド』と『女性と経済』に描かれる理想社会

ギルマンの『ハーランド』（一九一五）は、長編ユートピア小説であるが、この物語では彼女の理想社会がより鮮明に打ち出されている。女だけで構成されている単為生殖が続く仮想の国家「ハーランド」にアメリカ合衆国の三人の若者が迷い込み、女性教師に厳しく教育されて、自分たちが「男性文化」にいかに毒されていたのかに気づいていく過程が描かれる。『ハーランド』には、教育に関する興味深い記述が散見される。女性たちだけの理想郷では、子どもたちは大人と平等に扱われ、一流の教育を受けることができる。幼児は「保育所」で、年長の子どもは「子どもの家」で、教育の専門家が世話係をする。このような教育施設では、一流の文学者や芸術家が教育を任されている。ギルマンが生きた時代は、女性は「家庭の天使」であることを強いられたのだが、女性が家庭にひきこもり、男性に経済的に依存して生きていくことの危うさを学んだ故に、ギルマンは女性だけで理想的な世界を構築するという夢を小説にした。

ギルマンは文字どおり「独学」で教育を身につけた。『ハーランド』では、子どもたちは「あらゆる場で教育されているが、「学校教育」ではない」と語り手が述べている箇所がある。人は独学でも、社会人として自立して生きていけるのだ、というギルマンの自信を垣間見る《かいま》ことができる。「ハーランド」の女性たちは、教育における難題も解決してきたので、子どもたちは「苗木のように自然な様子で育ち……いつも学んでいるのだが、教育されているとは思っていない」。ここにも、ギルマンの「学校教育制度」に対しての持論が展開されている。

ここで、ギルマンの生涯の関心事であった男女平等の世界を可能にするための手引書『女性と経済』（一八九八）について論じる。レインは一九二〇年代以降もギルマンへの注目は下降線をたどる一方であったが、当時の女性運動の活発化が「彼女を忘却の彼方から引き戻した」（xiii）と述べ、これは、一九六六年に『女性と経済』が再版されたことによると指摘する（xli）。ギルマンは『女性と経済』で「男性が女性を養って保護し始めると、女性はそれに合わせるように、自らを養い身を守ることをやめてしまった」と断言している。レインは、ギルマンが著作を通じて「女性にとって必要なことは、教育、教養、国際的な視野、冒険心である、これらが自分を守ってくれるから」ということを伝え続けてきたと述べる（xxiii）。

『女性と経済』の第七章で、ギルマンは「女性運動」について、「法の前の男女の平等、女性が政治的な自由を男性と共有し、男女の経済的な平等と自由が最重要である」と結論する。ギルマンは『ハーランド』で、子育ては産みの母親ではなく、社会全体で担うという論を主張した。『女性と経済』でも、子どもの教育について、母親が一人で子どもの教育を担うべきではない三つの理由を箇条書きであげている。すべての女性が「子どもを正しく育てる特別な資質や力があるわけではなく、技量もない」、「子どもを正しく育てるための指導や訓練、教育を受けていない」、「子育てに必須となる経験もない」と記す。ギルマンはこのような主張を実現させるために、専門の人材による保育センターなど、あらゆる家事サービスを共有できる「シェア・ハウス」のような施設の必要性について講演し続けた。ポリー・ウィン・アレンは、ギルマンが「それぞれの居住空間における自由を、効果的に拡げるような環境の構築が、夢ではなく実現することを願ったのだ」と言う（一七八）。

ギルマンは二十五歳のとき、娘を出産したが、創作活動を一切禁止されたこともあり神経を衰弱させた。最初の夫とは二十七歳のときから別居生活となり、三十四歳で離婚した。夫は、ギルマンの親友と再婚し、ギルマンは九歳の娘の養育を二人に任せた。その後、ギルマンは、七歳年下の弁護士で従弟のライマン・ホートン・ギルマンと四十歳で再婚した。二人は三十年以上にわたる結婚生活を過ごした。女性の経済的自立、男女平等の社会の構築を訴え続けたギルマンの二人目の夫との暮らしは、「非常に幸せ」で（レイン xiii）、前夫には自分の心の内をみせることはなかったが、再婚相手のホートンに対しては気を遣うこともなく、旅先からほぼ毎日手紙を書いた（xiii）。ホートンとの結婚により、ギルマンはようやく自分が求め続けた環境で暮らすことができたのか、四十歳を過ぎてから著作のほとんどを出版している。

自己の信念に従って見事な人生を生きたギルマンは、自らの意志で人生を閉じた。夫が急逝《きゅうせい》する二年前に不治の乳癌《にゅうがん》に侵されていたことがわかったのだが、夫の死の翌年の一九三五年の夏、クロロフォルムを含ませた布を顔にかぶせて自死した。享年七十五。遺書には「乳癌よりもクロロフォルムを選びました」と記されていた（〈3〉三三五）。

5　男女の共闘――「オンナ・コドモ」から「オンナとオトコ」へ

ギルマンは講演や著作をとおして、男女が不平不満のない、互いを尊敬できるような人生を歩むことの大切さを訴えてきた。レインは、ギルマンが描く女性は「奮闘し、苦難を乗り越えて働くことで最終的には自立できる」と指摘し、こうして自立した女性は「人を愛したり、愛されたりする資格がもてる」と述べる。彼女たちが「自分を変えることができるような男性を愛し」、このような男性たちが「変容し、過去の自分とは違った行動をとるようにと説得することは不可能ではない」という、ギルマンのメッセージを伝えている（xxxix）。ギルマンは、男女が共に協力し合って、双方が望むような社会の構築を目指すことの重要性をくり返し強調している。

　林香里は「オトコのジャーナリズム」からみると、「オンナ・コドモ」は、ニュース価値の少ない、つまらない存在として省略され、無視され……除外される存在だった」と述べる（二）。一九七〇年代のアメリカ合衆国の話だが、米国軍隊内部で、アンダーグラウンド新聞が発行されていたことを紹介し、軍隊という「オトコ」の世界で、男たちが、ベトナムの市井《しせい》の人たちと交わり、日常生活に触れることで、別の視点を獲得して帰国し、自分たちのジャーナリズムをつくったと指摘する（二〇）。さらに、林は「「オトコとオンナ」という異なった両者が出会って互いの存在を意識し、対等に認め合い……協議と交渉を続けていく……双方あきらめずにフェアに交渉を続けていく状態……こそが、民主主義の本来的あり方だと考えたい」と述べる（二四）。林はアメリカの軍隊の例から、日本の現状について述べ、「オンナ・コドモ」という矮小《わいしょう》な思想から脱却して男女平等の社会の確立に向かって、「オンナとオトコ」が協力して歩んでいくことの大切さを提唱しているが、これはギルマンの主張と共振している。

【図31】ニューヨークのユニオン・スクウェアで女性参政権を訴えるギルマン

　ギルマンは「ハーランド」で一年以上過ごした若者たちに、女性を「女」としてではなく「あらゆる仕事をこなすことのできる人間として見るようになった」と語らせた。さらに、女性たちを見下したりせず、尊敬しながら愛さなければならないと気づかせ、彼らが変容を遂げたことを読者に知らせる。「彼女たちはペットや使用人ではないし、臆病、経験不足でもなく、何より強いからだ」と彼らの女性観を改めさせ、女性たちへの賛辞を送らせている。ギルマンの生涯をかけた男女平等の社会という提唱は実現しているのであろうか。「否《いな》、道半ばである」と言えよう。ギルマンの提唱は一世紀を経た今を生きる我々にも、未だに訴え続けている。

◉注

（1）引用部分の邦訳はすべて拙訳。

（2）ギルマンの伝記的事実については、自伝『シャーロット・パーキンズ・ギルマンの人生』および日記と、シンシア・J・デイヴィスによる伝記を参照。

◉引用文献

Allen, Polly Wynn. *Building Domestic Liberty: Charlotte Perkins Gilman's Architectural Feminism*. U of Massachusetts P, 1988.

Davis, Cynthia J. *Charlotte Perkins Gilman's Biography*. Stanford UP, 2010.

Gilman, Charlotte Perkins. <1> *The Diaries of Charlotte Perkins Gilman*. Edited by Denise D. Knight, UP of Virginia, 1994. 2 vols.

——. <2> *Herland*. 1915. Herland *and Selected Stories by Charlotte Perkins Gilman*. Edited by Barbara H. Solomon,

Signet, 1992, pp. 3–146.

——. <3> *The Living of Charlotte Perkins Gilman: An Autobiography by Charlotte Perkins Gilman*. 1935. UP of Wisconsin, 1991.

——. <4> “Making a Change.” 1911. Schwartz, pp. 66–75.

——. <5> “Mr. Peeble’s Heart.” 1914. Schwartz, pp. 76–85.

——. <6> *Women and Economics: A Study of the Economic Relation Between Men and Women as a Factor in Social Evolution*. 1898. Small, Maynard and Company, 1899.

——. <7> “The Yellow Wallpaper.” 1892. *The Oxford Book of American Short Stories*, edited by Joyce Carol Oates, Oxford UP, 1992, pp. 153–69.

Golden, Catherine, editor. *The Captive Imagination: A Casebook on The Yellow Wallpaper*, Feminist Press, 1992.

——. “One Hundred Years of Reading ‘The Yellow Wallpaper.’” Golden, pp. 1–23.

Hedges, Elaine R. Afterword. Golden, pp. 123–36.

Hemingway, Ernest. “Cat in the Rain.” 1925. *The Short Stories of Ernest Hemingway*, Charles Scribner’s Sons, 1966, pp. 165–70.

Howells, Willam Dean. “From ‘A Reminiscent Introduction.’” Golden, pp. 54–56.

Lane, Ann J. “The Fictional World of Charlotte Perkins Gilman.” *The Charlotte Perkins Gilman Reader: The Yellow Wallpaper & Other Fiction*, edited by Ann J. Lane, Women’s Press, 1981, pp. ix–xlii.

McGowan, Todd. *The Feminine “No!”: Psychoanalysis and the New Canon*. State U of New York P, 2001, pp. 31–46.

Schwartz, Lynne Sharon. *The Yellow Wallpaper and Other Writings by Charlotte Perkins Gilman*. Bantam Classic Books, 1989.

Steinbeck, John. "The White Quail." *The Long Valley*. 1938. Viking Penguin, 2000, pp. 24–42.

Svrljuga, Zeljka. "Charlotte Perkins Gilman: The Question of 'Knowing.'" *Hysteria and Melancholy as Literary Style in the Works of Charlotte Perkins Gilman, Kate Chopin, Zelda Fitzgerald, and Djuna Barnes*, Edwin Mellen Press, 2011, pp. 51–84.

林香里『〈オンナ・コドモ〉のジャーナリズム――ケアの倫理とともに』岩波書店 二〇一一年

第9章　黒人女性に学ぶ真の自分と生き抜く力

――ショパン『目覚め』

大西　由里子

【図32】ケイト・ショパン
（1850–1904）

1　社会に求められたステレオタイプな黒人キャラクター

ケイト・ショパンは、女性の性の自由をいち早くアメリカ小説で描き、革新的な作品を生み出した女性作家としてアメリカ文学で大きな位置を占めている。彼女の作品は、発表されるのが半世紀は早すぎたと言われ、一八九九年の『目覚め』発表当時には、タブーとされていた女性の性などの問題を取り上げたためモラルが欠如しているとみなされ、厳しい批判にさらされた。一九三二年にカトリックの司祭ダニエル・ランキンが最初の伝記を出版し、ショパンの短編小説を評価した（コロスキー〈2〉一六三―六四）。しかし、『目覚め』に対しての否定的な評価は、他の批評家に絶大な影響を与え、題材は出版当時同様に否定された（一六四）。ところが、一九五〇年代から六〇年代に新しい世代の批評家たちがショパンの小説を評価し始める。一九六九年、パー・セイヤーステッドがショパンの全作品集と新たな伝記を出版し、『目覚め』を高く評価した（コロスキー〈2〉一六五）。この評価がその後のアメリカ文学におけるショパンの立ち位置に大きな影響を与え（一六六）、一九七〇年代のフェミニズムの隆盛とともに、社会の慣習から抜け出し、自我に目覚めていく主人公エドナ・ポンテリエの姿が受け入れられることとなった（一六一）。現在では、フェミニズム小説と呼ばれる『目覚め』だが、このように読者に受け入れられるまでには時間を要した作品である。

ケイト・ショパン（本名キャサリン・オフラハーティ）は、一八五一年二月八日ミズーリ州セントルイスに生まれた。母親はフランス貴族のクレオールであり、商人として成功した父親はアイルランド系移民だった。クレオールとは、当初ヨーロッパからの移民や開拓者の子孫を意味していたが、金ぴか時代[1]にはフランスからルイジアナ州に入植した白人の富裕層を意味するようになる（カスティーリョ　六〇、コロスキー〈1〉一〇）。セントルイスでの幼少期には、オフラハーティ家では六人の「奴隷」を所有し、記録によると三人の年長の奴隷は黒人、若い三人は「ムラトー」として登録されていた。ムラトーとは白人と黒人の子どもである（コロスキー〈1〉一二）。母方の家系の男性には黒人女性と関係がある者もいた（カスティーリョ　六一）。セントルイスに暮らすショパンは、幼少期から奴隷を所有する家庭で育ち、黒人奴隷たちのいる生活が日常だった。ショパンの作品では、黒人キャラクターに寄り添った描写も見られるが、人種については、たびたび議論が分かれる。ショパンの異母兄が南部連合軍に参加し、夫は人種差別主義者だったことも一因だが、彼女の黒人の描き方にもよるところがある。

彼女の作品には、多様な黒人キャラクターが描かれ、人種についての葛藤を描いた話もある。しかしながら、初期の短編作品では、白人の友のために自分を犠牲にする黒人や怠け者というステレオタイプな黒人キャラクターを描いていた。一八九〇年代、雑誌の編集者は全員白人だった。そして黒人と白人の平等な関係を描くことは好まれず、黒人キャラクターが白人の友のために犠牲になる話が好まれていたという背景がある（トス　一六二）。また、スターリング・A・ブラウンは、南北戦争以後に奴隷制度を復活させるためには、「黒人は奴隷であることが幸せであり、救いようがないくらい自由になるための準備ができていない[2]」という言説が必要とされていたと指摘する（一八三）。

一八九〇年代は黒人や移民を排斥するような時代だった。一八九六年には、ルイジアナ州の客車をめぐるプレッシー対ファーガソン裁判において、「分離すれども平等」という最高裁判所の判決が下された。[3] パー・セイヤーステッドは、一八九二年二月に書かれた「リトル・フリー・ムラトー」というショパンの作品を発見している。同年六月に起きた事件より四か月前に書かれているが、当時のルイジアナの白人と混血の人びととの曖昧《あいまい》な関係性をショパンが捉えていたと考えられる興味深い作品である。この作品では、身なりを整えて町に出かけ、白人専用車に乗車しても、誰にもムラトーであると気づかれない男性が登場する（カスティーリョ 七〇）。

当時の時代背景と出版社のニーズに鑑みて、ショパンは、読者が求める黒人キャラクターを初期の作品に戦略的に登場させていたと考えられる。エミリー・トスは、ショパンが初期の作品で「満足した奴隷」と「幸せな黒人」という文学的慣習の黒人像を多用していると指摘する〈2〉二〇二)。しかし、『目覚め』に登場する黒人キャラクターは、このような出版社のニーズとは異なる黒人女性たちである。

ショパンは、『目覚め』を発表した一八九九年までにアメリカの著名な雑誌に多数の作品を発表し、批評家からも好意的な評価を受け、アメリカで確固たる地位を築いていた。そして、慣例にとらわれない問題やテーマを題材にし、物議をかもす題材を多く扱う『ヴォーグ』誌で発表していた（コロスキー〈2〉一六一―六二)。ショパンは進歩的な考え方をする男性が本の批評を行なうと考えていた（一六二)。それゆえ、批評家である男性たちに当時タブーとされた題材が受け入れられるとみなしていた。このことから、『目覚め』において、ショパンが取り上げたテーマは進歩的な考えをした男性たちに向けたメッセージと考えることができる。

本稿では、ショパンの作家としての信念を確認し、自立を探求する『目覚め』のヒロイン、エドナやクレオール社会の女性に付き添う黒人女性の存在に注目する。当時彼女たちがおかれていた状況について作品から読み解き、エドナが彼女たちの存在から学び、さらに自分の周辺だけではなく、外側にいる黒人女性からも学ぶ姿を考察する。普遍的な題材を盛り込むことを信条としていたショパンが、自らの考えを読み取れる読者層として期待した進歩的な考えをもつ読者に暗示していたことを考えたい。

2　ショパンの作家としての信念

ショパンは、『目覚め』の出版前に伝統的な題材と革新的な題材の両方を扱っていた。家族向けの雑誌『ユース・コンパニオン』や、議論を呼ぶ題材を好む読者が多い『ヴォーグ』誌に多数の短編小説を発表していた〈コロスキー〈2〉一六二〉。ベルナード・コロスキーは、ショパンが慣例にとらわれない題材を扱った短編を『ヴォーグ』誌で発表してきたことで、『目覚め』が世間に受け入れられると見誤ったと指摘する〈一六一―六二〉。ショパンが、『目覚め』の読者に想定していたのは、同作品に登場する新聞記者のグヴァネルのような、「進歩的な意見とリベラルな考えをもった男性」だった。グヴァネルはショパンのほかの作品にも登場している人物である。ショパンの作品では、女性が「感受性、知性、洞察力」のある人物として描かれ、グヴァネルは数少ない例外的な男性として描かれている（「ケイト・ショパン　アテナイース」）。しかし、実際には『目覚め』の題材を肯定的に捉える批評家は少なかった（コロスキー〈2〉一六二）。

ショパンの作品における社会問題の扱い方は、彼女の作家としての信念に起因するところがある。ショパンは、「社会問題や社会的環境、地方色、その他諸々の物は、作家の生き残りを保証する動機そのものにはならない」と書いている（コロスキー〈2〉一七二）。一八九四年、インディアナで行なわれた西部作家協会の大会に参加したショパンは、十九世紀後半から二十世紀初頭にニューヨークを拠点に出版されていた文学批評誌『クリティック』に西部作家協会の作家と執筆に対しての考えを綴ったエッセイを発表した（オッカーブルーム）。「このような作家たちの間では、本から学んだ知識を取得し、普及しようとする熱心さ、過去と慣習的な基準……への固執が見受けられる」と指摘し、「道徳的、慣習的な基準に覆われたベールを取り去った、繊細で、複雑な、本当の意味のなかに人間が存在する」と述べている（ショパン〈4〉六九一）。さらに同年、エミール・ゾラの『ルルド』（一八九四）に対する批評において、「真実は変化する基準に基づき、多種多様になる傾向がある」と述べている（ショパン〈3〉六九七）。セイヤーステッドは、ショパンが奴隷・異人種間結婚・人種の差別撤廃の問題を作品で取り扱う場合、社会問題としてよりも個人の心理に注目して扱っていると指摘する（二一六）。このように、時代の風潮に左右される社会問題そのものとしては、ショパンは人種問題を扱ってこなかった。しかし、ショパンは自らの作家としての信念を黒人キャラクターにも採用することで、複雑で、繊細な一人の人間として黒人を描いている。文学のなかでくり返される現実とはかけ離れた黒人像ではなく、現実社会に存在する人間として、黒人キャラクターを探求し、真の人間を描き出そうとしたのである。

3　沈黙する黒人女性

十九世紀アメリカでは、富裕層だけではなく、中産階級層も使用人を雇うことが一般的であった。クレオール社会やポンテリエ家にも黒人女性の使用人は欠かせない存在である。一八六五年に奴隷制が廃止となったものの、『目覚め』に登場する使用人たちは黒人女性が多い。この点について、コロスキーは、ヨーロッパからの移民は北部の州で使用人となり、南部の州では『目覚め』に登場する使用人のようにアフリカン・アメリカンが多数だったと指摘する〈1〉一七)。一九〇一年、社会科学者のオラ・ラングホーンは、南部人が使用人と言う場合は黒人を意味すると指摘している(ブランチ、ウッテン 一八二)。また、白人の移民女性にとっては、使用人の仕事が社会的上昇のきっかけとなったが、黒人女性にとっては、人種差別によってほかの仕事に就く機会が限られ、使用人の仕事にとどまり続けなければならなかった(一八〇)。

ダニエル・E・サザーランドは、雇い主が使用人たちとの関係性を明確にするために、使用する食器の種類を分け、彼らの居場所は「台所」であり、「家族の一員」ではないと明確にすることで、使用人に「立場」を自覚させていたと指摘する(二九)。サザーランドが指摘するように、名前のないクォドルーンの乳母が自らの立場をわきまえ、雇い主との距離を意識していると思われる場面がたびたび『目覚め』には描かれている。

【図33】ニューオーリンズの「女主人」と「奴隷」の少女（1850年代）

さらに、一八七二年、『ニューヨーク・タイムズ』紙のある記者は、アイルランド移民の女性と黒人女性を比べて、黒人女性が子どもへの親切さ、やさしさ、陽気さ、感謝する性質を持ち合わせているために使用人として向いていると絶賛する記事を書いている（ブランチ、ウッテン 一七九）。しかしながら、使用人の労働内容は厳しいものだったため、ほかの仕事を見つけることができたものは喜んで転職した。週七日朝から晩までプライバシーなどなく働き、自分の時間は一週間に数時間しか取れず、給料は微々たるものだった（コロスキー〈1〉三六）。

『目覚め』に登場する使用人の女性たちは、ムラトー、クォドルーン、グリフという混血の女性と黒人女性が多く登場する。コロスキーによると、クォドルーンは四分の一が黒人とされる（〈1〉三六）。グリフとは、四分の三が黒人、四分の一が白人であり、ムラトーと黒人の子どもである（カスティーリョ 六四、ダイアー 一四七）。彼女たちは、エドナやクレオール社会に欠かせない存在であるが、その存在は視覚描写に留まり、彼女たちの言葉や考えは直接文面から読み取ることができない。エドナの子どもに付き添うクォドルーンの乳母とマダム・アリーヌ・ルブランに付き添う黒人少女は一様に沈黙する黒人女性である。

クォドルーンの乳母は、つねにエドナの子どもに付き添っているが、子どもたちには、社会の決まり事を守るために必要な世話をするときにだけ役に立つ大きな邪魔物とみなされている。物語冒頭では、乳母が子どもたちに付き添いながら、真剣に考え込んでいる様子が描かれている。トスが指摘した「満足した奴隷」や「幸せな黒人」というタイプには当てはまらない〈2〉二〇二)。また、『ニューヨーク・タイムズ』紙の記者が絶賛したような陽気さは感じられず、子どもたちに付き添いながらも心は別のところにあり、喜んで子どもたちの世話をしている様子は見受けられない。

マダム・ルブランのもとで働く使用人の黒人少女も沈黙する黒人女性である。ロベール・ルブランが母親の部屋でとりとめのない会話を交わす場面では、夫人に付き添う黒人少女の沈黙が際立つ。マダム・ルブランが忙《せわ》しなく足踏みミシンを操作している横に幼い黒人少女が床に座り、マダム・ルブランの健康を害さないようにミシンのペダルを手で動かしている。ペダルを動かす以外には言葉を発することのない少女に対して、忙しなくくり返されるミシンの大きな音が部屋に響きわたる。

カタ、カタ、カタ、バン!……

カタ、カタ!……

カタ、カタ、カタ、カタ、バン!……

カタ、カタ、バン、カタ!……

カタ、カタ!……

バン! カタ、カタ、バン!……

カタ、カタ、カタ!……

カタ、カタ! (二一二)

ショパン『目覚め』

この少女は、エドナがロベールを訪ねていく場面に再び登場する。少女が物思いに耽《ふけ》りながら廊下の掃き掃除をしているのをエドナは見つける。エドナは、ロベールを起こすよう少女に頼み、少女が何を考えていたかを気にすることはない。

しかしながら、このエドナの無関心さが、読者に当時のアメリカの抱える問題を浮き彫りにする側面ももっている。ジョイス・ダイアーはこの場面について次のように述べている。

物思いに耽りぼんやりとする召使いは――エドナが考え込み、新たな困惑させる夢に思いを巡らせることが増えるのと同じように――人生という共通の物語に沿って――我々の理解を助ける。黒人はエドナの自由を手に入れる助けのためだけに機能しているのではなく、それどころか、いかにアメリカ社会には自由の不在が蔓延《まんえん》しているか、そしてどれだけの不安が国の水面下にあるかを可視化する役割を果たしている。(一四四)

つまり、エドナに奉仕する名前も呼ばれないクォドルーンの乳母や、黒人少女の沈黙を描くことで、ショパンは個人のおかれた状況を提示し、彼女たちにもある人生をエドナが自分の人生と結びつけることができないことを描くことによって、読者に問題を暗示しているとも考えられる。

沈黙するクォドルーンの乳母と黒人少女に共通するのは、雇い主のかたわらに付き添い仕事をする彼女たちが物思いに耽り、現状に満足していない様子である。また、クォドルーンの乳母は、コロスキーが指摘するように、朝から晩までエドナの息子たちを世話するために週七日働いているのならば、自分の時間はほぼないだろう。そして、マダム・ルブランのもとで働く黒人少女も同様である。しかしながら、ショパンは、アメリカの社会を映し出すためだけに、黒人女性を子どもや主人に付き添い沈黙し続ける存在として、描いているわけではない。

4　ベールを取り去った真実

エドナは自分の苦しみと黒人女性たちの苦しみを結びつけることができなかったが、黒人女性たちの素朴な姿に目を向けたときに、慣習に囚われ、真の自分を失っていたことに気づく。エドナが泳ぎ方を学び、思索を深めていく過程で、今までの自分とは違うものの見方をし始めると、これまで自らの自立だけに向けていた視点が変化していく。黒人女性の沈黙は、エドナがクォドルーンの乳母と黒人少女を自分と同じように考えることができないことに起因していると考えられる。エレイン・ショーウォーターはエドナの黒人女性たちへの無関心さを次のように指摘する。

エドナの孤独の恐怖の向こう側には、彼女を自己の牢獄に留めるジェンダーと同様に階級の束縛がある。南部社会の貴婦人らしい特権と女性への抑圧というダブルスタンダードに気づくことを期待されるかもしれないときに、彼女は考えることができなくなってしまう。心のなかの考えの迷宮に漂い、エドナは、自分の子どもの世話をする無口なクォドルーンの乳母、マダム・

ルブランのミシンのペダルを操る幼い黒人の少女、フリルのついた白い服をきれいに保つ洗濯婦や割れたグラスを片づけるメイドにほとんど気づかない。エドナは自分の人生と彼女たちの人生を結びつけようとしない。（二一）

ショーウォーターが指摘するように、エドナは女性であるがために自分に課されている束縛について思いを巡らすことができても、束縛という面では自分と同じように囚われている黒人女性と自分の人生を結びつけることができない。しかし、エドナは、自分が変わり始めていることに気づき、変化する自分の新しい状態を知ろうとしていた。変わっていくのは、自分自身の生き方だけではなく、名前も呼ばれない無口なクォドルーンの乳母へ向けるエドナの視点も同じだった。

エドナはそれまで自分が行なってきた習慣にも疑問をもち始め、社会の決まりに従うことで形づくられていた自分に気づく。ロベールが突然メキシコに発ち、エドナは彼の行動が理解できなかったが、自分自身と向き合う時間が増えたことで自らの本質的なものを理解し始めていく。ニューオーリンズの家に戻ってきたエドナはこれまで女性の役割として期待されてきた習慣をやめ、一人で外出するようになる。エドナが、アデル・ラティニョールに背中を押され、絵を描くことに夢中になり、自分の好きなように行動し始めると、妻の変化に戸惑う夫との間に不協和音が生まれていく。夫にとっては、以前のエドナ――ベールをまとったエドナ――が自分の知っているエドナだった。ところが、エドナにとっては世間に出るためのベールをまとっていたため、そのベールを捨て去ることは、本当の自分になることを意味していた。先述のようにショパンは人間の存在について、社会が課す慣習的な基準というベールを取り除いた本当の意味のなかに存在すると考え、真実は変化していく基準によって多様になると考えていた。社会に求められる行動をやめることにより、エドナは本当の自分に近づいていった。しかしながら、社会生活を円滑に進めるための行動を妻に求めるレオンス・ポンテリエにとっての真実と、その習慣を捨て去り本当の自分になろうとするエドナにとっての真実は同じものではなかった。エドナが慣習というベールを取り去ると、それまで目安として機能していた基準が取り去られ、使用人や黒人女性に向けるエドナの視線にも変化が現われる。

【図34】ニューオーリンズ, フレンチクウォーターでオペラを楽しむ人びと (1860)

エドナの変化は彼女が描く対象にも象徴される。たしなむ程度に絵を描いていた頃のエドナは、沈みかける陽の光を浴び、官能的なマドンナのように腰掛けるアデルに惹かれる。ところが、慣習を捨て去ったエドナがインスピレーションを得ようとしたのは、クォドルーンの乳母とメイドからだった。エドナの子どもの代わりにクォドルーンの乳母がモデルになる場面では、乳母は素朴な様子で我慢強く、エドナのパレットの前に何時間も座っていた。乳母の代わりに子どもの世話を引き受けていたメイドの若い女性も描き、彼女の後ろ姿の古典的な曲線とキャップから出ている髪にインスピレーションを感じる。乳母とメイドの素朴で飾らない様子が、社会に出るためのベールをまとうエドナに、自然なまま過ごしていた南部で「理由もなく

【図35】ニューオーリンズの街並み（19世紀後半）

とても幸せだった日々」を思い起こさせる。彼女たちはエドナの記憶を呼び起こすきっかけにすぎなかったかもしれないが、エドナの視線が初めて彼女たち自身に向いたということは見過ごせない点である。

エドナに子ども時代を過ごした南部の日々を思い出すきっかけを与えるのはいつも女性である。グランド・アイルでのアデルとの会話から、エドナはケンタッキーで過ごした子ども時代のある夏の日を思い出す。教会から逃げ出した自分を「少し思慮のない子どもで、疑問をもたずに誤解を招く衝動をただ追っていた」とエドナは評し、その時に何を感じていたかは覚えていない。しかし、乳母とメイドの女性をモデルにした場面で、呼び起こされたのは全身で南部の自然を味わい、幸せを感じた瞬間だった。何かに抗うことなく、思いのままに行動していた本当の自分を思い出すきっかけをエドナに与えたのは、慣習に捉われたアデルではなく、素朴な様子でそこに存在する黒人女性たちだった。彼女たちをモデルにし、忘れていた南部の日々を思い出すと、エドナは馴染みのない見知らぬ場所を出歩くようになる。そこで空想に耽っても、誰にも干渉されないことに気づいたからだった。

夫と暮らす家を出て、一人暮らしを始めるとエドナは社会階級が落ちていくような気がしながらも、精神的には上昇していくように感じる。そして、自らに課された義務から解放されるにつれて、強さと個人としての広がりを実感するのだった。夫と子どもから離れ、社会が女性に課す妻と母親という役割から離れると、エドナは自分自身に目を向け、自らの存在を感じることができるようになる。このときのエドナの意識はまだ自らの内面にのみ向かっていた。

しかし、エドナの視点は身近な黒人女性たちからさらに外の世界へと向かう。年老いたカティシュという名のムラトーの女性が経営するカフェをエドナは偶然発見する。ミルク、クリームチーズ、パンとバター、そしておいしいコーヒーと鶏肉料理を売るこの女性は、流行に敏感な人びとの注目を引くには質素で静かな場所に店を構えている。エドナはその場所を好み、自らの意思でカティシュの店へ向かう。そして、マドモアゼル・ライズの家で一度会って以来、会う機会のなかったロベールと再会する。その後二人は互いの気持ちを確かめ合うが、ロベールはグランド・アイルで過ごしたエドナと、目の前にいるエドナは違うことに気づく。以前と現在のエドナの違いについては、夫のポンテリエが妻の変化に不安を抱いたのと同じである。ロベールがエドナを自分の妻にすることを夢見たと告白すると、エドナはロベールに愛情をもって接しながらも次のような言葉を発する。

「本当にお馬鹿さんね。ポンテリエ氏が私を自由にするなんて言って、無理なことを夢見て時間を無駄にするなんて。私はポンテリエ氏が処分したりしなかったりするような所有物の一つではないの。私は自分の選んだ場所に行くわ。彼が、「やあ、ロベール、彼女を連れて行って、幸せにして。彼女は君のものだ」と言ったら、私はあなたたち二人のことを笑うわ」
彼の顔は少し血の気を失った。「どういう意味ですか」と彼は尋ねた。(一〇三)

ここでのエドナは「所有」という家父長制的概念を超越している。その契機となったのが周りの黒人女性たちへの視線であった。

エドナは、物語の前半では自らの近くに存在する黒人女性たちに目を向けず、彼女たちはただ沈黙する存在でしかなかった。しかし、沈黙する女性たちに目を向けたとき、その素朴な姿に触発され、慣習に囚われていなかった幼い自分を思い出す。沈黙する黒人女性たちは物言わぬ存在からエドナに真の自分を思い起こさせ、自ら行動するきっかけを与える。そして、これまで訪れたこともなかった場所に行くことで、誰にも邪魔されることなく、自分の時間をもつことができるようになる。最初は黒人女性と自分の人生を結びつけることが、エドナにはできなかった。しかし、彼女にとって心地よい環境を作り出しているのは、慣習に囚われたアデルではなく、飾り立てることなく素朴に自らの力で生計を立てる黒人女性であった。エドナが本当の自分に目覚める一方で、「母親」と「妻」という女性の役割をエドナに求めるポンテリエとロベールにとっては、その役割を捨て本当のエドナになることを受け入れることは到底できなかった。

5　女性の経験が交差する空間

沈黙する黒人女性たちと対照的に、エドナが名前を知っている黒人女性たちは、自らの力で生きている。エドナの一人暮らしに付いてきたセレスティン、自立した生活を送るカティシュ、アデルの出産を助けるジョセフィーヌである。前半に登場する沈黙する黒人女性たちは、「クォドルーンの乳母」、「黒人少女」とのみ呼ばれ、名前を呼ばれることはなかった。しかしながら、後半に登場するエドナの母親的存在とも考えられる三人の黒人女性たちには名前が与えられている。

世間の慣習に囚われていたエドナには、沈黙する黒人女性たちの声は届かなかった。しかしながら、自らを覆っていた慣習のベールを脱ぎ去るきっかけをクォドルーンの乳母とメイドから与えられ、慣習に囚われる以前の自分を思い出すと、それまで聞こえてこなかった黒人女性の声がエドナへ届き始める。出産を控えたアデルの家にエドナがたどり着くと、出産を助けるために数日前から泊まり込んでいたグリフの女性、ジョセフィーヌが登場する。

これまでの黒人女性と異なるのは、彼女が発する言葉がしっかりと本文に現われるということだ。約束の時間に到着しない医者、夫の不在に対して、みなに見捨てられたとアデル——マザー・ウーマンと称された彼女が、子どものように駄々をこねる。するとジョセフィーヌはアデルの言葉を受けて、「無視された、確かに！」と言い放つ。これまで沈黙を強いられてきた黒人女性の現状に目を向けることなく、自らの現状にのみ不満を述べるエドナやアデルの矛盾《むじゅん》に対する皮肉のように、ジョセフィーヌは言葉を発する。

出産の場面について、エリザベス・アモンズは次のように言及している。「妊娠は、階級、人種、宗教、国の境界を超えるだけではなく、ショパンとエドナの世界では、白人女性と黒人女性を親密に関わらせている」（七六）。アモンズが指摘するように、ショパンは出産の場を通して、白人女性と黒人女性がもっとも接近する空間を描いた。人種にかかわらず、女性であれば経験するかもしれない共通の経験を描くことで両者に初めて、共通する空間が生まれ、黒人女性たちの声がエドナのもとに届いたのだった。

グリフの女性は陽気な性格で、どんな状況でも深刻になりすぎることがない。この性質は、トスが言及した「幸せな黒人」〈2〉二〇二）というタイプに一見当てはまる。しかしながら、ショパンは、ジョセフィーヌが出産の場に慣れているため、状況を把握したうえでアデルに対応しているという現実的な状況を説明し、黒人キャラクターに与えられた役割だけにとどめていない。出産の場に慣れたジョセフィーヌと対照的な反応をエドナは見せる。エドナは二人の息子を出産しており、決して初めての経験ではない。しかしながら、エドナにとって、自分の出産経験ははるか遠い記憶であり、その経験の半分しか思い出すことができなかった。そして、目の前でくり広げられる出産の場面を「拷問《ごうもん》」と表現する。出産の場に慣れたジョセフィーヌが言葉を得るのとは対照的に、エドナは沈黙してしまう。黒人女性たちを指揮する立場だった白人女性であるエドナやアデルの立場は覆《くつがえ》り、黒人女性の指揮のもと、子どものように駄々をこねるアデルと何もできないエドナがいるのだった。白人女性と黒人女性の境界線を揺るがすのは、女性が身体的にも精神的にも一番真の部分で自分を偽ることなく表出せざるを得ない、出産という女性の経験が交差する空間だということを示唆している。

ショパンは、初期の作品では黒人キャラクターを一八九〇年代に好まれる黒人像をもとに描いていたが、『目覚め』では名前のない沈黙を強いられる存在としながらも、個々の悩みを抱えていることを連想させる人物として描いている。ショパンは、個々に注目し、そのなかに本当の意味を求めていくことを信条としていたが、読者が社会的事情と照らし合わせ、沈黙する黒人女性たちに目を向けると､彼女たちのおかれた厳しい労働状況について想像力を働かせられる余地を残している。そして、彼女たちの素朴さが、エドナに慣習というベールを脱ぎ去るきっかけを与え、視線を外に向ける機会を与えた。パメラ・ナイツが指摘するように、ショパンは繊細に「人種、ジェンダー」を描くことで、読者に想像するための材料を与えていたのである（五七）。ショパンは、エドナが嫌悪さえ感じる出産の生々しさを描き、実践の場で得た経験によって育まれた黒人女性の生き抜く力を描くことで、白人女性に求められる「女性らしさ」だけでは、生の生々しさを克服することができないことを示している。

『目覚め』は、ショパンが期待していた進歩的な考えをもった男性批評家による評価にはつながらなかった。ショパンが読み取って欲しいと望んだメッセージが見過ごされ、当時タブーとされた女性の性の問題などが批判の対象になってしまった。しかしながら、ショパンが気づいていたように人間は慣習を取り去った複雑な本当の意味のなかに存在し、変化していく基準によって、真実は多種多様となる。だからこそ、読者が描かれていることを読み解き、理解することができるようになったとき、自らの人生を探求するエドナとは対照的な黒人女性の状況に気づくことができるのかもしれない。そして、女性たちに必要な生き抜く力を、エドナが黒人女性たちから学んでいたことに気づくことができるのかもしれない。

◉注

（1）金ぴか時代とは、産業が急速に発展したことで物質主義が広がり、政治の腐敗が蔓延した一八七〇年代のことである。マーク・トウェインとチャールズ・ダドリー・ワーナーの小説『金ぴか時代』（一八七三）に由来する（「金ぴか時代」）。

（2）引用部分の邦訳はすべて拙訳。

（3）ルイジアナ州では、一八九〇年に白人と黒人を分離する州法が制定された。一八九二年六月、分離に反対する運動をしていたホーマー・プレッシーがルイジアナ州の白人専用車へ乗車し、黒人専用車への移動を促す車掌の指示を拒否したことで逮捕される。この判決によって、公共施設での人種による分離が合憲とされることとなった（「プレッシー対ファーガソン裁判」）。

◉引用文献

Ammons, Elizabeth. *Conflicting Stories: American Women Writers at the Turn into the Twentieth Century*. Oxford UP, 1991.

Beer, Janet, editor. *The Cambridge Companion to Kate Chopin*. Cambridge UP, 2008.

Bloom, Harold, editor. *Kate Chopin*. Bloom's Literary Criticism, 2007. Modern Critical Views.

Branch, Enobong Hannah, and Melissa E. Wooten. "Suited for Service: Racialized Rationalizations for the Ideal Domestic Servant from the Nineteenth to the Early Twentieth Century." *Social Science History,* vol. 36, no. 2, 2012, pp. 169–89.

Brown, Sterling A. "Negro Characters as Seen by White Authors." *The Journal of Negro Education,* vol. 2, no. 2, 1933, pp. 179–203.

Castillo, Susan. "'Race' and Ethnicity in Kate Chopin's Fiction." Beer, pp. 59–72.

Chopin, Kate. <1> *The Awakening*. 1899. CreateSpace Independent Publishing Platform, 2018.

——. <2> *The Complete Works of Kate Chopin*. 1969. Edited by Per Seyersted, Louisiana State UP, 1988.

——. <3> "Emile Zola's 'Lourdes.'" Chopin, pp. 697–99.

——. <4> "The Western Association of Writers." Chopin, pp. 691–92.

Dyer, Joyce. "Reading *The Awakening* with Toni Morrison." *The Southern Literary Journal*, vol. 35, no. 1, 2002, pp. 138–54.

"Gilded Age." *Britannica*. Encyclopædia Britannica, 2023, www.britannica.com/event/Gilded-Age. Accessed 27 Dec. 2023.

"Kate Chopin: 'Athénaïse.'" *KateChopin.org*, The Kate Chopin International Society, www.katechopin.org/athenaise/. Accessed 30 Mar. 2023.

Knights, Pamela. "Kate Chopin and the Subject of Childhood." Beer, pp. 44–58.

Koloski, Bernard, editor. <1> *The Historian's Awakening: Reading Kate Chopin's Classic Novel as Social and Cultural History*. E-book ed., Praeger, 2019.

——. <2> "*The Awakening*: The First 100 Years." Beer, pp. 161–73.

Ockerbloom, John Mark. "The Critic." *The Online Books Page*, onlinebooks.library.upenn.edu/webbin/serial?id=thecritic. Accessed 10 July 2023.

"Plessy v. Ferguson." *Britannica*. Encyclopædia Britannica, 2023, www.britannica.com/event/Plessy-v-Ferguson-1896. Accessed 27 Dec. 2023.

Seyersted, Per. “Introduction.” Chopin <2>, pp. 21–33.

Showalter, Elaine. “Tradition and the Female Talent: *The Awakening* as a Solitary Book.” Bloom, pp. 7–26.

Sutherland, Daniel E. *American and Their Servants: Domestic Service in the United States from 1800 to 192*0. Louisiana State UP, 1981.

Toth, Emily. <1> “A Writer, Her Reviewers, and Her Markets.” Bloom, pp. 145–66.

——. <2> “Kate Chopin and Literary Convention: ‘Désirée’s Baby.’” *Southern Studies*, vol. 20, no. 2, 1981, pp.201–08.

第10章　アメリカン・ガールの深層と女性の教育

――ウォートン『歓楽の家』

相木　裕史

【図36】イーディス・ウォートン
（1862-1937）

1　リリー・バートの(不)可視性

イーディス・ウォートンの『歓楽の家』(一九〇五)をめぐる批評を概観するジョアナ・M・ワグナーは、主人公リリー・バートが示す理想化された女性としての「可視性」[1]こそが、彼女の深層にある攪乱性《かくらん》性、すなわち彼女が属する社会で広く共有されている規範から逸脱する要素をみえなくしてきたのだと指摘する(一三三)。女性としての類稀なる美しさを身にまとい、物質主義が支配する世紀転換期ニューヨークの社交界に生きながらも、最終的にはその犠牲となるリリーの物語は、結婚に金銭的な見返りを求めるのか、それとも愛を求めるのか、というような、伝統的な「結婚小説」として読まれるというある種の保守性を有している(ワグナー=マーティン 一二七)。しかしながら、本作をめぐる近年の批評の動向が明らかにしているように(ワグナー 一一六)、リリーという人物はその美しい表層の奥にアウトサイダーとしての攪乱性をそなえた人物であり、何よりもそのような表層と深層の二重性によって特徴づけられるのだといえるだろう。ワグナーはこの二重性を、ジュディス・バトラーの理論に依拠しながら、可視性と不可視性の問題として論じている(一一七)。グランド・セントラル・ステーションでリリーの姿を捉えるロレンス・セルデンの「目」にフォーカスしながら幕をあける『歓楽の家』という小説は、確かにリリーという存在の可視性とその裏側にある不可視性をめぐる物語として読めるのだ。

セルデンが「観察者としてリリーを眺めるのをいつも楽しんでいた」と語られるように、リリーは眼差し[2]の対象として、あるいは「スペクタクル」として人びとを魅了する。そのような彼女の姿は、世紀転換期アメリカで一世を風靡《ふうび》することとなったいわゆる「アメリカン・ガール」、あるいは「ギブソン・ガール」と呼ばれる女性の表象を想起させる。白人中産階級の「正統派アメリカ人」（越智 一四二）の表象として当時の雑誌に頻出したギブソン・ガールのイラストは、健康で美しく、高い教育を受け、独立心に満ちた若い女性の理想的なイメージとして消費されることとなった。一八九五年に『スクリブナーズ・マガジン』誌上でチャールズ・デーナ・ギブソンが描いた、ベル型のスカートを履いて颯爽《さっそう》と自転車を走らせる若い女性の姿は、ヴィクトリア朝的な女らしさの規範の束縛から抜け出し、社会のなかで自由に振る舞う新しい女性としてのアメリカン・ガールの性格を印象的に切り取っている。『歓楽の家』は、ギブソンによるアメリカン・ガール表象の普及に重要な役割を果たした『スクリブナーズ・マガジン』で一九〇五年の一月から十一月にかけて連載されたが、その際に挿絵としてA・B・ウェンゼルのイラストが併《あわ》せて掲載された。ウェンゼルはギブソンと同期の有名なイラストレーターで、すらりと背が高く美しいリリーの立ち姿を描いた彼の挿絵は、リリーを典型的なアメリカン・ガールとして解釈するサブ・テキストとして機能しているといえる。しかしながら、ウェンゼルのイラストが示唆するアメリカン・ガールとしてのリリーの像はいささかミスリーディングなものといえ

【図37】チャールズ・デーナ・ギブソンが描いた「アメリカン・ガール」

るかもしれない。ジェイソン・ウィリアムズが指摘しているように、リリーという「複雑で葛藤を抱えたヒロインをウォートンが多面的に描写しているにもかかわらず、ウェンゼルのイラストは単純で表層的なリリーの姿を描いており、保守的なステレオタイプを補強することはあってもそれを問い直すことはしていない」(二二)からだ。当時の白人中産階級読者層に向けて、リリーというキャラクターをアメリカン・ガールというわかりやすい形で可視化するウェンゼルのイラストは、彼女がもつ潜在的な複雑さを不可視化しているということだ。

以上のような背景を踏まえて、本稿では、アメリカン・ガールとしてリリーを可視化する眼差しをすり抜ける、彼女の深層に潜む攪乱性のありようを、とりわけ女性の教育をめぐる同時代の文化や思想と関連づけながら明らかにすることを目指す。まず、議論の外堀を埋めるべく、世紀転換期に流通したアメリカン・ガール表象の特質を、その一形態である「カレッジ・ガール」に注目しながら整理し、表層性の構築というその特質が『歓楽の家』というテキストに仕組まれたレトリックと密接に関連することを確認する。次に、リリーを眼差しの対象として客体化するセルデンの男性的視線の束縛を彼女がいかにすり抜けるか、そして彼女自身が視覚的客体から視覚的主体へといかに「教育」されるのかを明らかにする。さらに、リリーの可視性を攪乱するもう一つの眼差しの担い手であるガーティ・ファリッシュという人物、ならびに彼女が所属する「ガールズ・クラブ」という「教育機関」に注目し、それらがアメリカン・ガールとしてのリリーの表層の裏にひそむ攪乱的なセクシュアリティに光を当てていることを論じたい。

2 アメリカン・ガールと大学教育

世紀転換期に入り、「ついに温室育ちの花であることをやめた」(クリスティ 一二一―一三)アメリカン・ガールは、ギブソンをはじめとしてハワード・チャンドラー・クリスティやハリソン・フィッシャーといったイラストレーターたちの手によってくり返し描かれ、健康的で聡明かつ美しいアメリカ女性の理想化されたイメージとして人口に膾炙《かいしゃ》することとなった。その一形態としてとりわけ注目されるのが、この時期に急速に一般化した「カレッジ・ガール」の表象である。リン・D・ゴードンが詳述するとおり、十九世紀後半に大学を卒業したカレッジ・ウーマンが「男のような」女性とみなされることがあったのとは対照的に、活発で健康で自立を尊《たっと》ぶカレッジ・ガールは、高い教育と社会的な承認を同時に獲得することのできる新しい女性として認識された(二一二)。一見すると、このようなカレッジ・ガールの称揚の機運は、旧来の価値観から解き放たれて社会に変革をもたらす自立した新しい女性の姿を肯定的に捉えているように思われる。越智博美が指摘するとおり、カレッジ・ガールは多くの場合、ギブソン・ガール的な表象をとおして描かれたし、また当の女子大生も自らをギブソン・ガールとして認識することになった(一四一―四二)。

【図38】ハリソン・フィッシャーが描いた「カレッジ・ガール」

しかしながら、このような当時のギブソン・ガール／カレッジ・ガールのイメージの横行が示すのは、新しい女性像に対する肯定というよりはむしろ恐れの感覚であった。結果として、白人中産階級の女性をターゲットとする雑誌がカレッジ・ガールを取り上げる際には、その表層的なファッション性をことさら強調することによって、女らしさや家庭、結婚などをめぐる伝統的な価値観を最終的には脅かすことのない、骨抜きの存在として提示するというレトリックが用いられることとなった。

> 彼女らをファッションリーダーとしてお飾りにし、大人未満のキュートな「ガール」にとどめて女子大教育の「女らしさ」への脅威を無化するのだ。……女子大生は「女らしさ」を放棄しない限りは容認可能なものとしてマスカルチャーに取り込まれたのである。（越智 一四四）

このように、大学で教育を受けて社会に変革をもたらし得る女子学生を、ギブソン・ガールの派生系であるカレッジ・ガールとして表層化することによって、世紀転換期のアメリカ社会は彼女たちの潜在的攪乱性から目を背け、やがてもたらされるかもしれない変化に対する恐怖や不安に対処しようとしたのだといえる（ゴードン 二一一―一二）。

このような新しい女性の骨抜き化のレトリックは、『歓楽の家』というテキストにウォートンが適用したレトリックと地続きであるように思われる。リンダ・ワグナー＝マーティンが指摘するように、一方では社会制度としての結婚を拒絶する新しい女性としてリリーを描きながら、他方ではそのような女性に対する「読者の反感をなだめるための戦略」として、ウォートンはこの小説を旧来の「結婚小説」の枠組みのなかでも読めるように仕立てていると考えられるからだ（一一一）。つまり、女性の大学教育の普及が社会の伝統的価値観を根本から揺るがしかねない脅威とならないよう、世紀転換期のアメリカ社会はカレッジ・ガールという表層的イメージを大衆に流通させたが、ウォートンは自らが描くリリーという女性があまりに逸脱的な人物として白人中産階級の読者に拒絶されることのないよう、ある種の表層性をリリーに与えたと考えられるのだ。そのような作者の巧妙な戦略が顕著にあらわれるのが、小説の最後の二つの章である。新井景子が論じるように、小説の最後の章である第二部第十四章は、死んでしまったリリーのかたわらでひざまずき、彼女に別れを告げるセルデンの姿を描くことで、あくまで旧来の「結婚小説」の枠組みで期待されるエンディング、すなわち主人公と恋人の間の異性愛結婚の成就《じょうじゅ》／挫折《ざせつ》という結末に回収されることになる（七五）。しかしながら、新井が指摘するように、この小説には「二つのエンディング」が存在している（七四―八〇）。もう一つのエンディングとは、第二部第十三章、リリーがネッティ・ストラザーと再会し、彼女と親密な時間を過ごしたあと、やがて彼女の幼い子どもを抱いている幻想のなかで眠りにつくというものだ。リリーの意識をとおして描かれる最後の章であるこの「もう一つのエンディング」は、旧来の「結婚小説」の枠組みのなかで可視化される表層のエンディングに隠れる形で存在しながら、リリーの攪乱的性質を浮き彫りにする。つまり、「リリーの物語のレベルにおいては異性愛的関係が物語の表層を支配する一方で、強力なシスターフッドに基づいた関係が物語の深層を支配している」のである（新井　七九）。のちにみるように、セルデンやサイモン・ローズデイル、パーシー・グライスといった男性たちとリリーの異性愛的関係と結婚の可能性をたどる小説の表層の奥には、ガーティ・ファリッシュという女性、そして彼女が所属する「ガールズ・クラブ」との関係に触発されて駆動するリリーの攪乱的なセクシュアリティのありようが書き込まれているのだ。

以上のように、世紀転換期のアメリカン・ガール表象とは、女性の大学教育の普及とカレッジ・ガール表象の関係が典型的に示すように、表層的・過渡的なものとして新しい女性を可視化しながら、そうすることによって新しい女性の攪乱性を不可視化するための装置であった。そのようなヴィジュアル・ポリティクスを共有し、表層と深層をあわせもつ複雑なキャラクターとして描かれるリリーとは、まさにそれゆえに、きわめて「アメリカン・ガール」的な人物であるといっていいだろう。それでは、『歓楽の家』というテキストにおいて、リリーの深層はいかなる形で立ち現われているのだろうか。この問いに答えるべく、以下の節では、セルデンが体現する男性の眼差し、そしてガーティが所属するガールズ・クラブに注目しながら、リリーという人物の複層性を確認していきたい。

3　男性の眼差しと視覚の教育

『歓楽の家』の冒頭で強調される「観察者」としてのセルデンの姿と、その眼差しがはらむ問題は、とりわけフェミニスト批評家たちによって論じられてきた。たとえば、シンシア・グリフィン・ウルフはセルデンについて次のように述べている。

彼は常に鑑定家であり、常にすすんで共謀関係から逃れようとする。そして物語の始まりと同じく終わりにおいても、私たちは物事を判断しようとする彼の不可視の目をとおしてリリーを眺めることになるのだ。この段階においても、彼はリリーを倫理的・審美的な対象物として認識する……。（三二一―三二二）

リリーを視覚的な対象物として客体化するセルデンの眼差しは、マーティン・ジェイが「デカルト的観点主義」(Cartesian perspectivalism)（四）と名指す、近代の視覚中心主義を特徴づけてきた脱身体的で超越的な眼差しの制度を体現するように思われる。小説中で語られるとおり、セルデンは「ある種の社会的なデタッチメントを固持しており、客観的にショーを眺める者の満ち足りた雰囲気をまとっていた」のである。このような視点は、男性的なものとしてジェンダー化されている。すなわち、セルデンが眼差す主体として、リリーが審美的な客体として小説中で立ち現われるとき、それはローラ・マルヴィが理論化した「男性の眼差し」（一四―二七）の権力構造がテキストの背後にあることを示しているのだ。(3)

しかしながら、『歓楽の家』におけるヴィジュアル・ポリティクスを精査するとき、そこに見い出されるのは、セルデンの眼差しがはらむ限界、そして眼差す主体としてのリリーの姿である。本作における眼差しの問題を論じるローラ・サルツは、ウォートンが世紀転換期に流行していたハーバート・スペンサーの社会進化論、ならびにネオ・ラマルキズム（フランスの生物学者ジャン＝バティスト・ラマルクの理論に由来する進化学説）の考え方に共振し、リリーというキャラクターをとおして「視覚の教育」が実践される過程を描出していると主張する（一九）。すなわち、ウォートンにとって視覚とは、生まれながらの不変の感覚ではなく、遺伝的特質に加えて社会的・物質的条件によって変化し得るものであり、それゆえに「教育」され得るものであるということだ。

『歓楽の家』というテキストは、視覚を身体的存在に基づいた、進化論的変化の可能性をはらむものとして提示している。それゆえ、物語の進行とともにますます鋭敏になっていくリリーの視覚は、彼女を客体化する男性の眼差しや彼女を商品化する市場の力に注目する支配的な解釈を問い直すものであり、また自然主義やリアリズムに属する文学テキストにおける視点をめぐる批評的言説をも問い直すものである。（サルツ 一九）

ここでサルツが指摘する、「自然主義やリアリズムに属する文学テキストにおける視点をめぐる批評的言説」とは、脱身体的で超越的な視点がこれらの文学潮流の前提にあるという議論である。登場人物や出来事に対するコントロールを行使し、客観的にそれらを表象する安定した視点が自然主義やリアリズムの語りを特徴づけていると、それらの言説は主張する。しかし、『歓楽の家』におけるリリーの教育される視覚は、超越的視点のコントロールによる客体化の試みを頓挫《とんざ》させると同時に、セルデンの体現する男性の眼差しの全能性を解体していると考えられるのだ。

この点で、リリーの視覚の教育の契機をもたらすのが、ほかでもなく「賞賛する観察者の態度」

をもって世界を眺めるセルデンであることは示唆的である。「リリーの視覚を再調整する」秘密の手法を駆使しながら、セルデンはリリーに彼自身の視覚を模倣させる。「セルデンから目をそらしたリリーは、自分が彼の網膜をとおして彼女の小さな世界を眺めていることに気がついた」。しかしながら、リリーはセルデンのような「超然とした観察者」の視覚を習得することはできない。なぜなら、そのようなセルデンの観察者としての立場は、「彼のジェンダーと階級がもたらす特権」(サルッ 二四)であるからだ。すなわち、リリーは自らの視覚的立場がジェンダーや階級といった社会的・物質的条件によって構築されていることを、セルデンとの関係をとおして学ぶのだといえるだろう。

リリーの視覚に重要な変化がもたらされるのは、彼女がそれまで自分が所属していたジェンダーと階級の枠組みから外れるときである。『歓楽の家』をめぐる既存の研究においては、リリーが上流階級のコミュニティから転落していく過程は典型的な自然主義文学のプロットを体現しているとみなされることが多かった。しかし、サルッが主張するように、リリーの階級的没落は彼女の「視覚における肯定的な変化、ある種の啓発にも似た視点的進歩をともなうもの」としても理解されるのである(三六)。彼女にとっての重要な変化は、たとえばレジーナ夫人の女性向け帽子店で働き始めるときに訪れる。階級的に没落し労働者としての生活を経験するリリーは、まさにそのことによって、彼女自身を眼差しの対象という立場から解放する契機を見い出す。レジーナ夫人は、帽子を「展示する者」としてリリーを評価し、彼女の「華やかな美しさは高い価値をもつだろう」と考えて彼女をショー・ルームで働かせようともくろむ。しかしながら、リリーは自らをスペクタクルとして提供することを拒絶し、彼女自身がやがては店をもつことを夢見て作業場で働くことを選択する。加えて、リリーは労働者階級に属する人びととの関係をとおして、新しい視覚を養うことになる。その契機となるのが、ガールズ・クラブに所属し、リリーがレジーナ夫人の店で働けるよう取り計らったガーティという人物である。ガールズ・クラブを訪れたリリーは、そこで「喜びを見ようとする目」をもった人びとと出会い、「その発見は、しばしば人生を再編成してしまうような、突如としてやってくる憐れみの衝撃をリリーに与えた」。ガールズ・クラブの女性たちとの関係のなかで、「リリーは彼女たちがもつ複数の視点を理解し始める」(サルツ 三九)のである。

かくして、彼女は死に瀕《ひん》しながら、かつて上流階級で美しきスペクタクルとして存在していたときには得られなかった新しいヴィジョンを獲得するにいたる。物語の最終盤、リリーはガールズ・クラブをとおして知り合ったネッティという女性に再会する。ネッティと過ごす親密な時間のなかで、リリーは初めて自分が自らの過去と確かにつながっているという感触を覚える。

そのような連帯のヴィジョンは、これまでリリーが一度も経験したことのないものだった。彼女の結婚したいという本能からくる盲目的な振る舞いのなかで、そのようなヴィジョンの予感を得たことはあった。しかしそれらの振る舞いは、彼女の人生をばらばらにしてしまう力によって挫《くじ》かれてきたのだ。……人生の連続性というものを、彼女はその晩ネッティ・ストラザーのキッチンで初めて垣間《かいま》見ることができた。(三二七)

短いパッセージのなかでくり返される視覚的表現（「連帯のヴィジョン」、「盲目的な振る舞い」、「初めて垣間見る」）は、リリーの人生に対するある種の救済が視覚的に訪れたことを示している。ガールズ・クラブが体現する新しい社会的環境をとおして、リリーの視覚は「教育」され、新しいヴィジョンを獲得する。しかし、「そのヴィジョンの強烈な明晰《めいせき》さ」に打たれたリリーは、その明るさから目を背けるかのように死の暗闇に沈んでいくのである。(4)

4　ガールズ・クラブとジェンダーの教育

前節で見たように、リリーの視覚を教育する社会的・物理的条件として象徴的な役割を果たすのが、ガールズ・クラブである。この文脈で興味深いのは、ガールズ・クラブ、あるいはワーキング・ガールズ・クラブとも呼ばれるこの組織が、労働者階級の女性たちにとっての「教育機関」として想定されていた点である。世紀転換期のニューヨークで、ガールズ・クラブのための協会を設立したグレイス・H・ドッジは、ガールズ・クラブが女性クラブをモデルとして作られた背景を踏まえ、「女性クラブは結婚した女性のための大学と呼ばれてきたが、ワーキング・ガールズ・クラブは忙しく働く女の子のための学校と呼ばれてしかるべきだろう」と述べている（二〇）。アイリーン・コンネルが当時の人びとの言葉を引用しながら指摘するように、ワーキング・ガールのための「家」を提供する目的で作られたガールズ・クラブは、「『典型的な家庭』あるいは「家庭のための訓練学校」」、すなわちワーキング・ガールに「家庭とその神聖さに対する愛」を育む場であった（五六三

―六四）。言い換えれば、伝統的な家族の価値観とそれを支えるジェンダー・イデオロギーをワーキング・ガールに教育する機関として、ガールズ・クラブは想定されていたということだ。

しかしながら、その実態をみるならば、ガールズ・クラブはむしろ既存のジェンダー観を相対化する役割を果たしていたように思われる。すなわち、ガールズ・クラブとは実際のところ、「家庭への拘束と男性への従属――「真の女性らしさ」を形成する二つの重要な慣習――とは別の道を模索する女性のための避難所」（ムローロ　七四）として機能していたと考えられるのだ。『歓楽の家』で描かれるガールズ・クラブも、そのような文脈で理解されるだろう。新井は本作においてガールズ・クラブが体現するシスターフッドに着目しながら、それがセルデンらが所属し、リリーがしがみつこうとしながら最終的に離れていく上流社会の異性愛中心主義的な秩序を攪乱し得るものであると論じる（七四―八〇）。リリーをガールズ・クラブの活動に関わらせるガーティという人物は、それゆえに、「政治的にラディカルとは必ずしもいえないものの、おそらく保守的なジェンダー規範を乗り越えるキャラクターだといえよう」（新井　六六―六七）。リリーはガーティをはじめとしたガールズ・クラブの女性たちとのシスターフッド的関係をとおして、自らのアメリカン・ガールとしての表層を密かに解体していく。物語の終盤、自らをワーキング・ガールという新たな社会的立場に位置づけるリリーは、「アメリカン・ガールとしての自らのステータスをきわめて不安定なものにする」のである（新井　七二）。美しく健康的なアメリカ女性としてのアメリカン・ガールは、それを最終的に受け入れるにせよ拒絶するにせよ、あくまで男女の異性愛的関係性を前提とした結婚制度が支配する社会のなかで存在する。しかし、アメリカン・ガールという表層の奥には、シスターフッドの強力な磁場が存在しているのであり、『歓楽の家』というテキストにおけるリリーのアメリカン・ガールとしての可視性に隠れながら、彼女の攪乱的なセクシュアリティの萌芽を照射する。(5)

つまり、世紀転換期におけるガールズ・クラブという組織が、労働者階級の女性たちにとっての「教育」機関として存在していたというとき、それは必ずしもクラブの創設者や運営者が想定していたような、伝統的な家庭のありかたや模範的なジェンダー観を彼女たちに養成したという意味ではない。むしろ、そのような保守的な女性らしさの軛《くびき》のなかで生きていく以外のオルタナティヴ、すなわちシスターフッドという女性同士の連帯へと彼女たちをいざない、そのような連帯が有する潜在的な攪乱性に目を開かせたという意味で、ガールズ・クラブは彼女たちを「教育」したといってよい。

ベンジャミン・D・カーソンが論じるように、ウォートンという作家は女性らしさやジェンダーの構築性に対して意識的であり、『歓楽の家』においてリリーを、ジェンダーをめぐるイデオロギーの産物として自らを認識し得る人物として描いている(七一四)。本稿の文脈において重要なのは、ジェンダーに対するリリーの意識が労働者階級の女性の眼差しによってもたらされる点である。小説の冒頭においてリリーは、セルデンの部屋をあとにする際に出会う「掃除婦」の「執拗《しつよう》な眼差し」によって心をかき乱される。リリーを潜在的な「売春婦」として認識する掃除婦の眼差しのなかに、リリーは労働者としての自らの姿を認め、労働者階級との関係に自らを位置づけ始める(カーソン七〇二―〇三)。リリーが属する上流階級を特徴づけるジェンダー規範の外部から彼女を眼差す掃除婦は、男性の眼差しによって定義づけられる「女性らしさ」を脱自然化する視点をリリーにもたらすのだ。

【図39】A. B. ウェンゼルによる『歓楽の家』の挿絵

掃除婦の眼差しがリリーの女性性をめぐる認識を相対化するように、ガーティがリリーに向ける視線もまた、既存のジェンダー秩序を攪乱する機能を果たしている。セルデンが実践する男性の眼差しがとりわけ浮き彫りになる場面として多くの批評家が論じる「活人画」[6]の上演において、リリーに視線を向けるもう一人の人物がガーティなのである。新井が指摘するように、この場面においてガーティがリリーに向ける女性の眼差しは、「「男性の眼差しとその対象としての女性」という構造を侵食する」ものと考えられる（六九）。ガーティが体現する女性の眼差しは、男性の眼差しの特権性を相対化しながら、男性の眼差しが前提とするジェンダー秩序の外部にリリーをいざなうのである。

ガーティがリリーとともに過ごした夜を思い出す場面において、「彼女とリリーがお互いの腕のなかで横たわっていた」瞬間にフォーカスが当たるとき、彼女たちのシスターフッド的連帯は、ヘテロセクシュアルなアメリカン・ガールとしてのリリーの表層に切れ目を入れ、不可視化されていた彼女のクィアなセクシュアリティに光を当てる。それは、ガールズ・クラブによる「教育」がもたらした啓発の光であり、リリーを複層的な人物として浮き彫りにする光源でもあるのだ。

5 『歓楽の家』における教育

上流階級出身の女性として、リリーは高度な教育を受けた人物であると考えられるものの、『歓楽の家』というテキストは、必ずしも明示的に教育という主題を押し出すものではない。しかしながら、本稿で見てきたように、アメリカン・ガールとしてのリリーという人物は、さまざまな文脈において教育の磁場にさらされているといってよい。当時の女子教育の盛り上がりとそれに対する社会の不安を反映して形成されたアメリカン・ガールという理想像は、その表層の奥に不可視化された撹乱性をはらんでいた。リリーは視覚の教育をとおして、セルデンの体現する男性の眼差しの対象物であることをやめ、自ら眼差す主体となることで共同体のジェンダー規範にとって撹乱的な存在として立ち現われる。そして、ガールズ・クラブという教育機関とのリリーの関わりは、異性愛中心主義的な社会秩序の外部にあるシスターフッドの領域で、彼女が自らのジェンダーとセクシュアリティを再定位することを可能にする。リリーという人物の深層にある撹乱性は、これらの教育の磁場のなかで育まれ、アメリカン・ガールという仮面の向こう側にある本当のリリーの姿を私たちに垣間見せるのだ。(7)

●本稿は、『津田塾大学　言語文化研究所報』第三八号（二〇二三年）に掲載した拙稿「アメリカン・ガールの深層——ウォートンの『歓楽の家』における女性の教育」（六九—七七頁）に加筆修正を加えたものである。

●注

（1）引用部分の邦訳はすべて拙訳。

（2）本稿で用いる「眼差し」という言葉は、ローラ・マルヴィやジュディス・バトラーといった批評家がジェンダーの文脈で理論化してきた概念を指す。それは単なる視線ではなく、見る者と見られる者の間にある種の権力関係を形成するものである。つまり、眼差しを向ける者はその行為によって主体性を獲得し、逆に眼差しを向けられる者は客体化されるのである。

（3）同時代の消費文化のなかでスペクタクルとして客体化される女性は、『歓楽の家』以外のウォートンの作品でも形を変えて描かれている。一九一七年発表の『夏』に書き込まれた、「消費文化に対するウォートンのアンビヴァレンス」（六二）を論じるゲイリー・トッテンの論考を参照。

（4）ただし、『歓楽の家』で描かれるワーキング・ガールが、上流階級出身のウォートンの視点をとおして理想化されたものである点は留意すべきである。この点については、山口ヨシ子（一〇四—〇八）を参照。

（5）十九世紀アメリカ文学における女の孤児物語の系譜を跡づける竹村和子は、母親をもたない孤児とその周囲の女性たちの関係が「格好のシスターフッドの表象舞台」（一八）を提供し、「当時稼働しはじめていた家族神話をあらかじめ空洞化させる攪乱性」（二一）を有していたと喝破《かっぱ》する。竹村自身が示唆しているように、ウォートンの『歓楽の家』という小説もこの系譜に位置づけることができるだろう（三七）。

（6）「活人画」とは、扮装をした人が舞台上でポーズを取って静止し、絵画や歴史的場面を再現することを指す。

（7）ウォートンは後年、自伝的著作である『振り返りて』（一九三四）のなかで、大学で学位を取得することにかまける若い女性たちという「忌まわしい軍団」がいかに家庭に害をもたらしているかを嘆いている（八三〇）。このような作家自身の見解は、本稿が浮き彫りにしたリリーの姿、すなわち、男性の眼差しをすり抜ける主体性を志向し、既存のジェンダー規範を相対化する視点を身につける女性の姿とは相容れない反動的なものに思われる。しかし、作家がそのような攪乱的要素を追求することを可能にするものこそがフィクションとしての小説であり、また『振り返りて』をはじめとする作家自身の言葉の裏にある深層へと私たちの目を向けさせるのが『歓楽の家』という作品であるともいえるだろう。この自伝的著作が書かれたのが『歓楽の家』からおよそ三十年後であることを考慮する必要もあるのはいうまでもない。

◉引用文献

Arai, Keiko. "'To be herself, or a Gerty Farish': The Powerful Presence of the Sisterhood Union in *The House of Mirth*." *The Journal of Human and Cultural Sciences*, vol. 49, no. 2, 2018, pp. 63–83.

Carson, Benjamin D. "'That Doubled Vision': Edith Wharton and *The House of Mirth*." *Women's Studies*, vol. 32, no. 6, 2013, pp. 695–717.

Christy, Howard Chandler. *The American Girl*. Moffat, Yard, 1906.

Connell, Eileen. "Edith Wharton Joins the Working Classes: *The House of Mirth* and the New York City Working Girls' Clubs." *Women's Studies*, vol. 26, no. 6, 1997, pp. 557–604.

Dodge, Grace H. "The Responsibilities and Opportunities of a Society." *Far and Near*, vol. 2, 1890, pp. 20–21.

Gordon, Lynn D. "The Gibson Girl Goes to College: Popular Culture and Women's Higher Education in the Progressive Era, 1890–1920." *American Quarterly*, vol. 39, no. 2, 1987, pp. 211–30.

Jay, Martin. "Scopic Regimes of Modernity." *Vision and Visuality*, edited by Hal Foster, Bay Press, 1988, pp. 3–28.

Mulvey, Laura. *Visual and Other Pleasures*. Palgrave, 2009.

Murolo, Priscilla. *The Common Ground of Womanhood: Class, Gender, and Working Girls' Clubs, 1884–1928*. U of Illinois P, 1997.

Saltz, Laura. "'The Vision-Building Faculty': Naturalistic Vision in *The House of Mirth*." *Modern Fiction Studies*, vol. 57, no. 1, 2011, pp. 17–46.

Totten, Gary. "'Inhospitable Splendour': Spectacles of Consumer Culture and Race in Wharton's 'Summer.'" *Twentieth Century Literature*, vol. 58, no. 1, 2012, pp. 60–89.

Wagner, Johanna M. "The Conventional *and* the Queer: Lily Bart, An Unlivable Ideal." *SubStance*, vol. 45, no. 1, 2016, pp. 116–39.

Wagner-Martin, Linda. "*The House of Mirth*: A Novel of Admonition." *Edith Wharton's* The House of Mirth*: A Casebook*, edited by Carol J. Singley, Oxford UP, 2003, pp. 107–29.

Wharton, Edith. *A Backward Glance. Edith Wharton: Novellas and Other Writings*, edited by Cynthia Griffin Wolff, Library of America, 1990, pp. 767–1068.

——. *The House of Mirth. Edith Wharton: Novels*, edited by R. W. B. Lewis, Library of America, 1985, pp. 1–347.

Williams, Jason. "Competing Visions: Edith Wharton and A. B. Wenzell in *The House of Mirth*." *Edith Wharton Review*, vol. 26, no. 1, 2010, pp. 1–9.
Wolff, Cynthia Griffin. "Lily Bart and the Beautiful Death." *American Literature*, vol. 46, no. 1, 1974, pp. 16–40.
越智博美「さまよえるカレッジガール――『あしながおじさん』の戦略」『女というイデオロギー――アメリカ文学を検証する』海老根静江・竹村和子編著　南雲堂　一九九九年　一三九―五四頁
竹村和子『文学力の挑戦――ファミリー・欲望・テロリズム』研究社　二〇一二年
山口ヨシ子『ワーキングガールのアメリカ――大衆恋愛小説の文化学』彩流社　二〇一五年

ウォートン『歓楽の家』

第11章　子どもたちの自分育てと自己教育

——バーネット『秘密の花園』

羽澄 直子

【図40】フランシス・ホジソン・バーネット（1849-1924）

1 読み継がれる子どもの物語

フランシス・ホジソン・バーネットは、大人向けの作品を中心に七十編余りの著作のある人気作家であったが、今日、作家としての名声を彼女にもたらしているのは、三冊の子ども向けの物語『小公子』(一八八六)、『小公女』(一九〇五)、『秘密の花園』(一九一一) であろう。いずれも出版された当時から注目され、現在まで絶版になることなく読み継がれている。ジェリー・グリズウォルドはアメリカの児童文学の特徴を孤児の物語であると指摘するが (五)、バーネットの三作品も、イギリスの植民地で生まれ育った子どもが親と離れて「孤児」状態となり、母国ではあるが見知らぬ場所であるイギリスへ渡り、新しい生活を送る物語である。アイデンティティの揺らぐ孤児の再生の地がすべてイギリスに設定されていたり、『小公女』と『秘密の花園』にアメリカに関する内容がほぼみられなかったりという、アメリカの児童文学らしからぬ一面があるのは、バーネットがイギリスで生まれ育ち、十五歳のときに一家でアメリカに移住したことも影響しているだろう。新天地での生活は苦しく、バーネットにとってアメリカは決して夢の楽園ではなかった。『小公子』には因習や階級にとらわれない自由と平等があるアメリカ社会の美点が描かれているが、バーネットは子どもが失われた自己を回復する地をアメリカではなく、自分の子ども時代の思い出にあふれたイギリスにした。幼少期に創作の源となる想像力と創造力の基礎を育んだイギリスこそが、彼女の主人公たちの成長にふさわしい舞台であると考えたのであろう。

むろん孤児はアメリカだけの現象ではない。イギリスでも孤児問題は深刻で、十九世紀半ばには増え続ける孤児を労働力としてアメリカやカナダへ送る方策がとられていたという（白井　三〇）。イギリス児童文学にもチャールズ・キングズリーの『水の子どもたち』（一八六三）のように孤児を扱う作品はある。しかしアメリカの児童文学において孤児物語が際立つのは、孤児にはアメリカのイメージ、すなわち「親」であるヨーロッパの影響を離れて独力で前向きに人生を切り開いていくというアメリカの自負が投影されている点である。バーネットの三作品の子どもたちも舞台はイギリスであっても、作者がアメリカの風土のなかで生み出した前向きで独立独歩のアメリカ孤児物語の系譜に連なる主人公であるといえる。『小公子』、『小公女』、『秘密の花園』が、アメリカ児童文学の中核を担う作品と位置づけられる所以《ゆえん》である。

『小公子』は一八八五年に児童向け月刊誌『セント・ニコラス』に掲載されて人気を博し、翌年単行本として出版されるとまたたくまにベストセラーとなった。アメリカ生まれの美しく思いやりにあふれる七歳の少年セドリックが、イギリスのドリンコート伯爵家の後継者であることが判明するいわゆるシンデレラ物語は子どもたちだけではなく、子どもたちに本を買い与える大人も魅了した（スウェイト　一二〇）。

『小公女』の原型は、一八八七年に『セント・ニコラス』誌に連載され、一八八八年に出版された中編『セーラ・クルー』である。主人公のセーラはいわばセドリックの少女版で、『セーラ・クルー』は『小公子』の大成功のあと、次のヒット作を狙う出版社がまさに求めていた作品であった（スウェイト　一三三）。作品はその後舞台化され、一九〇五年に『小公女』の題名で、現在読まれている長編小説の形で出版された。

『小公子』と『小公女』の登場から二十余年が経過して執筆された『秘密の花園』は、一九一〇年に月刊誌『アメリカン・マガジン』に「つむじまがりのミストレス・メアリ」の題名で連載され、翌年単行本として出版された。『アメリカン・マガジン』は大人向けの雑誌で、バーネットは「大人向けの雑誌に載った子ども向けの物語なんて、これまで聞いたことがない」と述べたというが、出版時に題名が『秘密の花園』に変更された経緯は明らかではない[1]（スウェイト 二七八）。大人向けの雑誌に掲載されたためか、出版当時には単なる子ども向けの物語ではなく大人の読者も引きつけるという書評がみられた（ビクスラー 一三）。

南北戦争後に黄金期を迎えたアメリカの児童文学によく描かれたのは、愛らしく生来《せいらい》の無垢《むく》をそなえた、理想化された子どもたちであった（グリズウォルド 二六─二七、ビクスラー 五）。セドリックもセーラもまさにこの時代の子ども像を踏襲している。しかし二十世紀に誕生した『秘密の花園』のメアリ・レノックスは、貧弱な体つきで常に不機嫌で乱暴な態度の少女で、初出の題名どおりひねくれて「かわいげのない」、従来の理想の子ども像を打ち砕くような主人公である。メアリのいとこのコリン・クレイヴンも彼女に負けず劣らずわがままでひねくれている。今でこそメアリとコリンの人物造型は複雑で深みがあると評されるが（タウンゼンド 六三）、発表当時はかわいげのない子どもたちへの違和感からか、この作品は『小公子』や『小公女』ほどの人気は得られず、「過剰に感傷的で、登場するのはほぼ異常な人たち」とも批評された（ビクスラー 一三）。

メアリとコリンが不愉快な子どもになってしまった主要因を読者は明確に読み取ることができ

る。それは生まれてから十年間まったく愛情を注がれなかったという養育環境である。子どもの心理に即したこの設定の的確さは、バーネットの独創性と先見性を示している（スウェイト 二七六―七七）。メアリもコリンも何不自由のない贅沢《ぜいたく》な暮らしをしていたが、親には見捨てられ、使用人はただ彼らのわがままに従順に応えるだけであった。セドリックはアメリカでは母や周囲の大人たちから十分な愛情を注がれ、イギリスでは祖父の城で貴族としての教育を受ける。セーラはインドで父に溺愛され幸福な生活を送り、イギリスでは上流階級向けの寄宿学校で学ぶ。しかしメアリとコリンには彼らを教え導いて、よい影響を与える大人は存在しない。家庭教師や乳母に読み書きは教わったが、知的、情緒的発達や人格形成に関わる教育はほぼ受けられず、大きな屋敷の中に放置されている。ではメアリとコリンのような境遇の子どもはどのように成長したらよいのだろうか。信頼に足る大人がいなければ、自分自身で学び、自分を育てていかなければならない。彼らが見つけた学校は、自然に満ちた庭であった。本稿では、世間から隔離された子どもたちがいかに自律的、自発的に自分を教育しようとしたのか、その過程をみていきたい。

2　秘密の子どもたちの「秘密」

『秘密の花園』の「秘密」とは、花園だけを指すのではない。この物語には「秘密」が満ちあふれている。まずヒロインのメアリ自身が「秘密」そのものであった。メアリはインド生まれで父親はイギリスの多忙な軍人、社交的な母親は「病気がちで不機嫌で不器量な赤ん坊」を嫌い、娘の世話をインド人の乳母に任せて自分の目の届かないところへ遠ざけた。メアリは誰にもなつかず、情緒や他人への思いやりが欠如している少女だったが、美しい母親の姿を遠くから見つめることは好きだった。しかし母親の視線が娘に向けられることはなく、娘の視線は無視された。もしメアリが健康的で見た目の愛らしい子どもであれば、享楽的でパーティ好きな母親はアクセサリー代わりに娘を飾りたてて社交の場で見せびらかしたかもしれないが、不器量な娘は母の楽しみを妨げる存在でしかなかった。レノックス夫妻に子どもがいることは隠されていたわけではないが、夫妻の知り合いのなかで、屋敷の奥深くで養育されていたメアリの姿を見たことがある者は誰もいなかった。両親や多くの使用人がコレラで急死し、元気な使用人がみな屋敷を逃げ出すと、メアリは一人屋敷に取り残される。「社会的には存在しないも同然」(梨木　六)のメアリは見捨てられた秘密の子どもであり、生存確認すらされなかった。

わがままな性格ということは、自分の意思を表現する強さをもっていることの表われでもある。メアリには自分が秘密の存在にされたことに抵抗する気概があった。メアリを奮《ふる》い立たせたのは、自分が忘れられたことに対する怒りである。屋敷の様子を見に来た将校たちがようやくメアリを見つけたとき、彼女は怯《おび》えて泣いたりせず、背筋を伸ばして「私はメアリ・レノックス」と名乗る。秘密の存在を脱し救出されたメアリは、父親の妹の夫であるアーチボルト・クレイヴンのイギリスの広大な荘園ミッスルスウェイトに引き取られる。メアリは初めて故郷のイギリスへと渡り、インドでの孤立した境遇から両親以外の縁者とつながる新しい世界へ足を踏み入れる。

しかしながらメアリは、ミッスルスウェイトで再び秘密の存在に陥ることとなる。十年前に妻を亡くして以来、心を閉ざしてしまったクレイヴンは、インドから来た姪には無関心で、自分の屋敷に彼女の住む場所を提供しただけであった。メアリを迎えにきたクレイヴン家の家政婦のメドロックは屋敷へと向かう列車の中で、ミッスルスウェイトでの生活について彼女に次のように警告する。

それに、おしゃべりの相手をしてくれる人間もいないから、そのつもりで。自分一人で遊んで、自分のことは自分でやってもらわないと。入っていい部屋といけない部屋は、あとで教えるから。庭はいろいろあるし、広いよ。でも、家の中では、うろうろ歩き回ったりむやみやたらに部屋をのぞいたりしないこと。クレイヴンさまはそういうことをお許しにならないからね。(一七)

叔父の庇護《ひご》は得られたものの、メアリのネグレクト状態は継続される。彼女はセーラのように寄宿学校に送られることはなく、家庭教師も派遣されなかった。他人のことで煩《わずら》わされることが嫌いなクレイヴンは、自分が引き取った親戚の少女に家柄や階級にふさわしい教育が必要なことを忘れてしまう。メアリが屋敷に住み始めておそらく数か月後、初めて彼女と面会したクレイヴンはようやく家庭教師が必要なことに思いいたるが、実はあることに夢中になっていたメアリは、もう少し健康になるまで家庭教師をつけないで欲しいと頼む。わずかな会話を交わしただけでクレイヴンはすぐに屋敷を去る。衣食住の不自由はなく身の周りの世話をする使用人もいるが、メアリに関心をもつ大人がいない状況はインドでの生活と変わらない。荒涼としたムーア(荒野)の果てにある、外界から閉ざされた陰鬱《いんうつ》で広大な屋敷で暮らすメアリは、見捨てられた秘密の子どもに逆戻りする。

　ミッスルスウェイトにはもう一人、秘密の子どもが存在する。クレイヴンの息子、十歳のコリンである。最愛の妻が赤ん坊のコリンを残して亡くなったため、クレイヴンは息子を見ることに耐えられず、彼のところへは寄りつかない。一方、病弱でいずれ背中にこぶができて長くは生きられないと思い込んでいるコリンは、他人に自分の姿を見られることを嫌い、屋敷の一室に引き込もって自分の存在を世間から隠し、使用人には自分の話を外部ですることを禁じている。コリンは学校に通ったことも家庭教師がついたこともなく、読み書きは乳母から教わり、部屋では読書や絵を描いて過ごしていた。彼は自らの意思で自分を秘密の存在にしたのだった。

　二人の「秘密」の子どもたちが互いの存在に気づいたとき、新たな秘密が生まれる。コリンの存在は当然のことながらメアリには明かされていなかった。彼女が家の中を歩き回ったりむやみに部屋をのぞいたりすることを禁じられたのは、コリンの存在を隠すためであった。しかし彼女は夜中に泣き声を聞き、コリンの部屋を探し当てる。メアリはクレイヴンに息子がいることを初めて知り、コリンは自分の家にインドから来たいとこが住んでいることを初めて知る。二人とも同世代の子どもとの交流はほぼ初めての経験であった。メアリとコリンが出会ったことが発覚するとメドロックや主治医、看護師は秘密の漏洩《ろうえい》に狼狽《ろうばい》するが、コリンがメアリと一緒にいると癇癪《かんしゃく》を起こさず落ち着く様子に安堵《あんど》する。メアリはミッスルスウェイトについて「何もかもが秘密」と驚くが、コリンとの遭遇は秘密の子ども同士が新たな秘密を分かち合うきっかけとなる。

　クレイヴン家の使用人たちがコリンの存在を隠そうとしたのは、それがクレイヴン父子の命令であるだけではなく、病弱な暴君である彼をクレイヴン家の恥とみなしていたからであろう。しかし館の外の村では、クレイヴンの障がいをもつ息子のことはいわば公然の秘密で誰もが知っていることだった。庭師のベン・ウェザースタッフは車椅子で密かに庭園を訪れていたコリンに出くわし、「あわれな足立たず」「おめえさまは背中が曲がっとらんのか」と口走ってコリンを激怒させる。この時点のコリンは、メアリの協力で健康を回復させていることを館の使用人たちには秘密にしていたので、メアリに出会う前のコリンの噂しか知らないベンが驚くのも無理はない。メアリが見捨てられた怒りを自分の存在を主張する力に変えたように、初めて自分の噂を他人の口から直接聞いたことへの怒りと屈辱は、コリンに「それまで知らなかった力」をもたらした。彼は初めて車椅子からまっすぐ立ち上がった。この「奇跡」を見たベンは以後、子どもたちの「秘密」に協力する。

子どもたちの「秘密」とは、小説の題名である「秘密の花園」を密かに復活させることである。クレイヴンの妻が愛した庭園は、彼女の死後、クレイヴンが鍵をかけて中に入ることを禁じていた。

【図41】1911年にアメリカで出版された『秘密の花園』の表紙

この庭園の存在も公然の秘密で、村人にはよく知られていた。塀で囲まれて閉ざされていても、日光は注ぎ、鳥や虫は空から自由に出入りできる。実はベンも年に一度、密かに庭園に入り手入れを続けていた。彼はクレイヴン夫人の生前から庭園を管理しており、「主人」の命令とはいえ美しい花園が閉ざされ朽ちていくことが忍びなかった。庭園は完璧に閉鎖された秘密の空間ではなかったが、偶然コマドリに導かれて庭園の鍵と入り口を見つけて中に入ったメアリにとっては、このうえもなく刺激的で神秘的な秘密の場であった。メアリは自分の身の周りの世話をするマーサの弟で、植物や動物に詳しいディコンに庭園再生の協力を依頼する。コリンも仲間に加わる。秘密の子どもたちが秘密を共有して、草木や花とともに自分たち自身も育てていく秘密のプロジェクトの始まりである。彼らの秘密へのこだわりの根底には、自分たちを顧みなかった大人への不信感がある。秘密のプロジェクトは捨てられた子どもたちの密かな独立宣言でもある。

3　メアリの自分育て

『秘密の花園』は、メアリがいかに魅力のない少女であるかという描写から始まる。

メアリ・レノックスが叔父の住む広大なミッスルスウェイト屋敷に送られてきたとき、十人が十人、こんなかわいげのない子どもは見たことがないと言った。確かにそのとおりだった。肉づきの薄い小さな顔に、貧相な体格。色あせたような髪がぺたんと頭に貼りつき、表情は不機嫌そのもの。（一）

メアリについては外見の不器量さだけではなく、性格の悪さも強調される。『小公子』のセドリックが「いつも健康で、親を心配させるようなことは一つもなかった」「いつも機嫌がよく、しぐさがとてもかわいらしくて、誰からも好かれた」「絵に描いたように美しい顔だちをしていた」など、その魅力や美徳が強調されるのとはあまりにも対照的である。しかしこれほどマイナス点だらけの主人公であれば、読者はかえって、この「かわいげのない」少女がこのあとどうなるのだろうかという興味を掻《か》き立てられるかもしれない。

幼いメアリの欠点は彼女自身の落ち度とはいい難い。レノックス夫妻の知り合いのなかでも良識ある人たちは、メアリの生育環境に何が欠けていたかを知っていた。メアリがイギリスへ渡る前、一か月ほど彼女を自宅に住まわせたイギリス人の牧師夫妻は、無表情で他人に無関心な少女の態度について「あの子の母親が美人で愛想のいい顔をもっと子どもに向けてやれば、メアリもそういうことをおぼえたんじゃないだろうか」「あの子は母親の顔もろくに見ないで育ったんだと思いますわ」と語り、親の愛情不足を問題視する。両親が亡くなったと聞いてもメアリが寂しくも悲しくもなかったのは、彼女が人格形成に必要な愛情を受けられず、親への愛着も乏しかったからであろう。外界から閉ざされたところで孤独に育ったメアリの感情や関心はすべて内向きで、自分にしか向いていなかったのである。

両親の死にともない、自分の命じるままに行動するインド人の使用人にかしずかれた屋敷を去るメアリは、いやでも外部の社会とつながらざるを得なくなる。必要なのは「他者と関係をもつためのソーシャルスキル」（梨木　七）であった。両親から教わることのなかったこのスキルを、メアリは周囲と摩擦《まさつ》を起こしながら自力で少しずつ学んでいかねばならなかった。感情も徐々に外へ向けて動き始める。傲慢《ごうまん》な態度のメアリを嫌う子どもたちのいる牧師の家での生活は、彼女にとっては不快だったが、彼らとの関わりをとおして「寂しさに似たような思いを感じ」たり、「それまで考えたこともない奇妙なことを考える」ときがあり、彼女を戸惑わせた。

お父さまやお母さまが生きていたときでさえ、自分が誰かの子どもだという気がしなかったけれど、それはなぜだろう、と。ほかの子には、ちゃんとお父さんやお母さんがいる。でも、自分は誰かの大切な子どもだと感じたことがないような気がした。(一二)

インドの屋敷で将校たちに発見され、自分が見捨てられた秘密の存在だと知らされたとき、メアリが示したのは怒りだった。しかし「社会デビュー」(梨木 九)をして周囲との関わりをもつようになった今、彼女は初めて「寂しい」という感情を意識する。「寂しさ」とは他者との関わりを求めるからこそ湧きあがる感情である。

ミッスルスウェイトへの道中は、メアリの人間的感情の目覚めの助走期間である。列車の中でメアリはメドロックから聞かされたクレイヴン夫妻のゴシップめいた話に興味を示す。自分の父親の妹、つまり実の叔母夫妻の話という親近感ではなくおとぎ話を聞くような興味ではあったが、これは自分のこと以外ほとんど関心のない子どもだったメアリが、外界へ心を開きつつあることの表われである。初めて目にするムーアもメアリの関心をそそり、「新しいものは何でも面白そうに聞こえた」という子どもらしい好奇心も芽生えてきたが、彼女はその気持ちを他人には見せたくなかった。閉ざされていた感情の開放にはまだ時間が必要だった。

ミッスルスウェイトはインドと似たような環境でメアリを迎え入れる。彼女のために改装された子ども部屋と上等な服が用意されていたが、保護者からネグレクトされて一人で過ごすという点ではインドにいたときと大差はない。しかし一つ大きな違いがあった。それは身の周りの世話をするマーサの存在だった。マーサは農家の娘で、「お嬢様」の世話をする訓練された「女中」ではない。粗野で礼儀作法もわきまえておらず、メアリには対等な口調で話しかける。使用人は自分に服従するものだと思っていたメアリがどれほど暴言を吐いてもマーサは動じない。メアリにとって一番の衝撃は、「あんたがインドからやってくると聞いたとき、あたし、あんたも黒いのかと思った」というマーサの発言だった。おそらくマーサには差別意識や悪気はなく、異国の珍しいものに興味があったに過ぎないゆえの無邪気な発言だったが、これまで自分とは別ものとみなしてきたインド人と同類に扱われたと感じたメアリの価値観は、完全に否定され崩壊する。

この衝撃はメアリを変革させる荒治療となった。泣きじゃくることでメアリは怒りと心細さを外に発散し、人の好いマーサはメアリに同情して彼女を慰める。メアリはおそらく生まれて初めて、心のこもった人の温かさを感じとる。メアリは一人で着替えをすることを覚え、一人で荘園の中を探索し始める。マーサには屋敷のなかでほかにも仕事があり、メアリに一日中つき従うことはなかった。毎日自由に外を歩きまわり、庭師のベンと言葉を交わし、コマドリと親しむようになると、メアリの血色は増し表情が明るくなり、食欲も出てきた。ムーアの風や草花や鳥、「自然のすこやかな育てる力」（川端 一三四）によってメアリは外見も内面も変わっていく。

メアリは必要なことを自分で学ぶ力をそなえている。インドでは「自分から本を読めるようにな

【図42】ニューヨークのセントラルパークにある「メアリとディコン」像

りたいという気持ちがあった」ので、家庭教師を退けても読み書きは自学でできるようになっていた。大人たちは彼女を横柄《おうへい》でかわいげのない子どもだと評するが、それは「大人に対しての「媚び」がない」（梨木 一〇）自律心の表われともいえるだろう。偏屈なベンや素朴なマーサやディコンと交流し、自然に親しみながら、メアリは少しずつ自分の身体と心をコントロールできるようになる。ベン、マーサ、ディコンに共通するのは、彼らは教え導く「大人」ではなく、言いたいことを対等に言う関係をメアリと築いている点である。メアリは彼らの知識や経験に一目置き、その影響を受けて自分を成長させる。

メアリの自分育てのハイライトは、十年前に閉ざされた庭園との遭遇である。密かに庭園に入ることができたメアリは、枯れ果てたようにみえる庭園に生命の息吹を感じとる。彼女はその庭を「秘密の花園」と名づけ、再生させようと考えて草むしりを始める。実はインドにいたときから彼女は土いじりに親しんでいて、土を固めて山を作ったり、花を挿して花壇を作ったりすることが好きだった。牧師の家でも子どもたちにからかわれながら一人で庭遊びをしていた。しかし「秘密の花園」再生は一人では難しい。メアリはディコンに秘密を打ち明けて助けを求めた。そのとき彼女の感情が爆発する。

「私、お庭を勝手に取ったの」そこからは先は、ものすごい早口でまくしたてた。「私のお庭ではないの。でも、誰のお庭でもないの。そのお庭は誰も欲しがらないし、誰もお世話をしないし、誰も入っていかないの。きっと、もう何もかも枯れて死んじゃってるかもしれないの、わからないけど」

「でも、そんなこと、どうでもいいの。私からお庭を取り上げる権利なんて誰にもないわ。だって、私はお庭のことを心配しているけど、ほかの人は誰も心配なんてしてないんだもの。みんな、お庭のドアが閉まったままで中がぜんぶ枯れちゃっても平気なんだから」（一〇二）

メアリは自分の孤独な境遇と見捨てられた庭を重ね合わせている。「秘密の花園」は彼女の心の奥底にある悲しみをえぐり出した。梨木香歩はメアリのこの叫びを、「今まで誰も私に光を当てようとしなかった、生かそうと努力さえしてくれなかった、ならば自分で光を求めていくのだ」という宣言（三八）、「生きようとする本質が目覚めた場面」（三九）と指摘する。花園の再生はメアリ自身の未来の開花であり、自分の人生は自分で切り開くという自覚を彼女に促す。彼女はミッスルスウェイトでの二度目の「見捨てられた秘密の子ども」という境遇を逆手にとって大人たちの介入を避け、秘密を共有する仲間とともに花園再生に取り組む。メアリの自分育ては花園再生をとおして本格的に始まるのである。

4 コリンを教育する

「秘密の花園」の再生のなかで自分を教育し、育てようとしているメアリは、はからずもコリンの教育も担ってしまう。いとこ同士の二人は年齢が同じで境遇も性格も似かよっている。コリンを教育することは、ある意味メアリが自分を教育しているようなものだ。大人たちは彼の父クレイヴンを恐れ、コリンの機嫌をそこねないようにするが、メアリだけは忖度《そんたく》もせずコリンに対等な態度を取ることができる。コリンの部屋では「いこじで貧相で情愛の薄い少女と、自分はやがて死ぬと思い込んでいる病身の少年ではなく、ふつうの健康な十歳児同士が遊んでいるようなにぎやかさ」が生まれる。メアリはインドの子守唄を歌って母親のようにやさしく振る舞うことがあるが、彼の態度が気に食わなければ同情も共感もしない。しかし子どもらしい二人の様子は、大人の前では一変する。コリンはいつもの横柄な「坊ちゃま」に、メアリは陰気で無愛想な少女に戻ってしまう。大人の前では二人は本音を明かさないし、内面の成長をみせようとはしない。

メアリの「教育力」と「破壊力」が最大限に発揮されたのは、コリンが夜中にひどい癇癪を起こしたときだった。泣き叫ぶコリンに対してメアリは彼を上回る激しさでどなりつける。コリンに匹敵するほどわがままに育ったメアリにしかできない対応だった。コリンの錯乱になす術《すべ》もなく、子どもの自分に頼るしかない大人たちは、メアリには滑稽《こっけい》でしかない。おそらく生まれて初めて他人から強く反撃されたコリンは衝撃のあまりおとなしくなる。荒療治は効果を発揮した。泣きやんで落ち着いたコリンはメアリと二人だけになると、もし自分が秘密の花園に入ることができれば、大きくなるまで生きられるという希望を口にする。メアリはディコンの協力を得て、コリンを車椅子に乗せて三人で密かに秘密の花園に通い始める。母親の花園の再生は、コリンにとって自分の再生、すなわち健康回復と父親との絆を取り戻す作業であった。

春の美しさと生命力に満ちあふれた花園は、コリンのこわばった心と体を解きほぐす。部屋に閉じこもっていたころのコリンは本や絵をながめて想像力を働かせていたが、本物の動物や植物に触れ自然の光や風を体感することは格別だった。元気になると宣言したコリンは花園の中で歩く訓練をし、メアリとディコンに倣《なら》って土掘りをし始める。メアリは「できる、できる、できるはず」とコリンを励ます。彼は自然のなかでメアリとともに自分の生きる力を育てようとする。

庭の自然は放置されれば荒れ果てるが、愛情のこもった人の手が入れば美しく生き生きと成長する。周囲からの愛情を得られずネグレクトされた子どもたちは社会性に欠け、メアリやコリンのように横柄で偏屈になりがちである。そのことに先に気づいたのはメアリだった。自分のこれまでの態度のひどさを自覚できるようになったのは、インドからイギリスという未知の世界への移住で「他者と関係をもつためのソーシャルスキル」を学ばざるを得なかったからだ。コリンの横柄さ、偏屈さはまるで鏡に映る自分の姿だった。メアリはコリンの態度がいかに悪いかを本人に教えたが、その方法は癇癪を起こした彼をどなりつけたときのような力づくではなかった。彼女はまず目つきだけで彼をたしなめ、淡々と彼の問題点を指摘した。コリンも彼女の忠告に素直に応じた。彼女の内省と見事な対人スキルは、周囲の大人の愛情や導きによって得られたわけではない。「秘密の花園」

を見つけてから自分の性格は変わったとメアリは考えている。彼女を正しい方向に手入れしたのは彼女自身であった。そして彼女は与えられるだけの存在から与える側へと成長する。メアリはコリンを手入れして正しい方向へ導く保護者であり教育者でもある。

5　花園の主役は誰なのか

メアリとコリンの成長は、花園の再生とともにある。花園の再生には「成長するものに対する子どもたちの本能的な感覚」が働き、「何かを作ろうとするときの独立心と協力」はメアリとコリンが苦労してたどりついた美徳であるとジョン・R・タウンゼンドは指摘する（六二）。『秘密の花園』にはおとぎ話の妖精も魔法使いも登場しない。子どもたちの成長と花園の再生は、彼ら自身の意思と努力、そして協働によって達成されたものである。

しかしながらこの「秘密の花園再生プロジェクト」は、ある現実をも露わにする。それは、子どもたちは一見対等にプロジェクトに関わっているようであるが、実際にはそれぞれの立場は異なるということだ。コリンはメアリとディコンによる自然のなかでの実地教育を受け健康でたくましくなるにつれ、庭園での秘密のプロジェクトの主導権を握るようになる。彼の関心は花園を蘇らせることよりも、自分が元気に走りまわれることを父親に見せること、父親に見せるまでは自分の回復は周囲には秘密にすることに向けられる。メアリ、ディコン、ベンは車椅子が必要な病弱な少年を演じるコリンに従う。コリンはミッスルスウェイトの正統な男子の跡取りであり、やがて荘園の主人として君臨する立場にある。母方のいとこで女性であるメアリや、農家の息子ディコンとの社会的地位の隔たりは大きい。そのような現実を反映するかのように、コリンが主導権を強めていくにつれ、メアリとディコンは家父長制と階級制にからめとられるかのように存在感が薄れていく。『秘密の花園』は蘇った母の庭園で、父と息子の再生と明るい未来が約束されるクレイヴン一家の物語として締めくくられる。コリンは自分が健康になったのは花園とメアリとディコンの助けがあったからだと父に説明するが、父子の劇的な再会場面にいるはずのメアリとディコンは傍観者として周辺に追いやられ、背景化されてしまう。メアリに関する記述は、コリンの姿を見ている彼女が「[コリンは]また背が何センチも伸びたみたいと思った」ことと、「メアリと駆けっこして勝てるようになった」というコリンの自慢程度で、どちらもメアリよりもコリンの方が優位にあることを示すものである。

メアリにとって花園は自己形成の場であり、ようやく見つけた自分の居場所だった。しかし花園の所有者はあくまでもコリンである。メアリから「お庭を取り上げる権利」をコリンはもっているのだ。イギリスの爵位の正統な男子の継承者であるセドリックや父親の財産を引き継ぐセーラと違い、メアリは自分の立場を保障するものは何ももたず、クレイヴン家の厄介者の親戚のままである。意気揚々と歩くクレイヴン父子の姿で幕を閉じる物語は、メアリが今後花園に留まるには、保育者・教育者・介助者として若きラージャ（王）であるコリンに仕えなければならないことを示唆しているようだ。物語の冒頭で不快な主人公であるという印象を読者に与え、不遜《ふそん》で偏屈だが意思が強く自分の力で自分を育てる気概のある、強烈な個性のメアリはどこへいってしまったのか。作者バーネットは社会規範に適応する「女性らしさ」を身につけることをメアリの成長と捉えたのだろうか。

『小公子』『小公女』『秘密の花園』には孤児の物語という共通項があるが、当然の権利として付与されるものをもち、幸福な未来が約束されているセドリックやセーラとは対照的に、何ももたないメアリは常に自分の未来を自分で切り開くことが求められているようだ。しかしそれは、花園の居場所を失っても、彼女には花園で育んだ未来への萌芽を花園とは別の場所でいかすという選択肢があることを意味するのではないか。花園での自己教育の成果と限界を知ったとき、メアリであれば、クレイヴン父子が支配するミッスルスウェイトを出て、より大きな可能性のある外の世界で学び成長する道を模索するのではないか。作家活動で得た自らの収入で庭園のある家を所有したバーネットのように、メアリ自身が自分の才覚で自分自身の花園を育てる日が来るのかもしれない。何も与えられなかったからこそ、彼女には女性に求められる社会規範に縛られない未来の可能性を見出すことができるのではないか。メアリの強烈な個性は消えたわけではないのだ。

◉注

(1) 引用部分の邦訳は、『秘密の花園』『小公子』については土屋京子訳、『家なき子の物語』は遠藤育枝ほか訳、『子どもの本の歴史』は高杉一郎訳を参照。ただし、表記の統一のため一部変更を加えた。その他はすべて拙訳。

◉引用文献

Bixler, Phyllis. *The Secret Garden: Nature's Magic*. Twayne, 1996.

Burnett, Frances Hodgson. *Little Lord Fauntleroy*. 1886. Puffin Books, 1981.『小公子』土屋京子訳　光文社　二〇二一年

——. *The Secret Garden*. 1911. Oxford UP, 1987.『秘密の花園』土屋京子訳　光文社　二〇〇七年

Griswold, Jerry. *Audacious Kids: Coming of Age in America's Classic Children's Books*. Oxford UP, 1992.『家なき子の物語』遠藤育枝・廉岡糸子・吉田純子訳　阿吽社　一九九五年

Thwaite, Ann. *Beyond the Secret Garden: The Life of Frances Hodgson Burnett*. Duckworth, 2020.

Townsend, John Rowe. *Written for Children: An Outline of English-language Children's Literature*. 1965. Scarecrow Press, 1996.『子どもの本の歴史——英語圏の児童文学』全二巻　高杉一郎訳　岩波書店　一九八二年

川端有子『小説家フランシス・ホジソン・バーネット』玉川大学出版部　二〇二二年

白井澄子「孤児——アンもトムも孤児だった」『英米児童文化55のキーワード』白井澄子・笹田裕子編著　ミネルヴァ書房　二〇一三年　二八—三一頁

梨木香歩『「秘密の花園」ノート』岩波書店　二〇一〇年

第12章　教えと学びの連環
――キャザー『マイ・アントニーア』

小倉　咲

【図43】ウィラ・キャザー
（1873–1947）

1 ロマンティックな語り手

ウィラ・キャザーが一九一八年に発表した『マイ・アントニーア』は、十歳で父母を亡くし南東部ヴァージニアから西部へと移り住んだアメリカ人の少年ジム・バーデンの視点から、彼がボヘミア移民の少女アントニーア・シメルダと育んだ友情を描いた小説である。出版後にキャザー自身が家族に宛てた手紙で自分の「最良の作品らしい」と振り返っていることから、キャザーの作家人生において重要な位置を占める作品といってよい(1)〈2〉二六一)。小説の舞台は作者自身が幼少期を過ごしたネブラスカであり、彼女はその定評ある描写力で、雄大で甘美で、時に人間に厳しく牙をむくアメリカ西部の自然をあますことなく描いている。

ともに幼少期にアメリカ西部への移住を経験したジムとアントニーアのおかれた環境については、たとえばリンダ・ド・ロッシュは彼らの関係性を「二人ともネブラスカの大平原においては異質な者同士であった」とし、慣れない土地での生活に対峙《たいじ》した二人の共通点に着目している(二一〇)。またキース・ウィルハイトも、異国からの移民であるアントニーアとあくまで南部からの移住者であるジムとの間に確かな違いを認めつつ、二人がそれぞれに移民/移住者として西部に求める「アット・ホームネス」、つまりここが自分の居場所なのだと実感したいという願望は、両者に共通するものであると読み解いている(二七〇)。このように両者は確かな共通項をもつが、彼らの人生は太陽と月の関係に喩えられ、同じ軌道をたどりながらもけっして交わることはない。

佐藤宏子は彼らを「東部に向かい、アメリカン・ドリームを実現すべく、都会での成功の道を歩む」ジムと「中西部の大地で農業に生きる道を選ぶ」（三六一）アントニーアと評する。「二人は、アメリカのなかの二つの大きな選択肢をそれぞれ選んだといえる」のであり（三六一）、両者の人生は対照的で、しかしどちらもアメリカを象徴している。キャザーが小説『マイ・アントニーア』で描いたのは、アメリカ人の少年と移民の娘との友好関係というより、むしろ与えられた豊かさを享受《きょうじゅ》し夢の実現に向かうジムと、移民の厳しい現実に対峙しながらもたくましく生きるアントニーアとの光と影の関係なのではないか。ただしそれは本稿が明らかにするように、それぞれが明と暗に分かれるのでなく、互いが存在するために互いを必要とする相互補完的な関係でもあるだろう。

ジムと同じくヴァージニアに生まれ、のちに一家でネブラスカへと移住した経験をもつキャザーにとって、彼女が移住先で出会った移民たちを描くには、ロマンティックな語り手が必要不可欠であった。キャザー自身、ジムの描写に複数使用していた形容詞を一九二六年の改訂の際に「ロマンティック」の一語に限定することで、この性質を強調している。「少年時代、彼を滑稽《こっけい》にさえみせていた」この性質は、とりわけアントニーアをめぐる現実を目の当たりにしたときに、ジムがその現実の厳しさから目を背け、いくぶん非現実的な想念を抱きがちな点を指している。ここには作者の意図的な人物造型を感じ取ってよいだろう。

しかしながら、ジムのロマンティシズムこそが、ネブラスカのありふれた自然や農場風景を、そしてアントニーアをはじめとする移民の娘たちを文学の主題たらしめたのは事実である。ジムの目に映る西部の大草原は、たとえ冬であっても色彩と感情にあふれている。鉛《なまり》のように空一面を覆い今にも雪を降らさんとする巨大な冬空は、西部を知らない読者の心にさえ圧倒的なイメージを抱かせる。死者を弔う冬の場面では、白黒のグラデーションの風景に「青い大気」が描き込まれ、その青の色に人びとが死者に寄せる悲しみが投影されている。人物描写においては、スーザン・J・ロゾウスキーが述べるように、キャザーはジムに語らせることによって、彼女たちを「救い、愛し、そして芸術へと変容させた」のである（二六五）。しかしアメリカという土地は、ジムがそのロマンティックな性格ゆえに見えていない、あるいは見ようとしない多くの問題を抱えている。アントニーアら移民の娘たちは、彼女たちを待ち受けていた厳しい現実を、自らの人生を教材にしてジムに提示するのであり、その教えは読者にも伝播《でんぱ》していく。移民の女性たちの生涯は、白人青年であるジムの語りのなかにけっして収斂《しゅうれん》されない。キャザーがロマンティックな語り手を設定したことは、移民の描写という難題に取り組む作者自身の自覚の現われであり、また同時にジムと同じく移民の実状を誤解しかねない読者の姿を浮上させる結果にもなっている。

本稿では、アントニーアが彼女の送る人生そのものによってアメリカ人の少年ジムに伝えていく、移民とアメリカ人の違い、男女の違い、そして移民の娘たちの展開する多様な人生のあり方を検証していく。アントニーアの人生をとおしてジムは自己を相対化し、みつめ直す契機を得るのであり、それがアントニーアにとってもまた自らの生き方の再発見となるとき、両者の関係は教えと学びの反転をくり返す。自己のなかに他者を、他者のなかに自己を見い出すことで、自己理解の深みへと到達し得る、その豊かな可能性をキャザーが切り拓いたことを読み解いてみたい。

2　西部における言語空間

語り手ジム・バーデンは、比較的恵まれた家庭環境のもと育てられた少年である。実際、ジムは近隣で「唯一の木造の家」に住んでいて、その暮らしぶりにおいて、移民が住居とした芝土のソッド・ハウスとの差は歴然としている。彼はのちにハーヴァード大学の法学部を卒業し、ニューヨークで鉄道会社の顧問弁護士を務めるようになるが、むろん本人の十分な努力があったことは否めないものの、経済的豊かさがあらかじめ担保されていた事実は指摘しておいてよいだろう。

しかしながら、作品冒頭ではまだ十歳と幼いジムにその自覚はなく、また自分と比べて過酷な状況下で生きねばならなかったアントニーアたちの事情もそれほど深刻に捉えられていない。しかし、当時、移民への偏見が確かにあったことは、たとえばジムのネブラスカ行きに同行した働き手ジェイクの発言に明らかである。彼は、列車に同乗している移民一家の存在を知ると、「外国人の彼らから病気がうつるかもしれない」から話しかけるのは控えるようジムに忠告する。ジーン・C・グリフィスは、南部で生まれ育ったジムが、肌の色の白い者同士での人種的な区別を認識していない点を指摘しているが（四〇三）、ジムが幼いながらにジェイクの何気ない発言を記憶しているのは、彼がここで初めて移民に対する偏見を体験したからだといえよう。

移民がアメリカの地で暮らしていくにあたり、最たる課題は言語の習得だった。アントニーアも例外ではなく、彼女が最初に英語の言葉を習得する場面が細やかに描写されている。

アントニーアは空を指さし、眼差しで聞いた。僕はその言葉を教えたが、彼女は満足せず、今度は僕の目を指さした。僕が答えると、その言葉をくり返したが、「氷（アイス）」というように聞こえた。彼女は、空を指さし、今度は僕の目を指し、再び空を指さした。その動作をあまりにも早く衝動的にくり返したので、僕は混乱してしまい、彼女が何を求めているのかまったくわからなかった。彼女は膝をついて身を起こし、じれったそうに両手を絞るように握りしめた。彼女は自分の目を指さして首を横に振り、今度は僕の目と空を指して、激しく頷いてみせた。

「ああ」ぼくは叫んだ。「青い、青い空」

彼女は手を叩き、まるでそれが楽しいかのように、「アオイ　ソラ、アオイ　メ」とつぶやいた。（二一五）

アントニーアが「アオ」という言葉を習得するこの場面が印象的なのは、初めて異国の言語に触れたときの喜びを読者もまた想起するからである。ここでジムは、熱心な「生徒」となったアントニーアに文字どおり手をとられ導かれて、人に教える体験をする。

興味深いのは、一見すると教える立場にあると思われるジムもまた、アントニーアから学びを享受している点である。マイケル・ゴーマンはこの場面において、ジムがアントニーアに尋ねられたものの名前を次つぎと示していくことによって、彼自身にとってもまた見慣れないものであったはずの眼前に広がる草原風景との親和性を示すことに成功し、そのことがボヘミアから来たアントニーアに比べ自分はそれほどよそ者ではないという認識につながると指摘する（三四）。空の「青」と彼の瞳の「青」が同じだと気づかせるのはアントニーアであり、彼女のおかげでジムはそれまで異質に感じていたネブラスカの地に、自らとの共通点を見い出すのである。

英語の学習という点において、ジムが教え、アントニーアが学ぶという関係性がしばらく継続するが、その原点には、アントニーアの父シメルダの「教えてください、私のアントニーアに教えてください！」という切実な訴えがある。ジムはこの場面をのちに「けっして忘れることができない真剣さ」であったと振り返り、このとき交わした父との約束を忠実に守ろうとする。シメルダはアメリカでの生活に耐えきれず自殺してしまうが、孤児のジムはこの父親にどこか共感を覚えていて、彼の死の原因が「望郷の念」であると確信し、葬式の日には家族の誰でもなくジムがあたりを漂う父親の魂を感じ取っている。彼の想いを引き継ぐという意識があったからこそ、ジムは、父親の自殺を機に、男手が不足した農場で外働きをしなければならなかったアントニーアの境遇にもどかしさを覚えている。父親の願った「私のアントニーア」像、つまり教養を身につけ、娘らしく成長していくはずの彼女の姿が失われていくことを惜しんだのである。

【図44】『マイ・アントニーア』表紙. 農作業するアントニーアの逞しい腕が強調される

一方で、「アントニーアが教え、ジムが学んだ」のは、英語という言語に容易には集約されない、異国の雰囲気をまとったままの体験の数々であった。二人がガラガラ蛇に遭遇し退治するエピソードでは、背後に迫る危険を前にアントニーアが発するのはボヘミア語で、ジムは彼女の発言を理解できず、何かわからない言葉を口走ったアントニーアに苛立《いらだ》ちを覚えている。二人は蛇を退治するという神話的な体験を共有しているが、存在するのはジムとアントニーア、そして物言わぬ蛇だけである。この場面は、たとえそのあとでアントニーアが周囲の人たちにいくらジムの勇敢さを語り聞かせたとして、二人だけがその内実を共有し得る不可侵の思い出である。すなわち、キャザーが作品の最後に記した「伝えることが不可能な貴重な過去」の一つとして両者の心に刻まれていくことになる。

アントニーアと故郷との心的なつながりは、彼女の父シメルダと近隣のロシア人移民との交流にもみることができる。彼らの祖国であるボヘミアとロシアは地理的にそれほど遠くなく言語も理解し合えたのであって、この隣人との交流で渡米後初めて父親が笑顔をみせたことから、彼にとってどれほど大きな救いとなったのかがよくわかる。しかし、シメルダはこのロシア人の死を看取ることになる。悪質な金貸しに搾取《さくしゅ》されたロシア人が死の間際に語った、雪の日に狼の生《い》け贄《にえ》とされた花嫁と花婿の物語は、生存を賭けた人間の残酷さや醜さを描き出す一方で、作中において結ばれることのないジムとアントニーアを暗示するようでもある。ここで興味深いのは、言語という点で、普段移民がおかれている状況とジムがおかれている状況とが逆転していることである。ジムだけが彼らの話を理解できないからである。みなが瀕死《ひんし》の病人の語りに耳を傾けるなか、ジムは彼の容体をつぶさに観察し、「あんなに痩せて皮と骨だけの子牛のようになってしまっては、突き出した骨が横になっていて痛いだろう」と描写する。緊迫した言葉のやり取りのなかに唐突に配置されることの視覚描写は、どこかちぐはぐな印象さえ与えるが、ここでジムは、言語が理解できないという、移民がアメリカで直面していた困難を擬似体験しているのである。

アントニーアが最終的に作り上げた家庭は、ガイ・レノルズが「バイリンガル・コミュニティ」と称する英語とボヘミア語のハイブリッドな言語空間であり（八三）、第五部に描かれる彼女が夫のアントンと築いた家庭では、英語を学ぶのは学校に通うようになった子どもたちだけで、日常のやり取りにおいては、祖国の言葉であるボヘミア語が使用されている。彼女はアメリカに完全に同化するのではなく、生活に故郷を内在させる生き方を選択している。その意味でいえば、最初の英語習得の場面でアントニーアが指し示した「空」もまた、視界に物理的に広がるアメリカの空とは異なる、彼女の故郷にまでつながる心象風景としての空であったのだと考えられる。

3　資本主義の介入と学校教育

ロッシュが示すとおり、ジムとアントニーアの友情は、「彼らが農場からブラックホークの町へと移り住むことで試されることになる」（一一〇）。ジムはアントニーアに、隣人のハーリング家での家事手伝いの仕事を紹介し、農場で働くよりも身体にかかる負担の少ない生活を勧める。しかしながら、このことがかえってアントニーアとジムとの生活の辛苦の差を際立たせていくことになる。アントニーアはこの差にすでに自覚的で、第一部の終わりにこう告げている。「もし、あたしが、あんたみたいにここに住んでいたら、話は別よ。生きるのが楽だもの。でも、あたしたちには難しい」。ハーリング家でのジムとアントニーアの過ごし方からは、二人の立場の隔たりを読み取ることができる。ジムは自分と年の近い子どもたちがいるハーリング家によく遊びにいくが、アントニーアは、すでに一日の台所仕事を終えたあとであっても、ハーリング家の子どもたちに頼まれれば喜んで甘いものを準備するなど、献身的な働きぶりをみせる。ジムもハーリング家の子どもたちもアントニーアも、みな同じ年ごろの少年少女でありながら、おかれた立場は違うことが感じられる場面である。ここでジムは祖母が紹介した仕事を楽しんでいる様子のアントニーアをみて満足げであり、自分とアントニーアの違いには無自覚である。

加えてジムがハーリング家の特徴として指摘するのが、資本主義が介在する家庭のあり方である。この家の「主人」は家庭の外に事務所をもち、近隣の農夫たちの土地を管理することで収入を得ていた。夫人は家庭を切り盛りし子育てに熱心である。こうした夫と妻は、それまでジムが農場で目にしてきた、日がのぼってから暮れるまで農場に出てともに働く農夫とその妻とは異なる。「外で稼ぐ」という概念の出現により、家庭において役割が分化していくさまをジムは新鮮な思いでみている。

アントニーアにとってもまた、ハーリング家のような家庭のあり方は新しく、そして受け入れ難いものだった。彼女は、ものの対価ではなく、ジムが自分に英語を教えてくれたという無償の行ないに価値を見い出し、感謝の表明に指輪や銃を差し出すような家庭に育ったのである。最終的にハーリング氏に反発し、雇用関係を自ら絶ってしまうことを思えば、アントニーアがハーリング家での家事労働から学んだのは、料理や家事といった礼儀作法ばかりでない。むしろ雇用者と被雇用者という関係性自体が彼女の肌に合わない、つまりこれは自分の生き方ではないという感覚であったのだろう。まるでその決別を象徴するかのように、第二部の終わりで、彼女がジムやほかの「働きに出た娘たち」とともに夕空に黒々と浮かび上がる鋤《すき》のシルエットをみつめる場面が描かれる。

> すぐにそれが何かわかった。どこかの高台の農場で、鋤が畑に立ったまま残されていたのだ。太陽はその真後ろに沈もうとしていた。遠くからの水平な光によって拡大され、鋤は太陽を背景にくっきりと浮き出し、その円のなかにすっぽりと嵌《は》まっていた。柄《え》も、ながえも、鋤歯も——燃えるような赤を背に、黒々としていた。まさに、途方もない大きさで、太陽に絵を描いているのだった。（二三七）

キャザー『マイ・アントニーア』

【図45】W. T. ベンダによる挿絵. 2人の目線の先には巨大な鋤のシルエットがある

ここで押し迫ってくる農耕のイメージは、大地に根ざし、大地とともに生きるアントニーアの将来をまるで予見するかのようである。二人の間に何か言葉が交わされた形跡はないが、ジムもまた、この光景をともに見つめながら、アントニーアの決意の大きさを感じ、たとえそれが自身の進む道と違《たが》えていても受け入れようとしている。

　ジムは進学のために町へと出てきたのだが、学校というコミュニティに属してもいつもどこか寂しげで、彼なりの生き辛さを抱えている。同級生のなかにアントニーアのような特別な交友はなく、学校帰りに級友ではなく少し年上の移民の娘たちとアイスクリームパーラーに立ち寄るので、教師からは「何かいかがわしいに違いない」と噂されてしまう。ジムの比較対象はいつも自分より年上の存在である。海軍士官学校に入学し将来への道を歩み始めたハーリング家の長男と、いまだブラックホークの学校にとどまっている自分とを比較し、ブラックホークの後進性にも、そこに馴染めない自分にも、焦《あせ》りと苛立ちを募らせていく。

こうしたジムの暗鬱《あんうつ》を打開するのは、またしてもアントニーアと父シメルダの存在である。アントニーアから「あなたは町を出て世の中で成功する人」と諭されたジムは、「彼女が僕のことを誇りに思ってくれるなら、僕も彼女のことをとても誇りに思っているのだから、その気持ちに応えよう」と、町の若者がこぞって集まるダンス会場への出入りをやめ、高校の卒業式のスピーチを立派に遂行《すいこう》する。このスピーチを機にジムは真剣に学問と向き合い始めるが、彼の人生を振り返れば、ここがいわば学問という新たな道への出発点に位置づけられる。彼はこのスピーチを「アントニーアの父に捧げ」ており、アントニーアもそのことを誰に明言されるともなく感じ取っている。二人の間には言葉にはしがたいある共通した感覚が確かに通底しているといえよう。ジムはのちにこのときのことを「僕の琴線《きんせん》にこれほど触れた成功を、ほかに経験したことはない」と書き綴っている。

アントニーアは農耕の道へ、ジムは学問の道へ、互いの歩む道が別であることを二人は理解する。アントニーアは、ジムによって町で働く機会を与えられ雇用関係に身をおき、それが自分の理想とする生き方とは異なるという実感を得る。一方のジムには、学校教育では学ぶことのできない「何か」をアントニーアとともに経験したからこそ、自分には学問を追究していく義務があるのだという自覚が芽生えるのである。

4　移民の娘たちの豊かな人生

アントニーアからジムには与えられなかったもの、あるいは与えることを拒否したものをあげるならば、それは恋愛感情である。ジムから真剣な思いを伝えた場面はあったが、アントニーアにとってジムはいつまでもそういった対象にはなり得ない。なぜ二人が結ばれなかったのかと疑問を示す批評も少なくないが、しかし二人の関係性はほかの何にも代えがたい特別なものであり、結婚へと結実しなかったことにこそその継続と成熟を予感できる。レオン・エデルによれば、キャザーは、物事の成功という結末ではなく、むしろその物事が成功に至るまでの過程にこそ価値を見い出している(二五六)。すなわち、ジムとアントニーアの二人がそれぞれに別の結婚相手をもち、最良の「友」として再会を果たしたのは、キャザーの美学においては必然の結果だったのである。

アントニーアが与えてくれなかった恋愛感情を求めジムが向かった先は、同じく移民のリーナ・リンガードだった。しかし彼が進学のために彼女のもとを去ることを思えば、リーナとの関係が、間接的にジムにとってアントニーアが唯一無二の存在であることを実感させたといえるのかもしれない。リーナは、彼やアントニーアと農場時代そして町での生活をともにした旧友で、今やサンフランシスコの高級アパートに洋服店を構える女性経営者である。同じくブラックホークの「働きに出た娘たち」の一人であったタイニーに、「あたしの知り合いのなかで、唯一年をとらない」と言わしめる「美しい人」でもある。生涯独身で、同じく独身のタイニーとともに助け合いながら生活をしている点は、この小説をレズビアニズム的な読みへとひらくことにもなるだろう。大家族の母としてヘテロセクシュアルな生き方をするアントニーアとは対照的な存在である。作品の第三部「リーナ・リンガード」におけるアントニーアの不在は批評家らが指摘するとおりだが、不在だからこそ不思議と彼女の残した言葉が強く意識される場面でもある。ジムがリーナとの交際でなく進学を選んだのには、アントニーアが「あなたは町を出て世の中で成功する人よ」と自分を諭した言葉が想起されていたからかもしれない。ジムがリーナに別れを告げると、彼女の方からも、ジムとの交際についてはアントニーアから忠告されていたと明かされるのである。

リーナとの交際がジムに与えたものの一つに、彼が自らのロマンティシズムを自省する機会を得たことがある。彼のこの特徴を考えるとき、ハーリング家の長女フランシスの指摘が思い出される。彼女によれば、ジムのロマンティシズムは、アントニーアら「田舎」出身の娘たちを包みこむ「一種の魔力」なのである。ジムはどこかで自分と彼女たちを一様に捉えている節があり、見知らぬ土地に移住し、自己存在を揺るがすほどの体験を共有した自分たちは同志だと信じている。「あの大地とあの大空の間で完全に抹消《まっしょう》され、消滅した」と感じるほどの移住体験とはいかほどのものか、想像することは容易ではないが、アメリカ人男性のジムに準備された将来と、移民女性である「娘たち」を待ち受けていた人生とは、けっして一様ではない。男手を補うため男同様に働くアントニーアを理解できず、最初のころこその粗野な振る舞いを非難していたジムだったが、しだいに彼女のそうせざるを得なかった事情にも、ほかの「娘たち」がそれぞれに抱えていた事情にも、目がひらかれていく。だからこそジムは学問を続ける選択をするのである。シメルダに「私のアントニーアに教えてください！」と教師の役割を託された自分の責務であるとの想いもあったはずだ。

　それゆえ、単にロマンティックな仲間意識からでなく、学問を続け、移民が抱える自分とは異なる事情を自覚したあとのジムの視座から、なお移民の娘たちの人生が美しく描き出されることは、よりいっそうの価値を帯びることになる。アントニーアは、厳しい労働により日に焼け白髪が混じり、外見の美しさを失ってはいても、内面の生命力を絶やすことのない大家族の母である。リーナは、何が彼女を成功に導いたのかわからないほどのんびりした性格ながら、裁縫という女性の領域とみなされていた分野でその才能を発揮する。タイニーは、金鉱の採掘現場で始めた事業で大金を手にし、町で一番の成功をおさめた人物と称されるものの、どこか人生に辟易《へきえき》している。彼女たちが選んだ道はまさに多種多様であるが、いずれも異国の地アメリカに根ざし、この地を生き抜く術《すべ》を示している。移民の第一世代にあたる父親たちがなし得なかったことを娘たちの世代が引き受け、それぞれの形で見事に開花させている。ジムはここに、新しい「アメリカ人」女性の多彩な姿を見い出し記録しているのである。

　リーナがジムに与えたものはほかにもある。それは、彼女が資本主義と女性が共存する方途《ほうと》を示したことである。アントニーアが選択した人生は、雇用関係に自らをおくことを拒絶する、いわば資本主義を遠ざける生き方である。他方リーナは、店の経営者としてその身を資本主義の只中においている。新井恵子は、キャザーの考える現代女性の概念をもっともよく体現しているのは、アントニーアでも、のちにジムの妻となる人物でもなく、このリーナであることを指摘している（二六三）。アントニーアはキャザーがネブラスカで出会った実在の移民をモデルにしているが、リーナやタイニーのモデルとなった人物は特定されていない（ウッドレス　三七九）。基本的に登場人物は創作物と考えたキャザーは、このリーナにこそ「理想の」特徴を描きこんでいるのである。新井によれば、キャザーがリーナを「衣料品工場に勤める女性工員にしておくのではなく、彼女自身がデザイナーとして順調に洋服店を経営している」点は特に重要で、このことがリーナに経済的な自立をもたらしているばかりでなく、工場労働をめぐる政治や社会運動といったものから彼女を遠ざけてもいるのである（二六三）。資本主義という時勢に対抗するのでも、その隆盛に合致するよう自分を繕《つくろ》うのでもなく、しなやかにその身を任せるリーナの生き方は、当時の女性読者たちに新たな選択肢を提示しているのではないだろうか。

ジムが特別視した移民の女性たちの人生は、ささやかで人並みのものと映るかもしれないが、しかし個々にみればそれぞれが非凡で尊いものである。あえて彼女たちに出会った一人のアメリカ人青年の視点から彼女たちの物語を描き出すことは、移民本人がその生活の窮状を読者に訴えかけるのとは異なる効果を小説全体に生み出している。この構造によって意識されるのは、小説の主題である移民の娘たちと、あくまで彼女たちをみつめる存在としての語り手の間に生じる相互補完性である。ジムというロマンティックな語り手だからこそ、アントニーアたちは作品の主題となり得たのであり、アントニーアたちだからこそ、彼女たちの人生を通してジムや読者に学び成長し続けていく機会を与えることができるのである。キャザーはさらに､ジムという語り手を設定することで、この作品の視点にアメリカ人男性としての主観性が介在する必然性を指摘し、ジム、ひいては読者の移民を見つめる視線そのものに対する疑問と修正の必要を提起しているのである。

5　存在の共鳴と連環――ジムとアントニーア

キャザーが『マイ・アントニーア』において描いたのは、移民としてアメリカにやってきた一人の少女が、新天地に根ざし、「アメリカ人」となっていくまでの格闘の物語である。まだ幼い年ごろで異国の地へと足を踏み入れた彼女たちを待ち受けていたのは、人間の存在をかき消すほどに広大な自然であった。そのなかで人が暮らすため土地を切り開いていくには、そこに暮らす者たち同士のコミュニケーションが必要不可欠で、移民たちは言語の習得から始めなければならなかった。開拓が進んだ町では、資本主義が生み出す雇用関係に身をおき、自らの人生を見据える必要に迫られる。詳細には語られない多くの苦労を強いられ、しかしそれでも、彼女たちの人生が豊かに花ひらいている事実こそ、キャザーを魅了し、彼女にペンを執らせたのである。

第四部では、大学での学業を終え帰郷したジムが、この時点ですでに未婚の母となっているアントニーアと数年ぶりに再会し、言葉を交わす場面が描かれる。アントニーアの方は、これが彼とのしばらくの、あるいは永遠の別れになると予感し、たとえ物理的に離れていようとも、心のつながりはけっして失われないことをジムに伝える。ジムもまた、アントニーアが自分の心のなかに「僕の一部」として存在し続けることを確認している。ここで二人の背景に描写される太陽と月のイメージは、けっしてどちらかに限定されることはなく、互いが互いにとって太陽であり、月であり、共鳴する存在であることを印象づけている。

二人はさらに二十年の月日を経て再会を果たすが、アントニーアが最終的にジムに与えたのは、「僕は、間違ってはいなかった」という実感だった。ジムが蛇に勝利したことを自分以上に誇らしげにしていた姿や、吹雪のなかで父親の墓をみつめていた姿、夕日に照らされながら農耕馬を連れ帰る姿など、ジムはアントニーアと過ごした過去の印象的な場面の数々を「古い木版画のように」想起し、次のように続ける。

僕は、間違ってはいなかった。彼女は今では、美しい娘ではなく、やつれた女性ではある。しかし、彼女は今でも人の想像力を刺激する何かをもっているし、眼差しや身振りで、ありふれたものに秘められている意味を明らかにすることで、一瞬人をはっとさせることができるのだ。彼女が果樹園に立ち、小さなクラブアップルの木に手を置いて林檎《りんご》を見上げるだけで、木を植え、世話をし、最後に収穫することの素晴らしさを感じさせるのだ。彼女の心情の力強さは彼女の肉体に現われ、疲れることなく気高い感情に仕えたのだ。
彼女の息子たちが、背が高くまっすぐに背筋を伸ばして立っているのは不思議ではない。彼女は太古の種族の始祖のように、豊かな生命の泉なのだ。(三四二)

アントニーアの人生を語り彼女を再発見することで、ジムは自己を相対化するのであり、ここに彼の新たな自己像が立ち現われてくる。大地を離れたジムは、大地に根ざすアントニーアの生き方と自らの相違を自覚し、しかし異なる立場から彼女たちを語ることに意義を見い出していく。ジムにとってアントニーアの人生を把捉《はそく》することは、太陽が月を、月が太陽を追いかけるような、もどかしくときに不可能に思われる試みである。実際、アントニーアの抱えた苦労のすべてを完全に理解することなどジムにも読者にも到底できはしないが、彼が「間違ってはいなかった」と語るとき、それはどのような形であれ、対象を理解し自身の枠組みを修正し学び続けようとする己の姿勢の肯定にもなる。

ジムは、アントニーアにアメリカでの生活の術を教えていたようで、その実アントニーアから多くの学びを享受している。互いに与え合う営みとして教育が位置づけられるのであり、その連環し拡充していくさまをキャザーは描き出している。いわゆる「学問」とは異なる、人生をもってして伝える有形無形の「何か」こそアントニーアの教えなのであって、その教えは適切な受け取り手がいてこそ共鳴し深まりをみせる。キャザーは、ジムとアントニーアという、忘れえぬ過去を共有する個人と個人の間で永久的に連環していく教えと学びのあり方を示したといえよう。

◉注

(1) 引用部分の邦訳は、『マイ・アントニーア』については佐藤宏子訳を参照。ただし、表記の統一のため一部変更を加えた。その他はすべて拙訳。

キャザー『マイ・アントニーア』

◉引用文献

Arai, Keiko. “A Portrait of a Self-Made Woman: Lena Lingard in *My Ántonia.*” *Something Complete and Great: The Centennial Study of* My Ántonia, edited by Holly Blackford, Feirleigh Dickinson UP, 2018, pp. 247–69.

Cather, Willa. <1> *My Ántonia*. Mignon and Ronning, pp. 3–360. 『マイ・アントニーア』佐藤宏子訳　みすず書房　二〇一〇年

——. <2> *The Selected Letters of Willa Cather.* Edited by Andrew Jewell and Janis Stout, Knopf, 2013.

Edel, Leon. “Willa Cather: The Paradox of Success.” *Willa Cather and Her Critics*, edited by James Schroeter, Cornell UP, 1967, pp. 249–71.

Gorman, Michael. “Jim Burden and the White Man’s Burden: *My Ántonia* and Empire.” *History, Memory, and War*, edited by Steven Trout, U of Nebraska P, 2006, Cather Studies 6, pp. 28–57.

Griffith, Jean C. “How the West Was Whitened: ‘Racial’ Difference on Cather’s Prairie.” *Western American Literature*, vol. 41, no. 4, 2007, pp. 393–417. *JSTOR*, www.jsotr.org/stable/43025099.

Mignon, Charles, and Kari Ronning, editors. *My Ántonia*. 1918. The Willa Cather Scholarly Edition, U of Nebraska P, 1994.

Reynolds, Guy. *Willa Cather in Context: Progress, Race, Empire*. Macmillan, 1996.

Roche, Linda De. *Student Companion to Willa Cather*. Greenwood Press, 2006.

Rosowski, Susan J. “Willa Cather’s Women.” *Studies in American Fiction*, vol. 9, no. 2, 1981, pp. 261–75. *Project Muse*, doi.org/10.1353/saf.1981.0019.

Wilhite, Keith. “Unsettled Worlds: Aesthetic Emplacement in Willa Cather’s *My Ántonia.*” *Studies in the Novel*, vol. 42, no. 3,

2010, pp. 269–86. *Project Muse*, doi.org/10.1353/sdn.2010.0017.

Woodress, James. "Historical Essay." Mignon and Ronning, pp. 369–401.

佐藤宏子「解説」ウィラ・キャザー『マイ・アントニーア』佐藤宏子訳　みすず書房　二〇一〇年　三〇六―一六頁

あとがき

本書は、二〇二一年三月に逝去《せいきょ》された津田塾大学名誉教授の板橋好枝先生に追悼の意を表する目的で執筆された論文集である。板橋先生は一九五四年に津田塾大学学芸学部英文学科を卒業され、アメリカ東部の名門女子大学マウントホリヨーク大学大学院で修士号を取得されたのち、一九六二年四月に母校津田塾大学に赴任され、二〇〇〇年三月に定年退職されるまで後輩たちの育成にご尽力された。執筆者たちは、津田塾大学言語文化研究所のプロジェクトの一つである「アメリカ文学女性像研究会」のメンバーであり、多くが学部あるいは大学院在学時代に板橋先生のアメリカ文学の講義やセミナーを受講し、アメリカ文学研究への道を開いていただいた、かつての教え子である。板橋先生は、定年後も、課題図書を綿密に読まれて女性像研究会に臨まれ、おだやかさのなかにも学問の厳しさを自ら示されつつ、私たちが切磋琢磨《せっさたくま》する姿を見守り続けてくださった。

津田塾大学で長きにわたって、アメリカ文学を通じて女子教育に携わってこられた板橋先生に捧げる論文集のテーマとして、私たちが選んだのは、「アメリカ文学にみる女性の教育」である。先生への敬意と感謝を示すために、アメリカ文学を「女性の教育」という視点から読むことを試みた。本書で取り上げたのは、アメリカ独立革命後の建国期に出版されたハナ・ウェブスター・フォスターの『コケット』から、第一次大戦終結の年に出版されたウィラ・キャザーの『マイ・アントニーア』にいたるまで、すべて女性作家の手による作品である。執筆者はそれぞれ歴史・社会・文化的考察も織り交ぜながら、女性の教育という切り口で作品を読み解いている。

女性の教育といっても、本書で論じられているのは必ずしも学校教育のあり方に限っているわけではない。むしろ、家庭や社会において、女性が何を学び取っていったか、あるいは作家が女性読者をどのように啓発し導こうとしているか、という点により重点がおかれている。

多角的な視点から、アメリカ文学における女性の教育、教えと学びへのアプローチを試みたつもりであるが、執筆者の関心や紙面の制約などもあり、本書では扱いきれなかった女性作家が数多く存在することを認めざるを得ない。意を尽くし得なかった点については、今後の研究課題としたいと思う。

本書は基本的に各章で一人の女性作家を扱っているが、中心的に扱った作家による文学作品からの引用については頁数を省略した。関係する他の作家の文学作品および、参考に用いた日記、自伝、手紙、研究論文、批評書からの引用については、本文中に原典の頁数を示した。ただし、長文の引用については、いずれの場合にも、原典の頁数を記している。また、引用部分における省略記号……はすべて論文執筆者によるものである。

本書で扱った作品では「混血」「奴隷」などさまざまな差別用語が使われているが、本書では作者の表記法にならって、または論を展開する便宜上、そのまま使用した。ただし、初出時にカギ括《かっ》弧《こ》に入れて示し、差別語を使用する意識を示した。

本書の出版に際し、津田塾大学より特別研究費の援助をいただいている。ここにその旨を記し、衷心《ちゅうしん》より感謝の意を表したい。

本書の刊行が可能となったのは、女性像研究会のメンバー全員の努力と協力によるものだということを明記しておかなければならない。とくに今回は、板橋先生に直接関わることのなかったフルブライト招聘《しょうへい》教授やその後新たに加わったメンバーの論文も含まれていることにも触れておきたい。板橋先生は比較的初期のフルブライト研究員として、その後の津田塾大学における日米教育委員会との交流にもご尽力された。また、板橋先生から直接教わることのなかった若いメンバーたちにも、言語文化研究所での活動を通して、アメリカ文学研究の伝統は確実に受け継がれており、さらなる飛躍を遂げることを期して、ともに論文集作成にあたった。刊行に関する実務としては、小倉咲、大西由里子、矢島里奈が索引作成を担当した。

装幀家の渡辺将史さんには研究会発足当時から装幀をご担当いただいてきたが、今回もテーマにそった魅力的なものに仕上げてくださった。この場を借りて、深い感謝を申し述べたい。

最後に、本書の出版に際し、数々の貴重なご助言をくださった彩流社編集部の真鍋知子さんに、心より感謝の意を表したい。

二〇二四年一月

池野 みさお
山口 ヨシ子

多文化アメリカの萌芽

978-4-7791-2332-0 C0098(17.05)

19〜20世紀転換期文学における人種・性・階級　　里内克巳著

南北戦争の混乱を経て、急激な変化を遂げたアメリカ。多くの社会矛盾を抱えるなか、アフリカ系、先住民系、移民等、多彩な書き手たちが次々と現われた。11人の作家のテクストを多層的に分析、「多文化主義」の萌芽をみる。第3回日本アメリカ文学会賞受賞。　四六判上製　4800円＋税

アメリカの家庭と住宅の文化史

978-4-7791-2001-5 C0077(14.04)

家事アドバイザーの誕生　S. A. レヴィット著／岩野雅子・永田 喬・A. D. ウィルソン訳

C. ビーチャーからM. スチュアートまで、有名無名の「家事アドバイザー」の提案に呼応して、米国の「家庭」は形づくられてきた。1850年〜1950年までの「家事アドバイス本」の系譜を辿り、家庭と住宅を「文化史」の視点から再考する。質素で正直な家庭づくり等。　四六判上製　4200円＋税

お買い物は楽しむため

978-4-7791-2579-9 C0022(20.03)

近現代イギリスの消費文化とジェンダー　E. D. ラパポート著／佐藤繭香・成田芙美・菅 靖子監訳

19〜20世紀初めのロンドンで、女性たちはどのように「家庭」という女性の領域から、「街」という公的領域に飛び出し、ショッピングを楽しむようになったのか。百貨店の誕生から女性参政権運動まで、経済と文化における女性の役割の本質を理解するイギリス史研究の必読書。Ａ５判上製　4800円＋税

夏

978-4-7791-2857-8 C0097(22.10)

Summer　イーディス・ウォートン著／山口ヨシ子・石井幸子訳

明日はどこへ僕を連れて行ってくれるの？——「チャリティ（慈悲）」と名付けられた、複雑な出自をもつ若い娘のひと夏の恋。ニューイングランド地方の閉塞的な寂れた村を舞台に、人びとの孤独と夢を描くウォートン中期の名作、本邦初訳。　四六判上製　2800円＋税

ヨーロッパ人

978-4-7791-2270-5 C0097(16.10)

The Europeans: A Sketch　ヘンリー・ジェイムズ著／藤野早苗訳

1840年代のボストン近郊。謹厳なピューリタン一家の親戚をヨーロッパで生まれ育った姉弟が訪ねる——アメリカとヨーロッパ、異なる価値観に生きる人々を軽快に描いたヘンリー・ジェイムズ初期の作品を新訳でおくる。　四六判上製　2600円＋税

夕霧花園

978-4-7791-2764-9 C0097(23.02)

The Garden of Evening Mists　タン・トゥアンエン著／宮崎一郎訳

1950年代、英国統治時代のマラヤ連邦（現マレーシア）。日本庭園「夕霧」を介して、天皇の庭師だったアリトモと、日本軍の強制収容所のトラウマを抱えるユンリンの人生が交錯する。マン・アジア文学賞受賞、マン・ブッカー賞最終候補作の同名映画原作。　四六判上製　3500円＋税

◉編著者紹介◉

野口 啓子（のぐち・けいこ）津田塾大学教授

主要業績：『19世紀アメリカ作家たちとエコノミー――国家・家庭・親密な圏域』（共著，彩流社，2023），*Harriet Beecher Stowe and Antislavery Literature: Another American Renaissance*（Sairyusha, 2022），『後ろから読むエドガー・アラン・ポー――反動とカラクリの文学』（彩流社，2007）

池野 みさお（いけの・みさお）津田塾大学教授

主要業績：『憑依する過去――アジア系アメリカ文学におけるトラウマ・記憶・再生』（共著，金星堂，2014），『「アンクル・トムの小屋」を読む――反奴隷制小説の多様性と文化的衝撃』（共著，彩流社，2007），『ポーと雑誌文学――マガジニストのアメリカ』（共著，彩流社，2001）

山口 ヨシ子（やまぐち・よしこ）神奈川大学名誉教授

主要業績：『異性装の冒険者――アメリカ大衆小説にみるスーパーウーマンの系譜』（彩流社，2020），『ワーキングガールのアメリカ――大衆恋愛小説の文化学』（彩流社，2015），『ダイムノヴェルのアメリカ――大衆小説の文化史』（彩流社，2013）

アメリカ文学《ぶんがく》にみる女性《じょせい》の教育《きょういく》

2024年2月29日 初版第1刷発行　　定価はカバーに表示してあります

編著者　**野口啓子・池野みさお・山口ヨシ子**

発行者　**河野和憲**

発行所　株式会社　**彩流社**

〒101-0051　東京都千代田区神田神保町3-10　大行ビル6階

電話　03-3234-5931　FAX　03-3234-5932

https://www.sairyusha.co.jp

sairyusha@sairyusha.co.jp

印刷　モリモト印刷㈱

製本　㈱難波製本

装幀　渡辺 将史

ISBN978-4-7791-2957-5 C0098

◉執筆者紹介（執筆順）◉

野口 啓子（のぐち・けいこ）　◉編著者紹介参照

マーシー・J・ディニウス（Marcy J. Dinius）ドゥポール大学［イリノイ州シカゴ］教授

主要業績：*The Textual Effects of* David Walker's Appeal: *Print-Based Activism Against Slavery, Racism, and Discrimination, 1829–1851*. U of Pennsylvania P, 2022. "David Walker and Frederick Douglass." *Nineteenth-Century American Literature in Transition*, vol. 2, 2022, pp. 318–34. *The Camera and the Press: American Visual and Print Culture in the Age of the Daguerreotype*. U of Pennsylvania P, 2012.

山口 ヨシ子（やまぐち・よしこ）　◉編著者紹介参照

藤井 久仁子（ふじい・くにこ）　元プール学院大学教授

主要業績：『「アンクル・トムの小屋」を読む――反奴隷制小説の多様性と文化的衝撃』（共著, 彩流社, 2007）,『アメリカ文学にみる女性と仕事――ハウスキーパーからワーキングガールまで』（共著, 彩流社, 2006）,『E. A. ポーの短編を読む――多面性の文学』（共著, 勁草書房, 1999）

黛 道子（まゆずみ・みちこ）　元日本保健医療大学教授

主要業績：『アメリカ文学にみる女性改革者たち』（共著, 彩流社, 2010）,『アメリカ文学にみる女性と仕事――ハウスキーパーからワーキングガールまで』（共著, 彩流社, 2006）,『ポーと雑誌文学――マガジニストのアメリカ』（共著, 彩流社, 2001）

矢島 里奈（やじま・りな）　言語文化研究所客員研究員

主要業績："Beyond a Southern Belle: Transformation of the Heroine in*Gone with the Wind*"（『津田塾大学言語文化研究所報』36 号, 2021）

池野 みさお（いけの・みさお）　◉編著者紹介参照

渡辺 佳余子（わたなべ・かよこ） 元東京成徳短期大学教授
主要業績：「フラナリー・オコナーの初期作品再読」（『東京成徳短期大学紀要』38 号, 2005），『OED の日本語 378』（共著, 論創社, 2002），『ポーと雑誌文学――マガジニストのアメリカ』（共著, 彩流社, 2001）

大西 由里子（おおにし・ゆりこ） 言語文化研究所客員研究員
主要業績："Flappers Not Only for Wealthy Young Girls in *The Great Gatsby*"（『津田塾大学言語文化研究所報』35 号, 2020）

相木 裕史（あいき・ひろし） 津田塾大学専任講師
主要業績：「両義的な窓――ボールドウィンの『ジョヴァンニの部屋』における身体」（『黒人研究』92 号, 2023），"Modernist Authorship and Visual Culture in F. Scott Fitzgerald's *The Great Gatsby*"（『東京外国語大学論集』100 号, 2020），"'The Wonderful and Varied Spectacle of This U niverse': Spectatorship in Henry David Thoreau's *Walden*"（『英文学研究 支部統合号』9 号, 2017）

羽澄 直子（はずみ・なおこ） 名古屋女子大学教授
主要業績：「ミス・ミンチンの学校で起こったこと――バーネット『小公女』」（『津田塾大学言語文化研究所報』38 号, 2023），『片平五十周年記念論文集――英語英米文学研究』（共著, 金星堂, 2015），『アメリカ文学にみる女性改革者たち』（共著, 彩流社, 2010）

小倉 咲（おぐら・さき） 東邦大学専任講師
主要業績：「Willa Cather が描いた 2 つの芸術家像―― "Coming, Aphrodite!" にみる作家の分身とその受容の試み」（『津田塾大学言語文化研究所報』37 号, 2022），"A Safe Haven for Jean Marie Latour: The Crossover of Religion and Sexuality in Willa Cather's *Death Comes for the Archbishop*"（*The Tsuda Review*, No. 63, 2018），"Loss and Gain of a Sense of Belonging in Willa Cather's *One of Ours*"（『津田塾大学言語文化研究所報』33 号, 2018）

◉索引◉

【ア行】

【カ行】

【サ行】

【タ行】

【ナ行】

【ハ行】

【マ行】

【ヤ・ラ行】

◉図版出典一覧◉

1 Harris, Jennifer, and Bryan Waterman, editors. The Coquette *and* The Boarding School. W. W. Norton, 2013.

2 Mulford, Carla, editor. The Power of Sympathy *and* The Coquette. Penguin Classics, 1996.

3–4 Harris, Jennifer, and Bryan Waterman, editors. The Coquette *and* The Boarding School. W. W. Norton, 2013.

5 "Maria Stewart and David Walker." Boston Literary District.

6 Richardson, Marilyn, editor. *Maria W. Stewart, America's First Black Woman Political Writer: Essays and Speeches*. Indiana UP, 1987.

7 "Walker's Appeal, in Four Articles; Together with a Preamble, to the Coloured Citizens of the World, but in Particular, and Very Expressly, to Those of the United States of America, Written in Boston, State of Massachusetts, September 28, 1829: Electronic Edition." *Documenting the American South.* The University Library of the University of North Carolina at Chapel Hill.

8 Cobb, Geoff. "Maria Stewart: America's 'First Black Woman Political Writer' Who Taught in Williamsburg." *Greenpointers,* 8 Mar. 2019.

9 Wikimedia Commons.

10 *The Saturday Evening Post*, 11 Aug. 1849. Internet Archive.

11–12 Strider, Tom. "Hagar in the Wilderness; Visualizing Antebellum Politics and Changing Views of True Womanhood." *From Slave Mothers and Southern Belles to Radical Reformers and Lost Cause Ladies*, Tulane Univ., 30 Apr. 2015.

13 Sammarco, Anthony M. "Maria Susanna Cummins." *The Forest Hill Educational Trust*, 7 Apr. 2011.

14 Wikimedia Commons.

15 *Reynolds's Miscellany*, 10 June 1854.

16 Warner, Susan. *The Wide, Wide World*. 1850. Feminist Press, 1987.

17 Hart, John Seely. *The Female Prose Writers of America: With Portraits, Biographical Notices, and Specimens of Their Writings*. Butler, 1852.

18 The New York Public Library Digital Collections.

19 Craven, Jackie. "A Woman-Designed Home of the 1800s; Women Have Always Played a Role in Home Design." *Though*, 10 Feb. 2018.

20–21 Wikimedia Commons.

22 Maillard, Mary. "Louisa Matilda Jacobs (1833–1917)." *The Black Past*, 24 Aug. 2015.

23–24 Wikimedia Commons.

25 Myerson, Joel, Daniel Shealy, and Madeleine B. Stern, editors. *The Selected Letters of Louisa May Alcott*. U of Georgia P, 1987.

26 Wikimedia Commons.

27 Myerson, Joel, Daniel Shealy, and Madeleine B. Stern, editors. *The Selected Letters of Louisa May Alcott*. U of Georgia P, 1987.

28 "Finding Women in the Archives: Charlotte Perkins Gilman and *The Forerunner*." *New York Historical Society Museum and Library*, 13 Mar. 2019.

29–33 Wikimedia Commons.

34 Ward, Alfred R. "Sunday Amusements in New Orleans: A Creole Night at the French Opera House." 1866. *The New York Public Library Digital Collections*.

35 The New York Public Library Digital Collections.

36–37 Library of Congress.

38 *The Ladies' Home Journal*, Apr. 1908. HathiTrust.

39 *Scribner's Magazine*, Jan. 1905. HathiTrust.

40 Library of Congress.

41 Burnett, Frances Hodgson. *The Secret Garden*. F. A. Stokes, 1911. Library of Congress.

42 Library of Congress.

43 Wikimedia Commons.

44 Cather, Willa. *My Ántonia*. 1918. Oxford World's Classics, Oxford U P, 2008.

45 *The Willa Cather Archive*.